파란
고양이

파란 고양이

초판 1쇄 발행 2021년 9월 17일

지은이 이선주
펴낸이 장길수
펴낸곳 지식과감성#
출판등록 제2012-000081호

교정 김혜련
디자인 조인경
편집 윤혜성
검수 양수진, 윤혜성
마케팅 고은빛, 정연우

주소 서울시 금천구 벚꽃로298 대륭포스트타워6차 1212호
전화 070-4651-3730~4
팩스 070-4325-7006
이메일 ksbookup@naver.com
홈페이지 www.knsbookup.com

ISBN 979-11-392-0080-5(03810)
값 15,000원

• 이 책의 판권은 지은이와 지식과감성#에 있습니다.
• 이 책 내용의 전부 또는 일부를 재사용하려면 반드시 양측의 서면 동의를 받아야 합니다.
• 잘못된 책은 구입하신 곳에서 바꾸어 드립니다.

지식과감성#
홈페이지 바로가기

파란 고양이는 그가 가진 색깔과 같은 바다였다.
깊고 푸른 바다. 고통 속에서 나는 항상 바다를 찾았다.

파란
고양이

이선주 소설

목차

파란 고양이의 세계	7
1003호	21
우주의 진리	67
어둠의 행성	105
667호	137
고통	181
수행의 별	209
돌아가야 할 시간	247
epilogue	275

파란 고양이의 세계

아침 8시. 코끝이 시리다 못해 발개진 2월의 겨울. 가장 두꺼운 패딩 하나를 걸친 채 거리로 나선다. 아, 아침이구나. 짧았던 밤은 눈 깜짝할 새 지나버렸다. 어둡고 좁은 역 입구에는 바삐 움직이는 사람들로 가득하다. 사람들은 무엇인가에 홀린 듯 지하철역 출구로 빨려 들어간다. 역 앞 빵집에서는 흰 모자를 꾹 눌러쓴 직원이 노릇노릇하게 구워진 빵들을 은색 쟁반 위에 가득 담아 차례대로 내온다. 빵 냄새를 깊이 들이마시는 것으로 하루가 시작됐음을 느낀다. 그렇다고 굳이 사 먹지는 않는다. 치아에 끈적하게 달라붙은 밀가루 덩어리들이 느껴지는 게 싫어서다. 역 안으로 들어서자 여러 냄새가 섞여 시큼하고 눅눅한 냄새가 난다. 사람 사는 냄새라지만 그다지 좋게 느껴지지는 않는다. 혼삽한 그들 사이를 비집고 역내 카페에 들른다. 서품 가득한 카푸치노 한 잔은 무거운 출근길을 조금이나마 가볍게 만들어주는 일종의 약이다. 매일 먹는 가벼운 마약.

손에 뜨겁고도 가벼운 마약을 쥔 채 조심히 지하철에 올랐다. 지하철 안은 많은 사람으로 북적인다. 혼잡함 속에서 나는 남들이 입은 옷차림을 유심히 관찰한다. 하얀 패딩, 검정 패딩, 캐시미어 코트. 대한민국 사람들은 참 다양한 옷을 입는다. 그런데 신기한 건, 다양함 속에서도 같은 옷들이 자주 겹쳐진다는 거다. 우리나라는 뭐 하나 유명세에 오르면 거리에서 같은 옷차림을 한 사람들을 자주 마주하게 된다. 예를 들면 어젯밤 드라마에 연예인 모 씨가 카멜색 코트를 입고 나왔다 그러면 일주일 뒤, 출근길에서 수많은 카멜색 코트를 볼 수 있다.

"이번 역은 새절역, 새절역입니다. 내리실 문은 오른쪽입니다."
 익숙한 지하철 안내 말이 흘러나온다. 내 손에 들린 커피는 든든하기만 하다. 핫팩도 됐다가, 거추장스러워졌다가 한다. 지하철에서 커피를 마시지는 않지만, 역내 카페에서 파는 카푸치노가 내 입에 가장 맞으므로 굳이 이 수고로움을 견디는 것이다. 세 정거장만 가면 되므로 나는 소중한 커피를 손에 꼭 쥐고 버틴다. 언제부터인가 커피가 손에 없으면 출근하지 못하는 병에 걸렸다. 아마 퇴직하는 날까지 나는 절대 이 병을 고칠 수 없으리라. 열차가 정차하고 소중한 커피를 한 방울이라도 흘릴까 조심스레 탑승하는 사람들을 피한다. 다행히 6호선이라 다른 호선에 비하면 한적하다. 말이 한적이지, 옆 사람과 내 거리는 채 1㎝도 되지 않는다.
 커피를 손에 들고 단 나는 참 민폐를 끼치는 인간 중 하나가 아닌가 싶다. 가만히 열차 안에 서서 사람들을 둘러본다. 다 함께 똑같은 행동을 취하고 있다. 모두가 제 손만 한 기계 속으로 빨려 들어갈 기세다. 그들에게서 눈을 뗀 뒤 나도 자연스레 남은 한 손으로는 스마트폰 화면을 이리저리 넘긴다. 귀에는 작고 하얀 덩어리가 너 나 할 것 없이 꽂혀 있다. 선으로 연결된 이어폰은 눈 깜짝할 새 우리의 세계에서 자취를 감춰버렸다. 나 또한 음악 앱은 필수로 켜놓은 채 이 앱, 저 앱을 마구 넘나든다. 스마트폰이 없던 수년 전 인간은 어떻게 살았나 싶다. 나중에는 무얼 봐야 할지 혼란스러울 때가 많다. 거의 모든 앱에 들어갔다 나오기를 수십 번 반복한 뒤, 눈이 찌를 듯 아픈 후에야 화면을 끈다.

온갖 잡생각이 이어지는 출근길. 하나같이 무표정이다. 어느 하나 웃는 사람은 없다. 하기야 지옥 같은 출근길부터 미소를 짓는 사람이 있다면, 그 사람은 정신이 이상하거나 부처와 같이 세상을 해탈한 자 둘 중 하나이겠지? 잡생각을 하는데 순간 번쩍! 하며 새파란 섬광이 스친다. 역과 역 사이를 지나가는 찰나였다. 아무것도 없는 빈 터널에서 몇 개의 파란 불빛이 반짝이는 게 보였다.

'방금 뭐지? 잘못 본 건가?'

몇 사람들이 고개를 들어 두리번거리기 시작했다.

'역시 나만 느낀 게 아니야. 분명해.'

다시 또 한 번 번쩍. 아까보다 빛은 훨씬 더 강렬했다. 어두운 터널 안에서 번개가 치는 줄로 착각할 만한 빛이었다. 달려가는 지하철 밖으로 파랗고 둥근 빛은 점점 더 크기가 커졌고, 빛은 형체로 바뀌기 시작했다. 사람들은 어리둥절한 표정으로 더 크게 웅성거렸고, 소음은 지하철 안을 가득 메웠다. 순간 믿을 수 없는 광경이 펼쳐졌다. 무언가 이상한 느낌이 들었다. 터널 밖에 고정되어 있던 시선을 지하철 안으로 옮긴 순간, 온몸에 소름이 돋았다. 사람들은 더 이상 사람의 형태가 아니었다. 역내 사람들은 그 무엇으로 변해버렸다. 어릴 적 만화에서나 볼 법한 모습으로 변한 사람들은 공포심을 불러일으키기 충분했다. 그들은 분명, 요괴에 가까운 모습이었다. 그 이상으로는 표현할 만한 단어가 떠오르지 않았다.

요괴로 변한 사람들은 입던 옷을 그대로 입고는 있었다. 그 모습은 털로 덮인 가죽 위에 억지로 인간 옷을 끼워 맞춘 듯 보였다. 그들은 영문도 모른 채 계속 두리번거렸으며, 자신들이 요괴가 됐다는 사실을 인식하지 못했다. 갑작스럽게 일어난 어떤 일을 인지하는 데는 언제나 시간이 걸리는 법이다. 그러는 사이 지하철 터널에서 봤던 파란 섬광들은 어느새 벽을 통과해 지하철 안으로 들어와 있었다.

'고양이……?'
고양이였다. 그것도 엄청나게 거대한 고양이. 파란 섬광의 흔적이 약하게 남은 자리에 대신 서 있는 저 기다랗고 큰 생물은 분명, 고양이였다. 더욱 놀라웠던 건 고양이들이 두 발로 서 있었다는 점이었다. 고양이는 한 마리가 아니었다. 두 발로 서서 걷는 거대 고양이 다섯 마리가 들어와 사람들, 아니, 요괴들을 한쪽 구석으로 밀어놓고 정렬하고 있었다. 자세히 보니 그들이 가진 털의 빛깔은 지구에서 볼 수 있는 색이 아니었다. 각자 오묘하고도 선명한 털 색깔을 지니고 있었는데 외계에서 방금 도착했다고 해도 그리 놀라울 것이 아니었다. 그들은 등장만으로도 놀라웠지만 이내 그 커다란 입에서 인간의 말이 흘러나왔다.

"자! 다들 조용히 하고, 똑바로 정렬해서 서도록 해. 자네들이 왜 우리에게 부름을 받았는지 알겠나?"

그들 중 가장 크고 힘이 세 보이는 파란색 고양이가 우리에게 소리쳤다. 요괴들은 끊임없이 웅성거렸다. 그들은 자신이 처한 상황에 아직도 감이 안 잡힌 모습이었다. 그러다 주변을 돌아본 후에야 믿을 수 없는 일이 일어났다는 것을 감지하기 시작했다. 나 또한 마찬가지였다. 기괴한 이 상황 속에서 어쩔 줄 모르던 나는 급격히 불안해졌다. 다른 요괴들도 안절부절 어쩔 줄 몰라 방황하는 모습이었다. 그들은 분명 나와 같은 감정을 느끼고 있는 것이리라. 고양이들은 서로 말을 주고받았다.

"내가 이쪽에서 사람들을 맡지. 자네가 저쪽 줄을 좀 봐주게나."
"네."

자신이 서 있는 쪽 요괴들을 맡는다고 한 파란색 고양이는 무리 중 두목으로 보였다. 가장 돋보였기 때문이었다. 그는 키가 2m 남짓은 되는 것 같았다. 가느다란 팔과 다리는 우리가 잘 아는 고양이와 비슷했다. 등에 새겨진 호랑이 무늬마저도. 다만 두 발로 서 있다는 게 일반 고양이와 매우 다른 점이었다. 그의 몸은 다부진 근육들로 전체적으로 탄탄했다. 가장 인상 깊었던 점은 몸통 전체가 파랗다는 점이었다. 눈은 샛노란 색으로 또렷하게 빛나고 있었으며, 마치 바다 위에 작은 태양이 두 개 떠 있는 것 같았다. 입은 오목했다. 이목구비가 뚜렷해 고양이지만 잘생겼다는 느낌이 들었다. 그가 숨을 쉴 때마다 배가 홀쭉하게 들어갔다 나왔다 했으며, 갈비뼈가 선명하게 드러났다. 그가 가진 아우라는 지하철 전체를 휘감을 정도로 강하게 뿜어져 나왔다. 요괴들을 정렬하던 그는 갑자기 시선을 나에게로 옮겼다.

"거기."

"네? 저요?"

"그래. 자네 말이야. 사람의 몸과 요괴의 몸 반반을 가지고 있군."

반요를 말하는 건가? 어릴 적 보던 〈이누야샤〉라는 만화가 떠올랐다. 반은 요고, 반은 인간인 모습의 캐릭터. 그런데 내가 요괴라고? 당황한 나는 급히 내 몸을 내려다보았다. 만질만질하던 피부는 거칠기 짝이 없게 바뀌었고, 몸 색깔도 마찬가지로 더 이상 인간의 살색이 아니었다. 살갖은 분홍색 같기도 하고 해 질 때쯤 보이는 노을 색과 비슷한 색을 띠고 있었다. 어안이 벙벙해진 나는 다시 주변을 둘러보았다. 혼란스러워진 사람들, 아니, 요괴들은 각자 자신 앞에 있는 고양이들을 따라 지하철 밖으로 나갔다. 신기하게도 지하철 밖에 있는 사람들은 멀쩡했다. 요괴들이 출근 준비로 여전히 바삐 걸음을 옮기는 사람들 속으로 섞여 들어갔지만, 아무도 그 사실을 알아차리지 못했다. 오로지, 요괴로 변한 그들과 반요 상태인 나만이 변화를 느낄 뿐이었다. 어떤 한 요괴가 구호 요청을 하려고 지하철을 타던 누군가의 손을 잡았지만, 손은 허공을 가를 뿐이었다. 지하철 밖 사람들에게는 우리가 보이지 않는 게 틀림없었다. 도무지 이 상황을 어떻게 해야 할지 모르던 내게 파란 고양이가 다시 말을 건넸다.

"이보게. 자네. 아무래도 자신을 반쯤은 찾은 듯한 모양이로군."
"그게 무슨 말이지? 아니 무슨 말씀을 하시는 건지요."

고양이에게 저절로 높임말을 쓸 수밖에 없을 정도로 그가 뿜는 아우라에는 엄청난 힘이 있었다.

"그래도 반쯤이라도 찾았다니 다행이야. 아무튼, 지구에는 내가 도와줄 수밖에 없는 인간들로 엄청나군. 특히 이 나라, 대한민국 말이야."

뭘 도와주고, 도대체 무슨 자신을 찾았다는 건가. 의문이 꼬리에 꼬리를 물었다. 우리 요괴들은 자연스럽게 그들에게 끌려가기 시작했다. 파란 고양이가 안내해주는 길로 지하철 밖을 따라나섰다. 출구 밖에는 지나가는 사람들이 몇 있었지만, 우리가 전혀 눈에 보이지 않는 것 같았다. 그들이 지금 우리 모습을 보았더라면, 아무런 표정 변화 없이 지나칠 수는 없는 노릇이었다. 카메라를 들고 사진을 찍거나 비명을 질렀어야 마땅했다.

우리는 출구로 나가 10분 정도 더 걸었다. 요괴들은 모두 손에 들린 스마트폰을 보고 있었고, 전원을 껐다 켰다 하는 모습이 보였다. 나도 마찬가지였다. 핸드폰이 이상했다. 분명 서울 한복판임에도 불구하고 통신이 되지 않는 지역이라는 문구가 떴다. 아무리 전원을 껐다가 켜도 여전히 먹통이었다. 긴급 전화번호를 눌러봐도 신호만 갈 뿐 반대편에서는 지지직 하는 소리만 들릴 뿐이었다.

역에서 걸은 지 10분 정도가 지나자, 갑자기 파란 고양이가 멈췄다. 멈춰선 곳은 매일 출근할 때 지나치던 공원이었다. 작지만 평화로운 이 공원은 가끔 퇴근길에 앉아 책을 읽기도 하고 간단한 김밥 같은 음식을 먹던 곳이었다. 공원에서는 어떤 신비로운 기운이 감돌았고 한적했다. 사람 눈치를 잘 보는 내게 이토록 여유를 잘 즐길 수 있는 장소는 없었다. 어느 가을날 단풍이 빨갛게 물들었을 때가 생각났다. 새빨간 단풍잎으로 물든 공원은 마치 그림 같았다. 떨어진 단풍잎을 주워 읽고 있던 책 안에 고이 말려놓았다. 이상하게도 그때 꽂아놓은 단풍잎은 아무리 시간이 지나도 시들지 않았다. 공원에는 기기묘묘한 분위기를 풍기는 터널이 하나 있었다. 터널은 그 이상 안쪽으로 들어가지 못하도록 강철 셔터로 막아놓았다. 그때 나는 터널 정체에 대해서는 아무런 생각이 없었다. 지나갈 때마다 약간 기분이 나빴을 뿐, 지하철역에서 쓰는 창고 중 하나이려니 했다. 그런데 파란 고양이가 익숙한 듯 셔터를 올리더니, 우리는 그쪽으로 끌어들이는 것이었다. 우리는 거의 빨려 들어가다시피 했고, 뒤를 돌아보니 어느새 셔터는 보이지 않고 짐작할 수 없는 까만 어둠만이 자리 잡고 있었다.

불안함과 긴장 속 어둡고 긴 터널을 걷던 중 별안간 훌쩍이는 소리가 들렸다. 흠칫 놀라 옆을 돌아보니 몸이 온통 주황색과 초록색으로 뒤섞인 몸으로 변한 요괴가 있었다. 초록색 고무찰흙과 주황색 고무찰흙을 마구잡이로 섞어놓은 것 같은 그 요괴는 '그'보다는 '그녀'라고 부르는 게 좀 더 어울릴 것 같았다. 그녀는 짙은 초록색 눈물을 뚝뚝 흘리고 있었는데 마치 나무를 베어냈을 때 진액이 흐르는 것 같았다. 그녀가 혼자 하는 말이 조그맣게 들려왔다.

"하다 하다 못해 이제는 두 발로 걷는 고양이라니. 참나. 내 인생은 처음부터 끝까지 비정상이야. 내가 무슨 죄를 그렇게 지었다고! 진절머리 나는 이 인생. 차라리 고양이들한테 끌려가서 차라리 죽는 게 나을지도 몰라."

어떻게 살아왔는지는 모르지만, 살아온 인생이 전혀 마음에 들지 않는 모양이었다. 이상하게도 그녀에게 연민이 일었다. 눈물을 뚝뚝 흘리는 그녀를 보니 왠지 모를 동질감이 느껴졌다. 그녀를 보는 순간 예전의 내가 떠올랐기 때문일까. 신이란 건 없다고 생각했던 적이 있다. 물론 지금도 믿진 않지만, 완전히 부정했던 적이 있었다. 신이 있다면, 이토록 잔인하게 굴 수는 없는 게 아닌가 하는 생각은 늘 함께였다. 삶이란 원래 힘든 것이었다.

엄마는 단 한 번도 나에게 눈길 한 번 준 적이 없었다. 마치 짐짝처럼 쳐다보던 친엄마의 눈빛이 기억에 선명했다. 차가운 아파트 계단 위에서 그녀를 내려다보던 나는 가지 말라고 애원했지만, 그녀는 자신의 새로운 삶을 찾아 떠났다. 약간의 서운한 눈빛을 보낼 뿐, 가차 없이 뒷모습을 보이며 떠나버린 그녀였다. 나와 가엾은 우리 아빠를 두고서. 그녀는 언제나 새로운 사랑에 목말라했다. 세상에 태어난 후 열 살 때까지 본 그녀의 새로운 사랑만 해도 수십 명에 달했으니까. 부처, 예수, 알라신, 모든 존재하는 신에게 기도했던 기억이 났다. 그녀가 나를 한 번만 사랑할 수 있도록 도와달라고. 지금처럼 한밤중에 집에 들어와도 불평 한마디 하지 않을 테니 같이 있게만 해달라고. 다른 엄마들처럼 밥을 차려주지 않는다고 칭얼대지 않을 테니 내게 다시 돌아오게만 해달라고.

　신은 기도를 들어주지 않았다. 어쩌면 당연한 결과였다. 신이 있었더라면 나를 그런 친엄마 밑에서 태어나도록 내버려 두지 않았을 테니까. 기도를 듣고 있는 이가 있을까? 의심은 성인이 되어서도 여전히 사라지지 않았다. 그 뒤로도 나는 한참이나 사랑에 굶주려야만 했다. 그녀는 나를 버리고 간 후 30년간 단 한 번도 찾지 않았다. 마땅히 받아야 할 진짜 엄마의 사랑을 받지 못한 것이다. 그 일 외에도 삶은 내 따귀를 자주 후려갈겼다. 언젠가부터 나는 삶에 대한 기대감을 잃었다. 그래도 꽤 홀로 잘 지내왔다. 적어도 겉보기로서는.

　그런데 왠지 주황색 요괴처럼 눈물이 나지는 않았다. 우는 법을 잊어버린 건 아니었다. 다만 삶을 바라보는 방식이 조금 달라졌을 뿐이었다. 서른 살을 앞두고 있을 즈음, 인생을 한 번 통째로 돌아보기로 마음먹었다. 마음먹기까지는 한참이 걸렸다. 삶을 돌아보는 것 자체가 고통을 마주하는 일이었기 때문이다. 돌아보니 자신을 위해 살아온 적이 한 번도 없었다. 그렇게 서른을 앞두고 조금씩 나를 위해 지내보기로 했다. 그렇게 삶이 만든 시커멓고 커다란 마음속 구멍은 시나브로 메워져가고 있었다.

　한참 생각에 잠겨 있을 즈음 파란 고양이는 걸음을 멈추었다. 터널 끝에 다다른 듯 보였다. 몇 발자국 끝에서 희미한 빛이 흘러나오고 있었기 때문이다. 터널의 끝에는 상상조차 못 했던 장소가 눈앞에 펼쳐졌다. 터널 안이라고 생각할 수 없을 만큼 광활했다. 터널 안이라기보다 아주 다른 장소로 옮겨온 느낌이었다. 터널 밖으로 나오자 멈춰 선 자리 바로 앞에는 수많은 바위 사이로 투명한 물들이 시원하게 쏟아져 내리는 폭포가 있었다. 세찬 물줄기 위에는 무지개가 찬란히 빛났다. 고갤 들어 하늘을 보니 태양과 비슷한 천체가 있었다. 강렬하고도 세찬 빛이 쏟아져 내렸다. 어두우면서도 밝았고, 밝으면서도 어두운 신비로운 기운을 내뿜었다. 그것은 자주색에 가까운 빛이었으며, 태양의 세 배 크기였다. 하늘 전체를 비추고 있는 걸 보니 지구에서의 태양과 같은 역할을 하는 게 분명했다. 주위를 둘러보니 공간의 크기가 어느 정도인지 전혀 가늠이 안 갔다. 시선을 옮겨 왼쪽과 오른쪽을 돌아보니 수풀이 넓게 펼쳐져 있었다. 풀들은 생생하고 푸른색이 짙었다. 다양한 색깔의 꽃들이 만연하게 펼쳐져 있었다. 넓게 펼쳐진 잔디들은 저마다의 찬란한 색을 뽐내는 중이었다. 들판은 마치 무지개가 파도를 치는 모습 같았으며 현란하기 그지없었다. 그 모습에 눈이 시릴 정도였다. 끝없이 펼쳐진 들판의 끝에는 둥글둥글한 산이 주변을 둘러싸고 있는 게 보였다. 들판이 너무 넓어 산까지 가려면 아무래도 몇만 보는 걸어야 할 것 같았다. 요정들이 숨어 살 것만 같은 이곳은 실제로 몇 밀리미터도 안 되는 생물체들이 붕붕거리며 꽃들 위를 비쁘 날아다녔다.

작고 귀여운 보라색 들꽃들 위로 발광하는 물질이 끊임없이 뿜어져 나왔다. 이파리 끝에서 물방울처럼 한 방울씩 하늘 위로 올라가다가 중간에는 희미하게 사라졌다. 문득 사람의 몸속에서 영혼이 빠져나간다면 이와 같은 모습이지 않을까 하는 스산한 생각이 들었다.

"다들 이쪽으로 와서 앉도록 하지."

파란 고양이는 당당한 걸음걸이로 튼튼하고 기다란 꼬리를 휙 제치며 우리 앞에 마주하고 섰다. 나와 요괴들은 잔디밭에 그대로 쭈그려 앉았다. 잔디에서는 갓 비를 맞아 물기를 잔뜩 머금은 풀냄새가 났다. 여전히 어안이 벙벙한 나와 그들은 파란 고양이만 뚫어지게 쳐다보았다. 우리는 영문도 모른 채 이곳에 끌려와 앉은 것이었다. 마침내 고양이는 다시 입을 열었다.

"자. 이곳에 오니 어떤 마음이 드는가?"

아무도 대답하는 이는 없었다. 자유롭게 주장하고 발언하는 다른 몇몇 나라들과는 달리 우리나라는 남의 눈치를 유독 많이 보는 나라가 아니었던가.

"자네들은 큰 죄를 지었어. 그 죄를 모두 씻을 때까지 이곳에 머무를 거야. 아마 모든 죄를 씻고, 이 순간을 돌아볼 때쯤이면 아마 지금이 무척 그리워질 것이네. 사람 인생이란 늘 그렇지. 내가 사는 현재가 얼마나 소중한지 미래에 가보지 않으면 절대 모르는 법. 돌이켜 보면 늘 항상 그때가 최고였지."

파란 고양이는 이미 인간세계에 대해 모든 것을 알고 있는 눈치였다. 우리를 바라보더니 돌연 씁쓸한 표정을 지었다. 그토록 소중한 삶을 낭비하다니! 라고 말하는 것 같았다. 그는 잠깐 나와 시선이 마주쳤지만 이내 고개를 돌려 말을 이었다.

"자네들의 가장 큰 죄가 무엇인지 알려주도록 하지."

쥐 죽은 듯이 조용해진 가운데, 고양이는 입을 열었다.

"바로 진짜 자신을 잃은 거야. 이건 우주에서 매우 중죄에 속하네. 우주 법칙을 거스르는 자들은 결코 행복을 찾을 수 없어."

내 옆에서 훌쩍거리던 그녀는 멍한 듯 앞만 바라보고 있었다. 아마 해마다 열리는 멍때리기 대회에 나갔다면 지금 표정으로 우승했을 것이라 해도 과언이 아니었다. 마치 모든 기운이 다 빠져나간 듯 얼빠진 얼굴을 하고서 가만히 앞만 내다보고 있었다.

파란 고양이가 검지와 엄지를 탁! 하며 맞부딪쳤다. 그러자 모두의 앞에 스크린 화면이 커다랗게 나타났다. 마치 필름 영화를 공중에 띄워주는 것 같았다. 영상 속에는 어떤 여자가 이리저리 바쁘게 움직이고 있었는데, 옆에서 훌쩍이던 여자 요괴는 화면을 보더니 큰 눈이 더욱 왕방울만 해졌다. 그녀는 아까 터널 속에서 자신의 삶에 한탄스러움을 표하며 울던 그녀였다. 그녀의 행동으로 보았을 때 영상 속에 바삐 돌아다니는 여자는 그녀임이 틀림없었다. 언뜻 보니 털 속에 감춰진 그녀의 얼굴선이 영상 속 여자와 같았다. 여자는 넋을 잃은 채 영상 속 자신을 바라보았다. 파란 고양이는 내 옆에서 훌쩍거리던 여자를 손가락으로 가리켰다.

"1003호. 너의 지나간 날들이다. 너 자신을 제3자의 시선에서 보아라! 얼마나 너 자신을 막 대하고 함부로 했는지. 말과 행동 모두! 그리고 여기 있는 자들도 함께 보아야 할 것이다. 내가 쓰는 말과 행동이 나를 만들고, 나에게 어떤 영향을 끼치는지 똑바로 봐야 해. 평소에 아무렇지 않게 쓰는 부정적인 말들은 모두 독기를 품고 있지. 부정적인 생각도 마찬가지야. 계속해서 부징직인 생각과 말을 일삼는 자들은 자신에게 계속 독을 먹이는 것과 같아. 독기 속에 중독된 자들은 자신이 독기를 내뿜는지조차 모르고 살아가지. 그들에게서 뿜어 나온 독기들은 타인의 삶마저 독으로 물들여버리고 말아. 자신의 말과 행동은 돌아보지 않은 채 삶이 엉망이 된 건 모조리 외부의 탓이라 단정 짓는 어리석은 자들이여."

그녀는 이제 이름 대신 번호로 불렸다. 1003호 여자는 아무런 반응도 하지 않은 채 조용히 영상을 뚫어지도록 응시했다. 영상 화면은 점점 커졌다. 마침내는 뇌 속으로 영상이 스며드는 것처럼 느껴졌다. 눈을 한 번 깜빡였더니 어느새 그 여자의 생활 속으로 들어와 있었다.

1003호

키가 무척 작고 깡마른 한 여자가 길고 흰 복도에 서 있었다. 그녀의 머리카락은 붉은 기가 돌았으며 길이는 귀 바로 밑에 오는 칼단발이었다. 키는 작았지만, 전체적인 비율이 좋아 커 보이는 느낌을 주었다. 피부는 살짝 누런빛을 띠었고, 맨얼굴인 탓에 기미와 주근깨가 눈에 띄었다. 여자는 상의가 하늘색이고 하의는 하얀 간호복을 입은 채 여기저기 바삐 뛰어다니고 있었다. 환자에게 매우 친절한 모습으로 응대하는 모습도 보였다. 귀까지 올라간 입꼬리는 고정한 것처럼 계속 유지되고 있었다. 그러나 입은 웃고 있음에도 눈빛에서는 냉정함이 느껴졌다. 입고 있던 간호복은 이상하게 어울리질 않았다. 그러던 중 잠시 쉬는 틈이 났던지 소독실로 들어가 잠시 숨을 놀렸다. 소독실에는 그녀와 같은 또래로 보이는 간호사들이 보였다. 4명이 둘러앉아 시시콜콜한 이야기를 나누는 중이었다. 대화 소리는 누가 볼륨을 올린 것처럼 점점 크게 들렸다.

"환자 좀 그만 오면 좋겠어. 귀찮은 것들. 이 생활 언제 그만두지? 우린 이 시대의 진정한 노예야. 환자의 노예, 교수의 노예. 월급의 노예."

"그러니까요. 교수님도 완전 짜증 나요. 앞뒤 다르고 가식 덩어리잖아요. 환자분 차트 들어오면 cc부터 확인하는 게 아니라 주소 먼저 보잖아요. 어느 지역에 사는지, 어느 아파트에 사는지. 유희캐슬타운에서 왔다 하면 완전 굽신굽신, 별 볼 일 없다 싶으면 바로 무시하는 말투로 바꿔잖아요. 아무튼, 교수나 환자나 저희 무시하는 건 똑같아요. 그 의사에 그 환자지."

"야. 그래도 우리 교수는 돈 잘 쓰잖아. 선물도 종종 사주고. 얼마 전에 들은 건데 이번에 새로 부임한 아래층 교수 있잖아. 몸에서 소금 나온다는 소문이 있더라. 아래층 직원이 10명이잖아. 그런데 어제 점심에 커피를 다섯 잔만 사주더니 두 사람당 한 잔씩 나눠 먹으라고 했대. 말이 돼? 얼마나 자린고비 같은 인간들이 많은 줄 아냐? 아무리 부자라도 콩고물 하나 안 내주는 부자가 얼마나 많은데. 콩고물이 아무리 자기한테 필요 없어도 남한테 주는 건 싫은 사람들이야."

1003호는 지금 함께 일하는 교수 편을 들며 맞은편에 앉아 있는 직원에게 말했다. 그러자 후배로 보이는 간호사 1명이 손사래 치며 대답했다.

"저는 선물 필요 없어요. 저희한테 짜증이란 짜증은 다 내고 마치 뒤처리하듯이 사주는 거잖아요. 저는 짜증 안 받고 선물도 안 받고 싶네요. 겉으로만 멀쩡하면 뭘 하나요. 속이 시커먼데."

그녀들은 중간중간 아무렇지도 않게 심한 욕설들을 내뱉기도 했다. 환자들을 대할 때와는 사뭇 다른 그녀들을 보며 적잖이 놀랐다. 나도 언젠가 이 병원의 환자로 가게 된다면, 아마 너무 친절한 그녀들의 태도에 감동해 마지않았을 것이다. 적어도 이 대화들을 듣기 전까지는.

"선생님. 얼마 전에 그 이야기 들었어요?"

후배로 보이는 다른 간호사가 1003호에게 물었다.

"무슨 얘기?"

"워낙 이 업계가 좁잖아요. 소문이라는 게 한 사람이 알게 되면 거의 백 사람은 알게 되는 것 같아요."

"그래서 뭔데?"

1003호는 끊임없이 핸드폰 화면을 들여다보며 귀찮다는 듯 대답했다. 그녀가 들고 있는 작고 네모난 액정 속에는 갖가지 옷과 액세서리들이 보였다. 그녀는 재빠른 손놀림으로 옷들을 장바구니에 넣고 결제 버튼을 눌렀다. 옷을 산 그녀는 이제 신발 쇼핑몰에서 빨간 구두를 보고 있었다. 그녀는 금방이라도 화면 속으로 빨려 들어갈 것만 같았다.

"예전에 저희 다 같이 이 병원 들어왔을 때 완전 뒤죽박죽이었잖아요. 직원은 하나도 없고 죄다 아르바이트생으로만 구성되어 있고. 진짜로 인수인계해줄 직원이 아무도 없었잖아요. 아무리 그래도 정직원 하나 없다는 게 이상했거든요. 이유가 진짜 궁금하긴 했어요. 아니나 다를까 사건이 있었던 거죠. 얼마 전에 인터넷 카페에서 본 건데요. 물론 지금은 그 글이 사라졌지만요. 아무튼, 우리 교수가 술버릇이 완전 엉망이잖아요. 회식 때마다 직원들한테 돌아가면서 치근덕대고 뽀뽀하고 그랬나 봐요. 직원들이 너무 싫은 티를 내면 그때는 손에 큰돈 쥐여주고 입막고. 그렇게 반복해왔나 봐요. 그러다 어느 날에 크게 한 번 사고 쳤다지 뭐예요. 마음에 드는 직원 한 명이랑 선을 넘은 거죠. 그때 병원 전체가 발칵 뒤집혔대요. 경찰도 오고, 사모님도 오고. 근데 교수님 인맥이 어마어마하잖아요. 대충 합의금 주고 마무리가 된 거죠. 워낙 큰 금액이라 직원 가족들도 어쩔 수 없이 동의를 해줬나 보더라구요. 카페 글은 제가 캡처해뒀죠. 너무 충격적이던 터라. 그래서 그때 있던 직원들도 싹 다 내보내고 새롭게 다시 시작한 거였어요. 그 사건 이후로는 한동안 잠잠한 것 같아요. 그래도 뭐, 그 버릇이 어디 갈까요? 언제 어디서 또 나타날지 모르는 거죠."

놀란 표정을 지을 거라 예상했던 나는 나의 예상이 완전히 틀렸다는 것을 1초 만에 느낄 수 있었다. 1003호는 콧방귀를 흥 하고 뀌며 한쪽 입꼬리를 올렸고, 흥미롭다는 반응이었다.

"재미있다. 야, 교수도 남자잖아. 한 여자랑만 오래 살면 그럴 수 있는 거 아니야? 난 만약에 우리 교수 부인이라면 나도 세컨드 하나 만들어서 즐길 것 같아. 그게 뭐 요즘 세상에 남사스러운 일이라고. 그리고 교수님 정도 재력가면 얼마든지 세컨드 역할 해준다는 사람이 줄을 섰을 걸? 안 그래? 근데 왜 우리한테는 관심이 없을까? 난 커피도 같이 마셔주고, 애교도 부리고, 뽀뽀도 해줄 수 있는데. 내가 원하는 만큼 돈만 준다면야. 야, 그리고 선 넘은 건 그 직원도 마찬가지지. 뭘 교수 탓만 하냐? 너네도 참."

그녀는 좀 전에 보던 빨간 구두를 장바구니에 담고 막 결제 버튼을 누르는 중이었다. 후배들이 그녀를 바라보는 눈빛은 별로 아랑곳하지 않는 듯 보였다. 이번에는 반짝이는 액세서리들로 화면을 가득 채운 홈페이지로 바쁘게 손가락을 옮겼다. 그녀는 1분도 안 되어 반지와 목걸이, 팔찌 등을 골라 장바구니에 넣어두었다. 이제 그녀의 손가락은 결제 비밀번호를 누르는 일만 기다리고 있었다.

"저는 아무리 돈이 많아도 그런 관계는 너무 싫어요."

"야. 넌 안 건드려. 안심해. 일단 저 인간이 우리한테 일절 관심이 없어. 꼴에 자기 스타일이 있나 보지. 우리는 그 기준에 전혀 미치지 않는 거고. 지금 그 사건 이후로 한참 지났는데 아무 일도 안 일어나고 있잖아. 좀 기분 상하네? 매력이 없나. 우리가."

"그거야 우리 병원 바로 옆에 경찰서가 들어와서 그런 게 아닐까요? 아마 사건이 있으면 10초도 안 돼서 병원으로 출동할걸요."

"그 말도 일리 있다."

둘은 맞장구를 치며 깔깔 웃었다. 몇 분 뒤 환자가 접수됐다는 무전이 울리자 또다시 심한 욕설을 내뱉으며 소독실을 나갔다. 1003호는 장바구니에 담아놓은 모든 남은 물건까지 빠르게 결제를 마쳤다. 그녀의 핸드폰 액정에는 XX카드 2월 사용 금액 5,156,800이 선명하게 떴다. 그리고 곧이어 온 문자는 카드빚 독촉 문자였지만, 그녀는 그 문자를 힐끔 보고는 화면을 꺼버렸다. 그녀와 직원들은 아무 일 없다는 듯 웃음 가면을 장착한 뒤 바삐 병원을 뛰어다니기 시작했다.

충격이었다. 아무리 그런 이야기를 많이 들어왔지만 실제로 있으리라고는 생각지 못했다. 드라마 속 이야기라고만 치부해버린 탓이다. 돈이 많다고 해도 자존감을 낮춰가면서까지 누군가를 만날 수 있을까? 라는 생각을 떠올렸을 때 그것은 순전히 나만의 생각이었다. 1003호는 자신이 그렇다는 사실에 아랑곳하지 않는 것 같았다. 돈만 준다면 뭐든 할 수 있을 거라는 그녀의 용기는 과연 대단하기까지 했다.

영상에서 보는 1003호는 주로 돈에 관한 이야기를 가장 많이 했다. 돈에 대한 부정적인 이야기가 거의 전부였다. 그녀는 '돈이 문제다. 돈만 있음 모든 게 해결된다. 돈이 최고다. 나는 사고 싶은 게 너무 많은데 돈이 없어'와 같은 말들을 꾀꼬리처럼 반복했다. 그러나 이 말이 왠지 익숙했다. 나 또한 오랫동안 반복해왔던 말이기 때문이었다. 나의 과거를 보는 것 같아 부끄럽게 느껴졌다. 그러나 꼭 그녀만 그런 것은 아니었다. 요즘은 대부분 사람이 그런 말을 아무렇지 않게 내뱉고는 했다. 그냥 일상 그 자체가 되어버린 것이다.

한바탕 환자를 보느라 전쟁을 치르고 온 그녀들은 다시 소독실로 모였다. 추운 겨울인데도 그녀들의 이마에는 땀이 송골송골 맺혀 있었다.

시간을 보니 막 점심이 되기 전이었지만, 배고픔을 참지 못한 그녀들은 구석에 숨겨놓았던 인스턴트 떡볶이와 음식들을 꺼내 먹었다. 하얀 식탁(정확히는 책상) 위는 사방으로 튄 국물로 빨간 얼룩이 졌다. 아무도 그런 것에는 신경을 쓰지 않는 듯했다. 자세히 소독실을 둘러보니 정리되지 않은 기구들이 어지럽게 널려 있었고 바닥과 구석진 곳에는 먼지가 가득했다. 천장을 보니 모서리 진 곳에 거미줄이 난잡하게 걸쳐져 있었다. 마스크를 벗고 있으면 금방이라도 기침이 날 것만 같은 장소였다.

"아. 이거 너무 사고 싶다. 시계도 사고 싶고. 차도 좀 바꿔볼까. 핸드폰도 이번에 나온 거 대박 예쁘던데. 큰일이다. 진짜. 할부를 대체 몇 개월을 해야 하는 거야."

불과 몇 분 전 물건을 장바구니에 담아 결제까지 한 1003호지만, 마치 처음 물건을 구매하는 것처럼 말했다.

"쌤. 얼마 전에 핸드폰 바꾼 거 아니었어요?"

후배는 손톱을 깎으며 익숙한 일인 양 대꾸했다. 그녀의 손톱은 소독실 안 이리저리 흩뿌려졌다. 그녀의 무릎 위에는 보풀이 일어난 담요가 있었는데, 담요 위로 손톱 조각이 계속해서 떨어지고 있었다. 누구도 뭐라 하는 이가 없었다. 말만 소독실이지 그녀들만의 방이나 다름없었다.

"바꿨지! 근데 이번에 나온 핸드폰 있잖아. 그게 딱 이번에만 나오는 한정판이래. 그래서 가격만 이백만 원이 넘는다나. 뭐라나. 핸드폰도 그렇지만 사고 싶은 걸 아무리 사도 부족한 느낌이야. 충족이 안 돼. 나는 왜 이럴까 싶다가도 내 손가락을 멈출 수가 없어. 결제 버튼을 이미 누르고 있는 내 손가락! 누가 내 손가락 좀 잘라줘라. 이 손가락이 있는 이상, 쇼핑은 지구가 두 쪽 나기 전까지 멈추지 않을 거야. 나 솔직히 한 번씩 자연재해가 일어났으면 싶어. 부자들은 싹 다 태풍이나 홍수에 쓸려가버리고, 우리 같은 애들만 살아남는 거지."

"엥? 그건 또 뭔 소리래요?"

그녀의 후배는 약간 놀란 듯 손톱 깎는 동작을 멈추었다. 그러고는 고개를 들어 1003호의 눈과 거의 처음으로 마주쳤다. 그리고 담요 위 손톱을 아무렇지 않게 소독실 바닥으로 툭 털어냈다.

"홍수가 나면 나는 무조건 백화점으로 갈 거야. 백화점은 튼튼하니까 절대 안 무너질 거 아냐. 그리고 부자들만 홍수가 싹 다 골라서 쓸어가는 거지. 그 틈에 가서 명품가방 죄다 털어 올 거야. 죽어도 백화점 밑에서 깔려 죽고 싶어. 샤넬 밑에서 깔려 죽고. 한 손에는 에르메스 가방 들고. 그러면 남들은 내가 부잣집 딸이 죽었다고 생각할 거 아니야. 태어날 땐 가난했어도, 내 마지막 모습은 부자일지니! 난 재난이 기다려진다. 가난보단 재난이 나아. 나는 그래. 아니면 전쟁이든 뭐든."

이런 말들이 익숙하다는 듯 후배로 보이는 여자는 싱글벙글 웃기만 했다. 마치 그 태도가 웃기고 재미있다는 반응이었다. 영상을 보는 나는 도무지 이해할 수 없었다. 죽기 전 소원이 남들에게 부잣집 딸로 비추어지는 거라니. 실제로는 부잣집 딸도 아니었을뿐더러 숙으면 그게 다 무슨 소용이란 말인가? 참으로 안타까웠다.

그녀를 보고 있자니 '삼풍백화점 붕괴사건'이 떠올랐다. 1995년에 일어난 이 사건은 수백 명의 목숨을 앗아갔다. 아비규환의 상황에서도 오로지 자신의 탐욕을 앞세우던 어떤 여인이 있었다. '악마의 웃음'으로 유명한 한 여인은 누군가가 죽어가던 상황에서도 백화점 명품을 훔치는 데 여념이 없었다. 뉴스 화면이 비춘 그녀는 분명 웃고 있었다. 그녀는 오로지 욕망 이외에 아무것도 보이지 않는 사람처럼 보였다. 그녀는 손에 들린 명품만이 그 순간 가장 중요한 것이었다. 주변에 울고 불며 생명을 잃어가는 과정은 그녀에게는 전혀 알 바가 아니었다. 죽음이 바로 그녀 곁에 있는데도 그녀는 결코 죽음 앞에서 생명의 소중함을 알지 못했다.

웃음은 상황에 따라 좋을 수도 있고, 어떤 상황에서는 소름 끼치는 행동이 아닐 수 없다. 누군가는 소중한 이를 잃었다. 그 아픔은 말로 못 할 만큼이라는 것을 대부분의 사람들은 알고 있다. 악마라고 함은 누군가를 꼭 괴롭힌다는 의미로 함축될 수 없다. 다른 이가 느끼는 감정에 전혀 공감하지 못하고, 자신의 욕망만을 내세운 채 살아간다는 것 또한 악마가 아니면 무엇이란 말인가.

1003호. 그녀는 점심을 먹으러 식당에 가는 순간까지 핸드폰을 놓지 않았다. 악마의 웃음은 그때만 볼 수 있었던 게 아니라 여전히 우리 주변에서도 볼 수 있다는 생각에 소름이 끼쳤다. 그리고 그녀와 비슷한 사람들이 점점 늘어가고 있다는 것도 부정할 수 없는 사실이었다. 1003호는 마치 농담처럼 재난이 일어났으면 좋겠다고 했지만, 누가 봐도 진심인 게 느껴졌다.

그녀와 동료들은 건물 지하에 있는 식당으로 향했다. 배식을 받으려고 서 있는 그녀들의 이야기 소리가 들려왔다.

"야. 쟤 반지 좀 봐. 분명히 며칠 전만 해도 반지 없었는데?"

1003호는 자신보다 5번째 정도 앞서 있는 통통하고 작은 여자를 가리키며 말했다.

"그러게요? 네 번째 손가락인데? 헐. 설마 결혼?"

"대박이다. 솔직히 진짜 못생겼잖아. 쟤. 성격이 좋아서 병원 사람들한테 인기가 많은 거지. 남편감이 있을 거라고는 생각 못 했는데."

그러자 반지를 낀 그녀는 수군거리는 소리가 들리는 쪽으로 돌아보았다. 그녀들은 빠른 몸짓으로 방향을 틀며 하하 호호 웃는 연기를 하기 시작했다. 당사자와는 아무 상관도 없다는 듯. 뭔가 기분 나쁜 묘함을 감지한 당사자는 딱히 어쩔 도리가 없다는 듯 다시 앞을 보았다.

"쌤. 들은 거 같아요. 나중에 올라가서 다시 이야기해요."

"그러자."

1003호와 가장 친해 보이는 한 명은 비슷한 또래로 보였다. 한, 두 살 차이밖에는 나지 않는 것 같았다. 그녀는 머리가 허리까지 왔으며, 숱이 없어서 두피가 훤히 보일 정도였다. 눈은 충혈이 되어 새빨간 상태였다. 피부는 건조하다 못해 파운데이션이 갈라진 모습이 그대로 보였고, 화장을 해도 무척 피곤해 보이는 얼굴이었다. 둘은 끊임없이 대화하고 웃었다. 나머지 둘은 조용히 듣거나 가끔 맞장구를 치곤 할 뿐이었다. 식당에서 그녀들은 끊임없이 씹을 주제로 삼을 사람을 찾아 두리번거렸다. 그러고는 씹을 누군가가 생기면 가차 없이 씹어대는 것이었다. 밥을 씹는 시간 반, 누군가를 씹는 시간이 반이었다. 어딜 가든 꼭 있는 그런 부류들이 있다.

식사를 마친 넷은 엘리베이터를 타고 4층 휴게실로 향했다. 휴게실 옆에는 병원 내 카페가 자리 잡고 있었으며 많은 인파로 북적였다. 1003호는 자신의 카드로 네 잔의 커피를 샀다. 예상과 달리 그녀는 후배들에게는 후한 듯했다. 아니면 억지로 선배 행세를 하고 있는지도 모를 일이었다. 적어도 카드를 낼 때 표정만큼은 밝았다. 아니, 그렇게 어둡지는 않았다. 그때만큼은 부자가 된 기분이라도 느끼는 건가 싶었다.

그녀를 보고 있자니 주변 사람 중 한 명인 K가 떠올랐다. K는 월급보다 가격이 나가는 물건들을 달마다 샀다. 그녀는 오랫동안 전기세, 수

도세를 내지 못해 전전긍긍하다 내게 돈을 빌리기까지 했다. 생계유지보다 중요하게 여겨진 그녀의 물건에 대한 집착은 이해하기 힘든 정도였다. 그러나 함부로 누군가의 인생을 판가름해서는 안 될 일이다. 나는 그 인생으로 태어나 살아보지 않았으므로.

 물욕에 관한 생각으로 멍해져 있는 동안, 영상은 계속 이어졌다. 휴게실에서 쉬던 그녀들의 모습이 갑자기 흐려지기 시작했다. 환자들과 간호사들이 바삐 움직이던 병원 모습 또한 온데간데없었다. 병원 대신 아무것도 없는 허허벌판이 영상에 새롭게 펼쳐졌다. 마치 누군가가 의도적으로 리모컨을 들고 내 뒤에서 채널을 돌리는 것 같았다. 벌판 위에는 잎이 완전히 말라버린 앙상한 나무 몇 그루가 간신히 서 있었고 허물어져가는 낡은 집들이 드문드문 보였다. 우중충한 회색 시멘트를 바른 벽돌로 이루어진 담 안에는 벽 여기저기가 갈라진 집 하나가 아슬아슬하게 서 있었다. 집 안에는 무기력해 보이는 아주머니 한 명과 옆에서 화투로 짝을 맞추고 있는 어린 여자아이가 보였다.
 여자아이는 일곱 살쯤으로 보였다. 그녀는 엎드린 채였다. 그녀의 엄마로 보이는 사람은 멍한 표정으로 TV를 향해 옆으로 누운 채 팔베개를 하고 있었다. 작고 야무진 여자아이는 두 발을 왔다 갔다 바닥에 교차하며 화투패를 맞추고 흩트리기를 반복했다. 무표정의 아주머니는 볼륨이 높은 TV 앞에서 넋이 나간 모습이었다. 두 눈은 초점을 잃었으며 깊숙이 파인 볼은 누가 봐도 영양실조를 겪는 사람 같았다. 그녀는 아무런 반응이 없었다. 웃긴 장면이 나와도 슬픈 장면이 나와도 그 표정, 그 자세 그대로였다. 누가 보면 얼음 땡 놀이라도 한 줄 알 것이다. 물론 '얼음'에서 아무도 '땡'을 해주지 않은 채로.

아주머니는 별안간 입을 뗐다.

"선이야. 내일부터 유치원 못 간다."

"왜?"

바닥으로 두 발을 왔다 갔다 하던 어린아이의 발이 멈추었다. 엄마를 쳐다보는 아이의 미간이 잔뜩 찌푸려져 있었다.

"돈 없다고 했잖아."

조용하지만 낮은 그녀의 음성은 호통보다 매서웠다. 어린 선이의 몸이 부르르 떨렸다. 살짝 몸을 일으킨 아주머니는 작은 눈으로 딸을 쏘아보았다. 누워만 있던 그녀는 갑자기 화가 났는지 몸을 벌떡 일으키며 소리쳤다.

"네 아빠라는 인간이 돈을 안 갖다주는데 유치원을 무슨 수로 가? 돈이 없어서 못 보낸다. 잔말 말고 그리 알아."

선이. 1003호의 실제 이름인 듯했다. 그녀들의 실랑이는 계속됐다. 들리는 대화로 볼 때 선이 아빠는 집에 잘 들어오지 않는 것 같았다. 일 때문인지 무슨 문제 때문인지는 모르겠으나, 집에 무관심한 것만큼은 확실했다. 선이는 입을 삐죽이며 계속해서 화투쩍을 맞췄다. 어린아이는 자신이 할 수 있는 만큼 저항해보았으나, 돌아오는 대답은 자신이 원하던 대답과는 정반대였다. 자기가 할 수 있는 일이 아무것도 없다는 걸 일찍이 깨달은 선이는 급 풀이 죽었다. 신나게 교차하던 발은 힘없이 바닥에 축 늘어졌다.

그때였다. 갑자기 대문이 삐걱거리는 소리가 났다. 느닷없이 사람 들어오는 소리가 들렸다. 누군가 철문을 발로 찼는지 꽝 하는 소리가 크게 울려 퍼졌다. 그 소리에 놀란 담벼락 위의 거먼 새가 까아악 울었고, 날개를 푸드덕거리며 시야에서 사라져갔다. 발소리는 점점 커졌다. 발소리를 감지한 두 여자는 급격히 불안에 떨었다. 가늘게 떨리는 선이의 어깨가 두려움을 대신하고 있었다. 두려움에 떠는 두 여자 앞에는 작고 삐쩍 마른 남자 하나가 서 있었다. 남자는 흙밭에서 뒹굴었다고 해도 믿을 만큼 더럽혀진 옷을 입고 있었고, 피부는 거무죽죽했다. 그가 입을 벌릴 때마다 썩어서 금방이라도 부러질 듯한 앞니가 모습을 드러냈다.

"야 이것들아. 느그들은 내가 밖에서 이래 고생하고 왔는데 뭣들하고 앉았냐? 버러지 같은 것들아!"

술이었다. 사람이 저런 모습을 보이게 되는 건 술이 가진 가장 강력한 마력 중 하나였다. 보통 술을 마신 사람들은 비슷한 행세를 보이기 마련이다. 그냥 술을 마시는 게 아니라 자신을 잃어버리고 싶은 사람들은 술을 마신다. 육신이 감당치 못할 만큼. 스스로가 역겨워 견디기가 힘들 때 술로 자신을 삼켜버리고 마는 것이다. 그러나 술 자체에는 아무런 문제가 없다. 술을 마시고 자신을 힘들게 하고, 남까지 고통스럽게 만드는 건 결국 자신이었다.

거나하게 취한 그를 한심한 눈으로 쳐다보던 어린 선이는 아빠로 보이는 사람과 눈이 마주쳤다. 그의 눈은 한눈에 봐도 병든 눈이었다. 탁하고, 어두웠다. 마치 폐유로 뒤덮인 강물 색 같았다. 맑고 투명한 기운이 감도는 눈은 그가 태어났을 적에나 볼 수 있을 법했다.

"야. 임선이! 너 일로 와. 이게 어디서 앙칼진 눈을 하고 사람을 꼬나봐?"

그는 별안간 어린 선이의 머리채를 확 붙들었다. 억세고 까만 그의 손은 작은 아이를 잡아채 억지로 일으켰다. 아빠라고 불리기도 아까운 그 작자는 난데없이 선이의 귀싸대기를 갈겼다. 선이의 볼이 터질 듯 벌겋게 부어올랐다. 순간 놀란 나는 발작적으로 몸을 부르르 떨었다. 나도 모르게 신음을 냈지만, 바깥으로 소리가 새어 나오지는 않았다. 저러다 치아라도 부서지지 않을까 겁이 났다. 술에 취한 사람들은 생각보다 힘이 세다. 자신의 힘이 얼마인지 가늠하지도 못한 채, 그냥 휘두르는 것이다. 그들은 아무것도 가늠하지 못한다. 자신에 대해서도, 다른 사람에 대해서도.

선이는 울지 않았다. 이런 상황이 늘 익숙해서이리라. 그는 자기 딸을 때려놓고도 최소한 양심의 가책도 느끼지 못하는 사람 같았다. 벌게진 볼을 쓰다듬던 선이는 아무 표정이 없었다. 약간 씩씩대며 볼을 쓰다듬을 뿐이었다. 그러나 그를 쏘아보는 눈만큼은 거두지 않았다. TV만 보던 무표정의 아주머니는 이런 상황이 익숙한 듯 술에 취한 그를 말릴 생각이 전혀 없어 보였다. 얼마나 이런 상황에 익숙해져버린 걸까. 머리채를 잡아채던 순간 비친 그녀의 눈에도 순간 두려움이 일었다. 매일같이 이어지는 폭력 속, 두려움과 가난에 그녀는 자신의 딸을 지킬 힘마저도 모두 잃어버린 것일까. 아주머니는 천천히 일어나 술병을 든 그에게 저항하듯 소리쳤다.

"버러시는 우리가 아니라 너야. 이 새끼야. 이러려고 결혼하자고 했냐? 내 인생에서 제일 후회되는 게 너 같은 쓰레기를 만난 거야. 애는 뭔 죄야? 이딴 집구석에서 태어나서 얻는 게 뭐가 있다고. 불쌍한 네 딸년 봐서라도 정신 좀 차리란 말이여! 돈 가져와 돈!"

"저! 저년이 돈 귀신이 들렸나. 그러면 네가 나가서 벌어오든가! 이게 어디서 눈을 똑바로 뜨고 소리를 질러? 너도 이리 와. 한 대 맞자. 짐승들은 처맞아야 정신을 차리지. 지 애비, 지 남편 공경할 줄 모르는 것들은 짐승이나 마찬가지여."

그는 휘청휘청하며 쓰러질 것처럼 하더니, 자신의 아내를 발로 마구

밟았다. 심각하게 마른 그녀의 두 팔이 필사적으로 발길질을 막고 있었다. 팔에는 채 가시지 않은 파란 멍이 여러 군데 남아 있었다. 어린 선이는 이 모습이 아무렇지 않은 건지 아니면 자기가 할 수 있는 게 없다는 걸 일찍 깨달았는지 가만히 서 있었다. 어찌나 술을 마셨는지 영상 너머에서 지켜보는 내게까지 술 냄새가 풍기는 듯했다. 옥신각신 수준을 넘어 욕설과 큰소리가 오고 갔다. 온갖 그릇이 깨지는 상황에서도 선이는 그저 평온했다. 적어도 겉보기로서는 그랬다. 그리고 어린 선이는 상상했다. 나는 반드시 어른이 되면 돈을 많이 가져야겠다. 다짐하고 또 다짐했다. 그녀의 가슴속 말이 내게 선명하게 들려왔다.

'이 모든 게 돈 때문이야. 돈만 있으면 돼. 그러면 정말로 행복해질 거야. 어른이 되면 난 무조건 돈을 많이 가질 거야.'

어린 그녀의 가슴속 말이 내게 들려올 때, 가슴 한쪽이 쿡쿡 찔리는 기분이었다. 놀이터에서 모래 놀이를 하며 친구들과 뛰노는 보통 어린이들과는 너무 달랐다. 화투짝 대신 엄마가 사준 인형들과 장난감, 책들로 이루어진 유년 시절은 누군가에는 너무 당연한 일상이었지만, 1003호에게 그런 일상은 아무리 기도하고 바라도 이루어지지 않는 허상에 불과했다. 그녀에게 유년 시절은 떠올리기만 해도 고통스러워 까맣게 칠해버릴 수밖에 없는 기억들이었다.

선이는 붉은 볼을 쓰다듬으며 밖으로 뛰쳐나갔다. 무거운 철문을 밀자 끼이익 하고 귀가 찢어질 듯한 소리가 났지만, 그의 부모는 관심조차 없었다. 그녀는 말라버린 땅을 지나 하염없이 걷고 또 걸었다. 한참을 걷다 보니 선이의 동네와는 사뭇 다른 느낌을 풍기는 또 다른 동네가 나왔다. 선이는 한눈에 봐도 관리가 잘 되어 있는 어느 아파트의 놀이터로 향했다. 알록달록한 놀이기구로 가득한 놀이터에 몇몇 아이들이 보였다. 아이들은 흙으로 두꺼비집을 만들거나 소꿉놀이를 했다. 남자 아이들은 뛰어다니며 공을 찼다. 귀신처럼 머리를 풀어 헤친 채 온몸이 상처투성인 선이가 놀이터로 걸어오자 아이들은 시선은 일제히 그녀를 향했다.

"야. 거지 왔다. 이제 집에 가자. 엄마가 쟤 나타나면 곧장 집으로 들어오라 그랬어."

흙으로 두꺼비집을 만들던 여자아이는 얼른 일어나 흙을 무너뜨리며 말했다.

"왜? 누군데?"

앞에 있던 아이는 선이를 처음 보는 모양이었다. 선이는 아이들의 말이 또렷하게 들렸지만 아랑곳하지 않고 그네 쪽으로 다가갔다. 그네는 두 자리였고 한 자리에는 양 갈래로 머리를 땋은 채 발을 굴리는 여자애가 앉아 있었다. 그 여자애는 선이가 다가오자 흠칫 놀라며 그녀를 내팽개쳤다. 그러더니 아이들이 있는 쪽으로 갔다.

"쟤. 임선이. 산 아래 판잣집에서 온 애잖아. 쟤는 왜 자꾸 우리 동네에 오는 거야? 짜증 나게."

"그러게 말이야. 난 쟤 무서워. 머리도 귀신처럼 맨날 풀어 헤치고. 몸에 상처는 왜 저렇게 많을까?"

"쟤네 아빠 술주정뱅이잖아. 아빠가 맨날 쟤네 엄마랑 쟤랑 때린다던데? 맨날 그 초록색 병 들고 다니는 아저씨. 우리 엄마가 멀리서라도 보이면 무조건 줄행랑치라고 했어. 저 가족이랑 엮이면 엄청 불행해진대. 쟤네 아빠. 귀신 들렸다는 소문도 있어."

선이는 발을 세게 굴렸다. 그런 말이 들릴 때마다 선이가 탄 그네는 하늘로 치솟을 것처럼 보였다. 그러다 참을 수 없었던지 낡은 슬리퍼로 바닥을 끌며 그네를 세운 뒤, 아이들 앞으로 다가갔다.

아이들은 놀란 토끼 눈을 한 채 그녀를 올려다보았다.

"재수 없는 건 너네지. 뒤에서만 까는 비겁하고 멍청한 년들! 그래! 나 처맞아서 이렇게 됐다. 근데 나도 아빠한테 배워서 사람 잘 때리거든? 맞아볼래?"

"꺄악!"

얼마나 놀랐던지 아이들은 가지고 놀던 장난감은 그대로 놔둔 채 달려갔다. 놀이터에 남은 건 선이와 그녀의 그림자뿐이었다.

"병신들. 친구 따위 필요 없어. 우리 엄마가 그랬어. 친구 같은 건 아무짝에도 쓸모없는 거라고."

선이는 혼자 중얼거리며 다시 그네로 발걸음을 옮겼다. 그네를 타던 어린 선이 모습이 점점 시야에서 흐릿해지기 시작했다. 그네는 하늘로 솟구쳤고 그와 동시에 아득했던 정신이 갑자기 번뜩! 하며 돌아왔다. 무거워진 눈꺼풀을 올리자 내 앞에는 파란 고양이가 위풍당당한 모습으로 서 있었다. 그의 기세와 달리 표정은 심각했다.

"과거는 현재의 산물일 뿐이야. 이미 흘러갔고, 따라서 바꿀 수가 없단 말이지. 우리가 가장 중요하게 생각해야 할 게 뭘까?"

그는 숨을 크게 들이쉬며 말했다. 그가 숨을 들이쉴 때마다 모든 에너지가 그에게로 빨려드는 것 같았다.

"그것은 바로 지금. 이 순간이지. 과거에 얽매여 내가 살아 숨 쉬는 온전한 순간까지도 부정하는 것은 삶을 놓아버리는 가장 어리석은 태도지. 물론, 각자의 과거는 다 다른 모양으로 존재해. 그래서 우리는 누군가의 싫은 모습을 보고 함부로 판단해서는 안 되는 거야. 인간은 누구나 한구석에 어두운 면을 지니고 있지. 다만, 그것들을 애써 감추려는 자들과 받아들이는 자들로 나누어질 뿐. 한 사람의 생애를 전체적으로 볼 수 있는 능력이 인간들에게 있다면 상대방을 미워하는 마음이 반 이상 줄어들 거야. 그에 따라 싸움 또한 자연스럽게 없어지겠지. 누가 더 좋고 나쁜 인간은 없어. 다 상대적일 뿐."

주변을 돌아보니 1003호의 모습이 보이지 않았다. 자신의 모습을 차마 계속 지켜볼 수 없었던 걸까. 그녀가 어디로 갔는지 궁금했다. 파란 고양이 뒤에 있던 주홍색 고양이의 입 모양을 보니, 1003호는 이곳 어딘가로 자리를 옮겨 간 듯했다. 입 모양을 자세히 보니 '정화' 어쩌고저쩌고하는 모양이었다.

"자네들 옆에 있는 자들은 삶이란 길을 함께 걷는 동지라네. 아무리 나약해 보이고 별로라 여겨지는 인간들이라고 해도 과거를 들추어보면 그 해답이 나와 있기 마련이지. 우리는 자네들의 정화를 돕기 위해 이곳에 왔어. 내가 누구인지는 차차 알게 될 거야. 물론, 이 정화 작업이 끝나면 그 후로 다시는 보지 못할 테지만."

파란 고양이가 대체 무슨 말을 하는 걸까. 자기가 외계인이라도 된다는 건가? 하기야. 눈앞에 고양이가 서서 말을 하는 것도 이미 말이 되지 않는 상황이다. 불현듯 현실 세계가 생각나기 시작했다. 지금은 몇 시지? 직장은 어떻게 되었을까? 다들 한바탕 난리가 났겠지? 아니야. 지금은 얼마 시간이 안 갔을 테니 아무도 나를 찾지는 않겠지. 그런데 내일은? 다음 날은? 난 도대체 얼마나 여기에 있어야 하는 걸까. 그리고 여기 있는 요괴들에게 보일 내 영상은 무엇일까. 조금씩 불안해졌다. 파란 고양이는 내 마음을 알아차린 듯 곧바로 말을 이었다.

"뒤에 남겨두고 온 현실 세계에 대한 걱정은 말도록. 여기 머무르는 동안 자네들의 지구 시간은 멈춰 있네. 돌아가는 날에는 멈춘 오늘 일상을 그대로 이어나가는 것뿐이야. 걱정할 건 아무것도 없네. 중요한 사실은 바로 지금에 집중해야 한다는 사실이지. 지금 나와 있는 그대들은 그대들의 씨앗과 함께 왔다네. 즉, 진짜 깊은 내 안에 있는 본래의 나를 말하는 것이지. 그대들이 흔히 말하는 영혼과도 같은 거야."

그때였다. 쥐색 털로 뒤덮인 요괴가 불쑥 일어나더니 큰 소리로 말했다. 그의 머리 위에는 날카로운 뿔 두 개가 솟아 있었다. 그는 잔뜩 성이 나 보였다. 수북한 털 사이로 열이 오른 울긋불긋한 피부가 느껴졌다.

"영혼? 그게 뭐고 나는 관심이 없고. 왜 날 여기로 데려온 거야? 난 지금 할 일이 많아. 시간 낭비하고 있을 여유가 없다고. 어서 나를 원래 있던 곳으로 되돌려 놔! 내가 감히 누군지 알고. 짐승 주제에. 죽고 싶어?"

털이 무성하게 난 요괴는 씩씩거리며 흥분을 가라앉히지 못했다. 그는 금방이라도 파란 고양이에게 달려들 기세를 취했지만 파란 고양이는 이를 무심히 바라보았고 대수롭지 않게 말을 이어갔다.

"저자의 모습을 기억하도록. 아마 나갈 때쯤이면 많은 게 변해 있을 거야. 어둠이 짙은 인생을 살아온 자일수록 자신의 생을 밝게 만들 능력이 있거든. 자신에게 큰 어둠과 고통이 자리 잡은 건 그만큼 자신이 겪어낼 힘과 용기가 있기 때문이지. 그리고 시간 낭비라는 건 그럴 때 쓰는 말이 아니야. 자신이 누군지 모른 채 살아간다는 게 가장 큰 시간 낭비지."

털이 복슬복슬한, 쥐와 황소를 합친 것 같은 요괴는 여전히 반항적인 기세를 취했다. 중간중간 욕설이 들렸다. 파란 고양이와 무리는 아무런 반응도 하지 않았다. 그런데 정말 1003호는 어디로 간 것일까. 잠깐이나마 본 그녀의 영상은 내 마음에 분명 무언가를 일으켰다. 연민과 공감의 중간인 감정이라고나 할까. 그녀가 터널로 들어오는 순간 왜 그토록 인생에 관한 한탄을 했는지 이제야 이해가 갔다. 그녀가 걱정됐다.

그녀의 행방이 너무 궁금했다. 고민 끝에 파란 고양이에게 감히 말을 걸어보기로 했다. 털북숭이 요괴는 참으로 대단했다. 강렬히 뿜어져 나오는 파란 고양이의 아우라를 무시한 채 제 할 말을 해버리다니. 숨을 크게 한 번 쉬 들이마시고 내쉰 뒤 모기만 한 목소리로 그를 불렀다.

"저……."

"1003호는 정화의 샘으로 갔다."

파란 고양이는 생각을 정확히 읽은 게 분명했다. 깊이 감춰둔 마음속을 들여다보는 것 같아 기분이 살짝 상하기도 했지만, 나쁜 의도는 느껴지지 않았다. '정화의 샘'. 그곳은 또 어디란 말인가. 이 세계로 들어선 순간부터 '정화'라는 단어가 그렇게 어울릴 수가 없었다. 오자마자 복잡했던 머릿속이 깨끗해졌으며, 미세먼지로 내내 말썽이었던 코는 이토록 시원하게 뚫려 있을 수가 없었다. 무엇보다 달라진 점은 마음이었다. 매일 짐짝처럼 마음을 누르고 있던 덩어리가 순식간에 사라져버린 것이다.

"1003호는 끝내 자신을 잃어버린 중죄를 지었지. 자네들 인간이 아기였을 때를 생각해보게. 물론 지금은 그때가 전혀 생각나지 않겠지만, 주변의 갓 태어난 아이들, 그리고 놀이터에 뛰어노는 어린 애들만 봐도 그들의 순수한 영혼이 그대로 느껴지지. 태어난 순간부터 자네들은 사랑 그 자체였네. 그러나 점점 마음의 시야가 흐려지고, 마침내는 오염된 시야가 자신의 전부인 양 살게 돼. 그 껍질을 벗겨낼 수 있는 건 자신뿐인데도 껍질 속에서 적응이 된 인간은 그것을 벗기려고 시도조차 않지. 인간의 대부분이 그런 상황이고. 인간은 과거에 잠식당하고 마는 참사를 일으켜. 주어진 것이 충분하고 행복은 이미 내 곁에 있다는 걸 깊은 마음속에서는 알지만, 인정하려 들지 않지. 너희 인간은 스스로를 외부적인 조건과 환경에 가둔 채 원하는 삶을 살기를 포기하지. 인간은 본디 자유로운 존재야. 그래서 무엇이든 할 수 있고 될 수 있음에도 사회가 만든 관념에 따라 살아가면서 차츰 그 사실을 잊게 되는 거야. 인간은 변화하도록 만들어졌어. 무언가에 얽매여 자신의 삶을 놓아버린 자들에게는 영원히 자유가 주어지지 않아. 여전히 불행하고, 불안하고, 힘든 세상이 자꾸 눈앞에 펼쳐지지. 인간들 세계에서 유명한 소설 《데미안》에 이런 내용이 있더군. '새는 알에서 나오려고 투쟁한다.' 이 말은 우주가 원하는 바와 같아. 사람은 애초부터 끊임없이 변화하도록 만들어졌어. 그러나 어떤 이들은 이 당연한 과제를 무시하고 자신을 잃어버린 채 별것 없는 일상에 기대어 살아가지. 될 대로 되라는 식으로. 그것은 삶을 대하는 아주 잘못된 태도야. 자네들은 지구에 올 때 분명한 목적을 갖고 왔어. 지금 주어진 그 몸과 현재의 부모, 친구, 모두 자네들이 택한 거야. 모두가 배움이며, 모두가 새로운 새로 태어날 수 있도록 배움을 주는 존재들이지. 그들은 자네들을 행복하게도 하지만, 때로는 옥죄기도 하지. 그리고 때로는 말없이 떠나기도 해. 이 세상에 필요치 않은 것들은 단 하나도 없어. 모두가 진정으로 원하는 자기 '자신'을 찾기 위한 여정을 위해 만들어진 나침반과 다름없어."

 열두 살. 고달팠던 삶의 기억 중 가장 행복하게 기억하는 해였다. 그때는 자주 밤하늘을 바라봤다. 지금처럼 도시가 발전하기 전까지는 별이 쏟아질 듯 많았다. 부모님과 함께 살던 아파트 베란다에서 까치발을 들고 달과 별을 바라보고 있노라면, 왠지 나는 저 은하계 어디에선가 온 것만 같았다. 그럴 때마다 이유 없이 울적해졌다. 지구 말고 태어난 별이 따로 있는 것만 같아서. 그런데 파란 고양이의 말이 사실일까? 지구에 온 목적은 내가 나로 살아가기 위함을 아는 것일까?

한편으로는 이해가 가질 않았다. 1003호가 죄인이 된 것은 꼭 자신 때문이 아니라 그녀의 부모 영향도 크지 않은가. 돈에 대해 두려움을 갖게 되고, 세상을 나쁘게만 보는 것이 꼭 1003호 탓만은 아니라는 생각이 들었다. 돈을 추구하기는 해도, 어쩌면 그게 진짜 자신이 원하는 삶이지 않을까? 그런데 그 부모조차도 나 자신이 선택해서 지구로 오는 것이라니. 도무지 이해가 가질 않았다.

또다시 마음을 읽기라도 한 듯 파란 고양이는 바로 대답해주었다.

"아까 말했듯 진정한 내 자아는 그 어떤 외부적인 요소에도 흔들리지 않아. 자꾸만 부족함을 느낀다면 본연의 자신으로 살아가고 있지 않다는 증거지! 부모가 누가 됐건, 상황이 어떠하건 선택해서 온 것이지만 거기에 절대적인 큰 부여를 해서는 안 돼. 인간이란 탓을 잘하는 존재이기도 하지. 거기에 치우치게 되면 인생이 굴곡의 바다를 건널 때쯤 무언가를 탓하기 마련이니까. 모든 답은 자신 안에 있는데도."

그는 단호했다. 그러나 우리는 지구에 모든 것을 선택해서 온다고 했다. 그렇다면 우리는 자신을 잃어버리려고 오는 게 아닐까! 이제는 뭐가 맞고 틀린 건지 헷갈렸다. 파란 고양이 말대로라면 우리나라 모두, 아니, 정확히는 지구에 사는 모두가 죄인이 아닐는지. 대부분 사람은 외부적인 요소에 휘둘리고, 불안에 시달린다. 결핍 또한 지속적으로 겪는 자들이 적지 않다. 정확히 자신이 원하는 대로 살아가는 사람들이 과연 몇이나 될까. 아마 거의 없을 것 같다는 확신이 들었다. 적어도 주변에는 자기가 원하는 삶을 산 사람을 거의 보지 못했기 때문이었다.

"어쩌면 너희 모두는 죄인인지도 모른다. 그러나 여기 온 자와 오지 못한 자들은 다르다."

파란 고양이가 자꾸 마음을 읽는 것 같았다. 이제는 함부로 생각을 떠올리면 안 되겠다는 판단을 했다.

"지금 여기 있는 자네들은 가슴속 한편에 희미한 빛을 지니고 있다네. 그 빛이 완전히 꺼지기 전에 우리에게 신호를 보내왔지. 불행하게도 완전히 꺼지고 난 사람들이 세상에는 더없이 많다는 거야."

나는 어떤 방식으로 그에게 신호를 보냈을까. 영혼이 괴로움에 발버둥 치는 모습이 떠올랐다. 좀 더 나이가 들기 전에, 오래전부터 자리 잡은 고정관념들로 자신을 파묻기 전에 파란 고양이에게 급히 신호를 보냈는지도 모른다. 파란 고양이가 말을 끝마치는 순간 1003호가 돌아오는 모습이 보였다. 터덜터덜 힘없이 걷는 그녀였지만, 그녀는 처음 왔을 때보다 한층 살 만한 표정을 짓고 있었다. 미소까지는 아니었지만, 적어도 눈빛은 생기를 띠었다. 그녀는 침묵 속에 있었다. 알 수 없는 표정으로 두 무릎을 모으고 앉아 있었다. 말을 걸고 싶었지만 침묵 속 평온한 그녀의 시간을 깨고 싶지는 않았다.

* * *

눈앞이 컴컴해졌다. 파란 고양이가 다시 한번 엄지와 검지를 맞부딪는 형상이 희끄무레하게 보였다. 영상이 시작된다는 신호였다. 1003호의 영상이 이어지기 시작했다. 그녀가 돌아오자마자 영상을 틀어 보여주는 게 너무하다는 생각이 들었지만 어쩌겠는가. 이곳은 파란 고양이의 별이고 그녀는 따를 수밖에 없을 것이다. 문득 그녀는 어떤 표정을 짓고 있을까 궁금했지만, 볼 수가 없었다. 이제는 익숙해져버린 병원 소독실이 영상 속에 다시 보였다. 한가해 보이는 병원 안에서 1003호와 그의 동료들은 여전히 수다를 떨고 있었다.

"얘들아."

1003호가 말했다. 짐짓 가라앉은 목소리였다. 처음 듣는 진지한 그녀의 목소리에 간호사들의 시선은 그녀에게로 집중됐다.

"나는 지금껏 너무 대충 살았어. 겁도 많았고. 이제는 겁이 많아지다 못해 세상이 두려워서 아무것도 하고 싶지가 않아. 단 한 번도 원하는 만큼 돈을 벌어보지도 못했고 연애도 늘 거지 같았지. 제대로 된 친구가 있는 것도 아니고. 친구가 하나도 없다는 말이 더 맞는 표현이겠지만. 내 주변에는 하나같이 다 쓰레기만 있는 거 같아. 삶도 사랑도 우정도 한 번도 제대로 된 적이 없었어. 지금도 연애를 어떻게 제대로 해야 하나 모르겠어. 나는 그냥 감정을 잃은 것 같아. 누군가를 사랑한다는 거, 그게 가당키나 한 일일까? 어쩌면 난 나를 위해 산 적이 없는 거 같아. 어릴 때는 부모 눈치 보느라 비위 맞춰주며 살았고, 커서는 결혼할 남자 찾느라 평생을 바쳤고. 근데도 아직 못 만났다는 게 문제지. 지금은 직장에 한 몸 다 바치고 있잖아. 난 죽을 때까지 이 굴레를 벗어나지 못할 거야. 아마. 절대로."

그녀는 깊은 한숨을 쉬었다. 지금껏 보여준 모습들과는 다른 모습에 동료들은 살짝 놀란 모양이었다. 언제나 가볍기만 한 그녀의 모습만을 보아왔기 때문이리라.

"젊은 너희는 이 언니처럼 후회하지 말고 해볼 거 다 해봐. 그리고 남 눈치 보고 살지 마. 이제는 뭐 하나 해보려 해도 어떻게 할지 몰라서 그렇게 못 사니까."

동료들은 눈을 내리깐 채 몇 분 동안 말이 없었다. 그러다 늘 듣기만 하던 동료 한 명이 말을 꺼냈다. 너무 조용했던 탓에 눈여겨보지 않았던 1003호의 동료는 자세히 보니 굉장히 매력적인 얼굴이었다. 어떻게 보면 나이가 들어 보였고, 어떻게 보면 굉장히 앳된 신비로운 얼굴이었다. 질끈 묶은 긴 파마머리가 상당히 잘 어울렸다. 그 동료는 처음부터 내내 듣고만 있었다. 가장 처음 영상을 보았을 때도 그녀는 미소를 짓거나 웃기만 할 뿐, 별로 입을 열지는 않았다. 그래서 처음에는 있는지조차 몰랐다. 이따금 일에 관한 이야기만 살짝 할 뿐이었다. 느낌상 병원에 들어온 지 얼마 되지 않은 듯했다. 그런 그녀가 갑자기 입을 열자 동료들 시선이 모두 그녀에게 쏠렸다.

"선생님. 지금도 전혀 늦지 않았어요. 눈치 보지 마시고 하고 싶은 거 하면서 살아요. 바야흐로 100세 시대잖아요. 기회는 많아요. 젊은 것과 늙었다는 오로지 나 자신이 어떻게 생각하느냐에 따라 달라지는 게 아닐까요? '시간은 우리가 늙었을 때 모든 것을 가르쳐준다'라는 말이 있어요. 지금 현재 저와 선생님이 얘기하는 이 시간까지는 선생님 삶이 별로라고 느껴졌을 수도 있어요. 그런데, 지금 바로. 이 순간부터 시작하면 돼요. 원하는 삶을 살기 위한 시작이요. 우리가 늙었을 때 알게 될

'모든 것'은 지금의 우리가 만들어내는 거니까요."

　숨죽여 듣고 있던 동료들과 1003호는 처음에는 무척이나 당황한 표정이었다. '얘는 도대체 뭐라는 거야?'라는 뉘앙스로 바라보았다. 이제 막 사회생활을 시작한 순수한 신입이 오랫동안 무언가를 잃고 사는 선배에게 가하는 일침 같았다. 순간 조용한 동료의 눈에서 파란 고양이에게서 보았던 강한 '눈빛'이 잠깐 스쳤다. 분명했다. 선하고도 강렬한 파란 고양이의 눈빛이었다.

　"그래. 말이라도 고맙다. 나도 내가 원하는 삶. 지금부터라도 살 수 있겠지?"

　"당연하죠. 나를 의심하지 않고 믿으면 되는 거예요. 진짜 간단해요."

　"너는 어쩜 그렇게 확신해?"

　"제가 선생님이랑 똑같았으니까요. 불과 몇 년 전만 해도요. 근데 제가 변하면서 주변의 많은 사람도 변했고, 마침내는 저를 비롯한 제 주변 모두가 원하는 삶을 살고 있어요. 선생님도 반드시 할 수 있어요. 저도 제가 죽을 만큼 싫었던 적이 있거든요. 세상에 태어난 나 자신을 증오했던 석이 있어요."

　그녀는 희미하게 웃었다. 지나온 날들을 회상하는 것처럼 보였다. 1003호는 고개를 갸우뚱했다. 그녀의 내면에는 살짝 변화가 일어난 것처럼 보였다. 환자를 욕하고, 자신의 인생을 멋대로 치부해버리던 1003호와는 살짝 달라 보였다. 방금까지 동료에게서 보았던 것은 분명 파란 고양이의 눈빛이었다. 그가 뿜는 선하고 강한 기운이 동료의 눈에 그대로 스며들었다는 착각이 들었다. 파란 고양이는 어쩌면 우리 모두의 곁에 있는 건 아닐까?

　잠시 멍해 있던 1003호는 갑자기 울리는 핸드폰 액정에 눈을 두더니, 표정이 급격하게 어두워졌다. 핸드폰 액정에는 '엄마'라는 짧은 두 단어가 떴다. 흔히들 엄마 뒤에 귀여운 하트 이모티콘이 붙여져 있을 법도 했지만, 다소 딱딱한 '엄마'라는 두 단어만 쓰여 있었다.

"또 왜?"

그녀는 여보세요 대신 딱딱한 두 마디를 전했다.

"아니, 엄마. 제발 그만 좀 해. 내가 멀리 있는데 어떻게 도와줘. 사람 일하는데 몇 번을 전화해? 알아서 좀 하면 안 돼? 그 인간 사라진 게 내 죄야? 그만 징징대. 나한테 한 번이라도 제대로 부모 노릇 해준 적 있어? 그러니까 내가 이 나이 될 때까지 시집도 못 가는 거 아냐. 엄마. 엄마가 그렇게 질리게 하니까 아빠라고도 부르기 싫은 그 인간도 집을 나간 거야. 그 꼴 보기 싫어서. 난 그 인간이랑 엄마처럼 굳이 결혼이란 거 해서 그렇게 살기 싫어. 차라리 혼자 사는 게 나아. 어떻게 알아? 나도 그 꼴로 살아갈지. 진절머리 나. 정말! 나 일해야 하니까 끊어."

그녀는 동료들 앞에서 큰 소리로 통화하는 게 익숙한 듯 별로 개의치 않았다. 눈치 볼 법한 내용이었지만 동료들도 아무렇지 않게 제 할 일을 하는 걸 보니 1003호가 얼마나 자주 이런 식으로 통화해왔는지 알 수 있었다. 통화내용을 듣자 하니 1003호의 엄마는 몸이 편찮은 듯했다. 낡아빠진 콘크리트 건물에서 본 그녀의 엄마는 젊었다. 지금은 많은 세월이 흘렀다. 늙고 아픈 사람에게 소리를 지르는 1003호가 조금 너무 하다는 생각이 들었다. 아무리 어릴 때 무기력한 엄마라도 해도 이제는 힘이 약해져버린, 어쩌면 곧 함께할 날이 머지않은 사람에게 저토록 모질 수 있을까. 동시에 그녀가 받은 상처의 크기가 가늠할 수 없을 만큼 크다는 사실도 깨달을 수 있었다. 내가 받은 상처가 너무 큰 나머지 타인의 상처는 전혀 보이지 않는 것이다. 우리는 보통 가장 가까운 사람에게 모진 말들을 거침없이 쏟아낸다. 너무 당연한 존재라 전혀 상처받지 않으리라 믿는다. 직접 말을 내뱉는 사람은 모른다. 의외로 주위에서 바라보는 제3자는 정확히 알 수 있다. 수화기 너머에서 풀이 죽은 목소리로 연신 '알았다. 알았어'라는 대답만 반복하는 자의 감정을 오롯이 느낄 수 있는 것이다.

짜증을 쏟아내던 1003호는 전화를 끊고 살짝 민망했는지 한마디를 덧붙였다.

"이게 다 엄마 때문이야. 내 삶이 이따위인 것도. 그 인간이랑 대책 없이 결혼해서 나를 낳은 것부터가 지옥의 시작이었어. 거기다 뭘 해준 게 있어야지. 정말 스트레스다. 내 인생 절대 안 변해. 다시 태어나지 않는 이상. 어휴."

그 누구도 입을 열지 않았다. 소독실 안은 기계 돌아가는 소리만 들릴 뿐 적막감이 맴돌았다. 1003호는 방금 전 동료와 나눈 이야기는 말끔히 잊어버린 태도였다. 사람은 쉽게 변할 수 없다는 건 잘 안다. 그러나 '희망'이 있다는 것 또한 무시할 수 없는 사실이다. 쉽게 변하지 않을 뿐 '희망'이라는 단어가 세상에 수어진 이유는 그것이 존재하기 때문이리라.

영상은 잠깐 흐릿해졌고, 지지직 하며 뜸을 들이더니 다시 선명해졌다. 시간이 흐른 것 같았다. 퇴근 후 집 안에 있는 가장 최근의 1003호 모습을 볼 수 있었다. 고단해 보이는 그녀는 평소처럼 TV를 켰다. 아무 생각 없이 TV를 보고 또 보았다. 저녁은 당연히 먹지 않았다. 원래 먹지 않았기 때문이리라. 병원에서 대충 때우는 끼니와 과자 몇 개가 하루 식사의 전부였다. 과일이나 채소는 입에 댄 지 꽤 오래였다. 자신을 위해서 뭘 먹어본 지가 언제였는지 기억이 안 났다. 그냥 배고프면 뭔가를 배에 집어넣을 뿐이었다. TV를 보며 이 사람, 저 사람을 판단하기 시작했다. 물론 혼잣말이었다. 1003호가 보고 있는 프로그램은 연애 관련 프로그램이었다. 누군가가 사연을 보내면 거기에 맞는 솔루션이나 반응들을 패널들의 수다로 이어나갔다. 때로는 전화 연결도 했다. 사연 중 99%는 부정적인 내용이었다. 그럴 수밖에 없었던 게 힘들고, 어처구니없고, 생각할수록 화가 치미는 내용이 시청률을 올리는 데 한몫하기 때문이다. 많은 프로그램이 그러하지 않던가. 비단 TV에만 해당하는 게 아니다. 책이라든지 기사라든지 우리가 정보를 접할 수 있는 모든 것에는 그런 부분이 있게 마련이다. 사람의 이목을 끌기 위해서는 일단 '자극적'이어야 한다는 것. 사람들은 자연스레 긍정적인 것보다 부정적인 주제에 흥미를 얻는다. 또 다른 진실이 있다면 그런 프로그램들은 '진심'을 담은 프로그램보다 수명이 오래간다는 조금 슬픈 진실이었다.

바닥에 옆으로 누운 1003호는 TV 쪽으로 몸을 향하고 있었다. 그녀를 보고 있자니, 어린 시절 무기력하게 돌아누워 TV를 보던 그녀의 엄마가 겹쳐 보였다. 오른쪽 팔을 베개 심고 웅얼웅얼하는 TV 앞에서 자신도 맞받아치듯 웅얼거렸다. 그녀는 연애 프로그램에 나오는 사연들을 보며 자신을 떠나간 수많은 연인을 떠올렸다. 프로그램에 소개된 이별 사연들이 모두 제 이야기를 하는 것만 같았다. 흔히들 그런 착각을 한다. 감정이라는 게 그래서 무섭다. 슬픈 감정에 녹아들어 허우적대고 있을 때 모든 슬픈 노래, 음악, 이야기들은 내 안으로 무한정 빨려 들어온다. 모든 게 나를 두고 하는 것 같다. 반대로 좋은 감정들은 생각보다 쉽게 빠져나간다. 슬픔과 무기력한 감정은 의식적으로 빨리 털어내지 않으면 마치 '상처'처럼 자국이 남게 마련이다. 그 상처는 묵히면 묵힐수록 독이 되고 순수한 나는 어느새 독에 파묻히고 만다.

TV를 보던 1003호의 모습은 조금씩 사라지고, 어느새 어떤 남학생 곁에 서 있는 장면으로 바뀌었다. 그녀는 지금 모습보다 훨씬 앳되게 보였다. 둘은 서로를 마주 보고 있었다. TV를 보던 그녀가 처음으로 사랑했던 그를 떠올렸고, 나는 그녀의 첫사랑 연애 시절 기억으로 들어온 모양이었다. 그녀와 그는 쥐색 교복을 입고 있었다. 바람은 그녀의 주름진 교복 치마를 스치고 지나갔다. 동시에 그녀는 황급히 치마를 잡았고, 둘은 바라보며 하하 호호 웃었다. 누가 봐도 한참 풋풋한 신입생이었다. '○○고등학교 입학식. 입학을 축하합니다'라고 쓰인 플래카드가 여기저기 널려 있었다. 추운 겨울이 아직 모습을 완전히 숨기지 않은 3월. 입학식이 시작하면서 온 사방에 벚꽃잎 같은 축하포가 흩뿌려졌다.

그와 그녀는 같은 반이 되었다. 급식소에 가서 늘 함께 밥을 먹고, 벤치에 앉아 서로의 눈을 마주 보는 게 일상이었다. 그의 눈에 비친 것은 그녀가 유일했다. 그에게 사랑이라는 감정을 처음으로 일깨워준 사람이 바로 1003호였다. 누가 보아도 그에게 그녀는 첫사랑이었다. 그에게는 그녀가 전부와도 같았다. 그녀 또한 마찬가지였다. 틈나는 대로 아르바이트를 했고, 모은 돈의 90%를 그녀에게 모두 쏟아부었다. 시간도, 공간도 자신이 가진 모든 것을 그녀에게 주려 했고, 그녀는 그게 당연한 줄로만 알았다. 그녀에게도 그가 전부였으므로. 서로가 서로에게 전부를 주었다. 그래도 아깝지 않았기 때문에. 평생 무언가를 받아본 적이 없는 그녀로서는 처음에는 그가 마치 하늘에서 뚝 하고 내려준 천사가 아닐까 했다. 자신의 삶이 너무도 불쌍한 나머지 하늘도 불쌍히 여겨 선물을 보낸 거라 여겼다. 허무맹랑한 이야기는 전혀 믿지 않는 그녀였으나, 그와 함께할 때만큼은 어쩌면 천사란 있을지도 모른다는 생각에 확신을 갖기 시작했다. 그녀는 보고 자란 부모를 보며 사랑 따윈 하지 않으리라 결심했지만, 그를 만난 후로 결심은 허물어졌다. 사랑은 그토록 달콤하면서도 위험했다. 그녀는 그를 놓치기 싫었다. 두려웠다. 그 누구도, 심지어 그녀의 부모조차도 그녀에게 사랑을 주지 않았지만, 그만은 달랐다. 그녀가 살아온 세계를 통틀어 그는 그녀와 평생 함께할 것이 분명했다. 그러나 그녀는 애써 외면했다. 그녀 안에 똬리를 튼 검고 작은 불안을.

영상은 빠르게 흘렀다. 회색 소용돌이 속으로 들어온 느낌이었다. 영상 속 모습은 어느새 긴소매로 바꿔 입은 사람들로 바뀌었다. 아직 낙엽이 물들지 않은 것으로 짐작건대 초가을쯤으로 보였다. 그와 그녀는 노을이 막 지기 시작하는 회색 건물 앞에 서 있었다. 회색 건물 위에는 '(주)○○기업'이라는 글자가 커다랗게 쓰여 있었다. 어깨를 살짝 넘던 그녀의 머리카락은 엉덩이 가까이 축 늘어졌다. 긴 머리카락은 굵은 웨이브로 넘실거렸다. 짙은 밤색 머리가 가을바람에 휘날렸다. 그는 그녀 앞에서 마주 보고 서 있었다. 크림색 셔츠와 짙은 밤색 정장 바지를 입은 그는 교복을 입은 그때보다 꽤 성숙해진 모습이었다. 둘의 모습 중 확연하게 달라진 게 있다면 표정이었다. 한 사람은 비참했고 한 사람은 무덤덤했다. 이별 앞에 선 연인들의 모습이라는 걸 한눈에 알 수 있었다. 아마도 그녀의 바람이 이루어지지 않은 듯 보였다. 그와 영원히 함께하리라는 그녀의 간절했던 바람. 퇴근길로 향하는 사람들이 건물에서 우수수 빠져나오기 시작했다. 그녀에게는 주변의 모든 게 보이지도, 들리지도 않았다.

"나는 상관없어. 네가 뭘 하든, 나를 일주일에 한 번만 만나도 상관없으니까 그냥 내 옆에만 있어주면 안 돼? 너무 괴로워. 네가 없는 하루하루는 견딜 수가 없어. 아무것도 집중이 안 돼. 내가 처음부터 너무 안 좋게 길들여져버렸어. 네가 해주는 거에 익숙해져서 그게 당연한 줄 알았어. 어렸을 때 못 받았던 것들 받아보니까, 너무 좋아서 제정신이 아니었던 거야. 아무것도 해주지 않아도 돼. 집착하지 않을게. 네가 시키는 대로 다 할게. 며칠 동안 연락하지 말라 하면 진짜 안 할게. 그러니까 옆에만 있어줘. 그것도 아니면 그 여자랑 좀 더 있다가 와도 돼. 네가 지금 느끼는 감정. 그거 진짜 잠깐이야. 나는 알아. 내가 너를 가장 잘 안다고. 우리 벌써 함께한 지 11년이야. 내가 네 엄마 다음으로 너를 제일 오래 봐온 여자잖아. 너를 제일 잘 아는 사람은 바로 나야. 알지?"

그녀는 한쪽 팔을 붙든 채 이리저리 흔들어보았다. 그는 요지부동이었다. 1003호가 그의 팔을 더 세게 흔들기 시작했다. 그의 몸은 세게 흔들렸지만, 여전히 아무 말이 없었다. 마치 영혼이 어디론가 잠시 자리를 비운 듯 보였다. 침묵은 그녀를 더욱 불안을 더욱 가중시켰다. 마치 이 대화가 끊기면 자신이 상상하는 대답을 들을 것만 같아서일까. 남자는 조용히 입을 열었다.

"넌 안 변해. 이제 그만하자. 처음에는 네가 가여웠어. 처음 널 본 순간에는 어딘지 모르게 슬퍼 보이는 네 모습을 내가 지켜주고 싶었어. 근데 이제는 무서워. 네 옆에만 있으면 그 어둠을 나한테로 다 옮기는 기분이라고. 너에게 느낀 건 사랑을 가장한 연민이었어. 11년이면 분명 질리게 긴 시간이지. 그렇다고 해서 네가 나를 다 아는 건 아니야. 특히 넌 절대 몰라. 죽어서까지도 몰라! 나도 내가 어떤 인간인지 아직도 모르겠어. 근데 네가 안다고? 그건 네가 불안해서 그냥 너 혼자 확정 지은 거야. 그냥 두려워서, 나를 잃기 싫어서! 너도 제발 네가 원하는 삶을 살아. 자기 자신을 사랑해본 사람만이 다른 사람도 사랑할 줄 안다는 말.

그거 딱 너 같은 인간한테 하는 말이야. 너는 말로만 나를 사랑한다고 하지, 자기 상처밖에 모르는 이기적인 인간이야. 이제부터라도 너 자신을 좀 알았으면 좋겠어. 맨날 말로만 잘한다고 하지 말고, 받을 생각만 하지 말고 네 삶을 어떻게 살지 생각 좀 해봐. 네가 그 모양이니까 안 그래도 거지 같은 네 부모도 더 욕먹는 거야. 주변 사람들이 말릴 때부터 알아봤어야 하는 건데. 함부로 콩가루 집안 만나는 거 아니라는 어른들 말씀 하나도 틀린 말 없어. 너도 너한테 주어진 운명 잘 끌어안고 살아. 네 인생 책임질 사람은 아무도 없어. 너 말고는."

그는 한숨을 크게 쉬더니 고개를 내저었다. 그를 잡고 있던 연약한 팔을 세차게 뿌리친 그는 홀연히 사라져갔다. 혼자 남은 그녀는 멍하니 서 있을 뿐이었다. 가녀린 그녀의 몸집은 사라져버릴 것 같았다. 그녀는 과거를 모두 공유할 정도로 그를 사랑했다. 그만큼은 당연히 이해해줄 거라 믿었다. 그러나 헤어질 때는 아니었다. 오히려 그녀의 가장 크고 깊은 상처를 대놓고 헤집어놓은 꼴이었다. 그녀에게 있어 부모는 늘 깁고 기워도 다시 벌어지는 영원히 딛히지 않는 상처 구멍이었다.

눈물을 흘릴 거란 내 예상과는 다르게 그녀는 태연했다. 1003호는 이미 그가 다른 누군갈 사랑하기 시작할 때부터 눈치채고 있었다. 그래도 놓치고 싶지 않던 것이다. 마음이 없는 그를 어떻게든 붙들어놓고, 껍데기라도 붙잡고 싶었다. 그녀의 상처는 어릴 때부터 깊숙이 박힌 채 뽑히지 않고 오히려 살을 불려가고 있었다. 사람이 상처에 익숙해져버리는 것만큼 위험한 일은 없다. 상처와 아픔에 무뎌져버린 사람은 자신에게 해가 되는 것도 전혀 알아차리기가 쉽지 않다. 오히려 건강한 사람들은 자신이 느끼는 감정을 쉽게 알아차리고는 한다. 몸에 생기는 병도 그러하지 않던가. 우리는 감기 하나에 목이 아프다고, 코가 막힌다며 괴로움을 호소한다. 그러나 암은 서서히 육체를 잠식해나간다. 작은 덩어리에서 점점 큰 덩어리에 이르는 과정은 알기가 무척 어렵다. 나중에 걷잡을 수 없는 사태가 되어서야 뼈저리게 깨달을 뿐이다.

1003호는 자주 느낀 감정을 조금 더 강하게 느꼈을 뿐이었다. 술로 점철된 나날을 보내던 그녀의 아버지는 그녀 곁을 떠난 지 오래였다. 그리고 언젠가는 이 사람도 내 곁을 떠날 날이 오겠지, 라는 생각은 했지만, 실제로 다가오자 조금 아프기는 했다. 그녀는 그가 자신의 인생을 구원해주리라 굳게 믿었다. 어릴 때부터 받아왔던 마음의 자국을 1003호는 어떻게 돌봐야 할지 몰랐기 때문에 내버려 두었다. 상처 자국은 내버려 두면 둘수록 빨리 커지고, 깊게 파인다는 것을 파란 고양이를 만나기 전까지는 절대 깨닫지 못했다.

홀로 남겨진 1003호는 터벅터벅 길을 걷기 시작했다. 도착한 곳은 집이었다. 술을 한 방울도 마시지 못하는 그녀는 술을 잘 마시는 사람들이 내심 부러웠다. 그들은 기댈 무엇이라도 있지 않은가. 그녀는 맥주 한 잔만 마셔도 얼굴이 발개지며 토악질을 하는 부류 중 한 명이었다. 그만 보며 살아온 그녀는 이런 불행한 감정이 들 때마다 어떻게 대처할지 몰랐다. 친구들은 멀어진 지 오래였다. 처음부터 그녀 주변에 아무도 없던 건 아니었다. 그녀의 친구들은 그녀에게 그와의 관계를 다시 생각해보라며 수도 없이 말해왔지만, 귀를 막은 건 그녀 자신이었다. 그녀 곁에는 그 말고는 아무도 없었다. 단 한 사람. 그녀 자신이 늘 곁에 있었지만, 자신을 잊고 산 지 오래였기 때문에 망각하지 못했다. 자존심이 센 그녀는 방금 헤어진 남자친구 외에는 누구에게 먼저 마음을 열 생각을 하지 않았다. 한번은 과 애들끼리 자신만 빼놓은 채 유명한 음식

점에 가는 것을 우연히 알게 됐다. 그나마도 친하다고 생각했던 애들은 그녀를 기피하고 있었다. 자신을 뺀 나머지 애들이 다 같이 모여 술잔을 맞대는 모습을 멀리서 바라보며 공허함과 깊은 외로움을 느꼈다. 그러나 따질 용기조차 없었다. 엄마에게 전화해서 익숙한 짜증을 내뱉는 게 그녀가 할 수 있는 일의 전부였다. 애들 앞에서는 애써 아무렇지 않은 척을 해보았지만, 자신을 향한 부정과 이제는 친구라 부르기 모호한 그들을 향한 미움이 소용돌이쳤다. 스스로를 끊임없이 고독으로 몰아넣었다.

　그녀가 지금 할 수 있는 일이라곤 TV 채널을 돌려대는 것뿐이었다. 리모컨을 누르고 채널을 돌릴 때면 정신이 망연해진다. 괴로운 기억들이 모두 하얗게 변해버리는 느낌이었다. 아주 잠깐만이라도. 그녀에게는 이 행동이 다른 사람들이 술을 마실 때와 같지 않을까 하는 생각이 들었다.

　영상 속 그녀는 상처 속에 자신을 더욱 파묻고 있었다. 자신을 어떻게 사랑해야 하는 줄 전혀 알지 못했다. 동료들에게 자신을 표현할 때도 항상 이런 말을 했다.

　"나는 원래 그래. 내 인생은 태어날 때부터 정해져 있었어. 시궁창 운명이라는 게. 사람은 타고난 팔자라는 게 있는 거야."

　사람은 어느 정도 정해진 운명을 타고나기는 한다. 그러나 운명을 바꿀 기회 또한 자신에게 주어져 있다는 사실을 많은 이들은 잊고 산다. 시도조차 하지 않은 탓이다. 무수히 다가온 기회를 제 손으로 떠나보낸다. 죽음에 가까이 이르러서야 후회하지만, 후회만큼 쓸모없는 게 있을까. 그때 가서 할 수 있는 것은 이미 가까워진 죽음을 받아들이는 것밖에는 할 수 있는 게 없다.

영상은 다시 익숙한 그녀의 직장을 비추었다. 파란 고양이의 눈빛을 한 직장동료가 그녀에게 소개팅을 해주겠다고 나섰다. 그녀는 항상 생글생글 웃는 얼굴이었다. 보고만 있어도 절로 기분이 좋아졌다.

"선생님. 제가 소개팅 한번 마련해볼까요?"

의심쩍은 눈초리로 동료를 쳐다보던 1003호는 이내 대답했다.

"나이 들어서까지 일하고, 혼자 지내는 내가 안쓰럽지? 다 알아."

1003호는 놀란 기색이었지만 그녀의 입꼬리가 씰룩거리며 올라갔다.

"그래도 생각해주는 건 고맙네. 그 남자는 뭐 하는 사람이야?"

사람은 나이가 들수록 상대방에 관한 질문이 달라진다. 10대 때는 그 사람 얼마나 잘생겼어? 와 같은 질문들이고 20대 중후반부터는 그 사람이 가진 능력이 중요해지는 것이다. 그리고 30대, 40대를 지날수록 또 달라진다. 현재 자신이 사는 환경과 주변 사람들에 의해 기준은 천차만별로 달라지는 것이다.

"나이는 선생님이랑 동갑이에요. 지인한테 전해 들었는데 정말 배려 있고, 센스 넘치고 술, 담배 안 하시고, 사진 찍는 걸 좋아한대요. 그리고 영화 보는 것도 즐기고, 여행도 좋아하고······."

그녀의 직장동료는 정말로 그 남자가 어떤 사람인지를 이야기하고 있었다. 그녀가 생각했을 때 가장 중요한 건 외부적인 요소가 아니었다. 그녀는 자신이 중요하다고 여긴 가치를 먼저 나열하고 있던 것이다. 그러자 1003호가 정색을 하며 말했다.

"아니. 내가 묻는 건 직업이 뭐냐는 거야. 그리고 집안은 어떤지. 그게 제일 중요해. 나한테 투자할 돈이 충분한지. 난 솔직히 사랑은 사치라고 생각해. 어차피 시간 지나면 낡아버리는 감정 따위 뭐가 중요하겠어. 내가 중요하게 생각하는 건 오직 돈뿐이야. 그것 말고는 없어. 아니면 뭐 겉으로라도 잘 꾸미든가. 사실 둘 다 같은 맥락이지. 돈이 있으면 기본적으로 자신을 잘 가꾸게 되어 있으니까. 뭐 연예인처럼 잘 입기까진 바라지 않지만, 귀티 나게는 입어줬으면 좋겠어. 아무튼, 대충 만나고 싶지는 않아. 아무나 만나려고 지금까지 결혼을 안 하는 건 아니거든. 이 일을 당장 때려치울 수 있을 정도의 능력! 그 능력이 없으면 안 돼. 난 이제 너무 늙었어. 더 이상 남 밑에서 일하면서 썩고 싶지 않아. 난 결혼하는 순간 일터 근처에는 얼씬도 안 할 거거든. 난 좀 쉬고 싶어. 아무 걱정 없이 편하게 말이야."

순간 동료는 살짝 당황한 기색이었다. 그러나 이내 침착했다. 1003호의 기준은 언제나 돈이었다. 뿌리 깊게 박힌 돈에 대한 두려움은 쉽사리 뽑히지 않는 모양이었다.

"그럼 선생님은 그 사람이 폭력을 써도 전혀 상관이 없으시다는 건가요? 사람이 기본적으로 갖추어야 할 인성도, 예의도, 상대방에 대한 배려도 아무것도 중요치 않다는 기죠? 돈은 많은데, 선생님께 함부로 막대해도 괜찮다는 거죠?"

"네가 내 나이 돼봐라. 사랑? 그딴 거 느낄 새가 어디 있어. 그런 건 코 묻은 나이 때나 느끼는 감정에 지나지 않아. 그리고 폭력 쓰면 나도 같이 때리지 뭐. 내가 진짜 옛날에 사랑 비슷한 거 해본 적이 있거든. 근데 그때뿐이야. 아무리 수십 명을 만나봐도 사랑 같은 거 못 느끼겠더라. 그나마 첫사랑을 가장 오래 만났거든. 그래서 걔한테 있는 얘기 없는 얘기 다 해줬지. 뭐 같은 우리 집 환경까지도. 처음에만 해도 나를 안쓰러워하고, 죽을 때까지 내 옆에 있어줄 것처럼 하더니만, 나중에 헤어질 때는 그걸 빌미로 헤어지더라고. 내 불행이 옮을 것 같다나 뭐라나.

근데 그 이후로 만난 남자들도 똑같았어. 항상 나를 만나면 불행하다는 말을 하더라고. 그러고는 헤어짐을 모두 내 탓인 양 돌리는 거지. 그래서 나는 그딴 거 안 믿은 지 오래됐어."

그녀는 옛날 생각이 났는지 잠깐 슬픈 표정을 지었다가 금세 날카로운 눈빛으로 되돌아왔다.

"사실은 얼마 전에 이모부가 회사 사람 한 명 만나보라고 해서 만나보는 중이긴 해."

1003호는 부끄러운 듯 고개를 숙였다. 그녀와 친한 동료도 처음 듣는 사실이었던지 핸드폰만 보던 시선을 그녀에게로 황급히 옮겼다.

"네? 언제 소개팅했어요? 왜 나한테 말 안 했어?"

친한 동료는 서운한 표정을 지었다. 마치 학창시절 단짝 친구가 비밀 이야기를 자신에게만 이야기해주지 않았을 때 짓는 표정과 같았다.

"굳이 뭘 얘기해. 아직 사귀는 것도 아닌데. 걔 보니까 쪽팔려서 소개팅했다고 하기도 싫더라고. 근데 걔가 대기업 과장이라고 해서 나름 뭐 괜찮겠지 싶어서 만났는데, 개뿔. 일단 나보다 나이도 많고 머리카락도 벌써 많이 빠져서 숭숭해. 그래도 자기보다 어린 날 공주처럼 모시겠구나 해서 만났거든? 솔직히 내가 관리는 잘해서 얼굴이랑 몸매는 좀 되잖아. 돈을 갖다 바른 거지만. 아무튼, 착하기는 한데 눈치가 하나도 없어. 근데 일단 밖에 데리고 나가기가 쪽팔려. 옷도 얼마나 이상하게 입는지. 우리 옛날에 유행했던 돌 청바지 아냐? 그걸 입고 왔더라니까. 글쎄. 무슨 의류 수거함에서 주워온 줄 알았다니깐? 옆에 있으면 막 비에 젖은 냄새라 해야 하나? 걸레 냄새 비슷한 것도 나고. 거기다가 내가 처음부터 목걸이나 반지 좋아한다, 옷 좋다고 말하니까 자기는 그런 거에 전혀 가치를 두지 않는다나 뭐라나. 돈만 많이 벌면 뭐해. 쓸 줄을 모르는데. 자꾸 뭐 먹으러 가자는 소리나 하고. 내가 돼지도 아니고 말이야. 짜증 나 죽겠어. 하여튼 소개팅은 내가 생각해볼게. 이 늙은이랑도 어떻게든 매듭을 지어야 하니까. 그 남자 직업이 뭐라고?"

차분한 동료의 눈빛이 살짝 일렁였지만 아무도 눈치채지 못했다. 그녀는 내심 안타까운 표정으로 1003호를 바라볼 뿐이었다. 1003호는 남들에게 보이는 모습을 진짜 자신과 동일시했다. 남들에게 보이는 모습은 텅 빈 껍데기일 뿐이었다. 그렇게 사람들은 자신의 모습을 점점 잃어간다. 1003호도 위태위태해 보였다. 그녀가 원하는 사람 또한 자신과 같은 모습이었다. 겉으로 보이는 모습이 전부인 사람.

영상으로 지켜보던 나는 흠칫 놀라지 않을 수 없었다. 어떻게 마음을 깡그리 무시한 채 사람을 만날 수 있다는 말인가. 그러나 함부로 판단할 수 없었다. 사람은 살아온 환경이 각자 너무나도 다르므로. 나는 그 세월을 살아보지 못했으니까 말이다. 똑같이 살아온 자가 아닌 이상 어떠한 사람의 인생에 왈가왈부한다는 것은 오만한 행동이었다.

그녀의 동료가 그의 직업을 말해주자 1003호의 날카로운 눈빛이 너번뜩였다. 그의 직업을 듣더니 꽤 흡족한 모양이었다. 벌써 그 사람과 만나 무언가를 이루었다는 듯 그녀는 신이 나 있었다. 벌써 무슨 옷을 입고 신발을 신을지까지 다 끝내놓은 상태였다. 그리고 사귀게 되면 얼마 후에 결혼해야 하는지 고민했다. 그러더니 의심하는 말투로 되물었다.

"근데 들어온 지 얼마 안 된 너한테 소개받아도 될까? 솔직하게 말해서 미안하지만 난 사람 잘 안 믿거든. 엄마가 항상 그 말을 달고 살았어. 사람 사이에 진정한 친구 같은 건 동화 속에서나 가능한 일이라고. 그래서 자연스럽게 그렇게 믿게 된 건지도 몰라. 그 사람이 너랑 완전히 친해서 검증된 사람도 아니고. 만약 내가 소개받은 사람이 별론데, 그걸 너한테 말하기도 참 뭐하잖아? 소개해준 사람하고 괜히 문제 생기는 것도 싫고."

그녀의 동료는 기가 질린 것처럼 보였다. 더 이상 웃고 있지 않았다. 1003호는 동료가 전혀 믿을 만한 사람이 아닌 것처럼 대하고 말했다. 그러나 그녀는 모든 사람을 믿지 않았다. 기분이 상한 동료는 그 후로 말이 없었다. 1003호는 소위 말하는 '필터링'을 거치지 않는 사람이었다. 떠오르는 단어를 상대방 생각을 하지 않고 무작정 내뱉고 마는 것이다. 이는 자신의 부모와도 닮아 있었다. 많은 사람이 그러하듯이.

"그런 건 걱정 안 하셔도 돼요. 어차피 저도 건너 아는 사람이라."

동료는 풀이 죽은 얼굴로 마지못해 대답했다. 아무리 밝고 긍정적인 사람도 연속으로 부정적인 에너지를 받다 보면 기가 꺾여버리고 만다. 1003호는 그 반응에 전혀 아랑곳하지 않았다. 누가 괴로운 표정을 지어도 공감할 줄을 모르는 건지, 아니면 너무 괴로운 일을 수도 없이 겪어 도무지 남의 감정 따위 신경 쓸 겨를이 없는 건지 알 수가 없었다.

"아니면 연하는 없어? 진짜 부잣집 아들 말이야. 사실 난 연하가 좋거든. 에효. 이렇게 저렇게 다 따지고, 이러다 나 혼자 늙어 죽는 거 아니야? 연하는 날 안 만나주겠지. 늙었다고. 주름이 아주 자글자글해서 나도 꼴 보기 싫을 지경이니까 말이야. 얼마 전에 눈가 주름 보톡스 맞았는데 아직 얼마 안 된 것 같은데 벌써 주름이 보이네. 병원을 바꿔야겠어. 잠깐만 환자 왔다. 걔 말이야. 내가 얼마 전에 이야기해봤는데 딱히 직업은 없대. 근데 아빠가 남편을 소개해줬나 봐. 남편이 사업 대박 성공해서 지금 난리래. 좋겠다. 내가 만나는 남자는 점점 늙고 질도 떨어지는데. 난 언제 결혼하고 애 낳지?"

삶의 목적이 의미 없는 결혼과 출산이 되어버린 그녀에게 삶이란 무엇이었을까? 목적을 다 이루고 난 뒤에는 하루하루를 무기력하게 살아가는 그녀가 떠올랐다. 새로 온 직원이 새삼 대단했다. 왜 굳이 1003호의 소개팅을 시켜주려 하는 걸까? 도대체 그녀의 어떤 면을 보고 소개를 해주고는 망신을 당하려고 저러는 걸까. 나도 어느새 1003호의 모든 모습이 다 밉게만 보였다. 어쩌면 파란 고양이는 우리 모두의 곁에서 일말의 기회나마 주려 하는지 모른다. 새로 온 직원 눈에 스친 파란 고양이의 눈빛이 그것을 증명해주고 있었다.

  1003호가 살아온 성장 환경은 하나부터 열까지 모두 그녀를 지배했다. 그녀가 이야기한 바로는 이랬다. 1003호가 고향에 내려가면 엄마는 제발 시집 좀 가서 자식부터 낳으라고 다그친다. 그게 여자로서 인생을 잘 사는 거라며 1003호를 다그치던 그녀의 엄마. 그녀의 엄마는 TV 앞에서 무기력한 모습만 보이지 않았던가. 그 모습은 전혀 행복해 보이지 않았다. 그뿐인가. 사랑으로 했던 결혼은 어느 순간부터 사랑 대신 폭력이 자리 집고 있었다. 그녀의 엄마는 결혼생활이 전혀 평탄치 않았다. 현실에 있는 지옥이었다. 매일 술을 마시며 욕설과 폭행을 일삼던 그녀의 남편이 떠나간 지 20여 년째였다. 인간은 참 아이러니하다. 자신의 결혼생활이 행복하지 않은데 어찌 자식은 결혼하기를 원하는가? 자신이 행복하게 살아도 신중하게 해야 할 게 결혼이라는 제도 아니던가. 어떤 이는 자신이 채우지 못한 행복을 자식을 대신해 채우려 한다. 우리에게는 각자 몫의 삶이 정해져 있는데도 말이다.

  1003호는 자신도 알게 모르게 죄책감에 사로잡혀 살았다. 결과적으로는 아무런 죄가 없었다. 그러나 자신이 생각하는 자신은 마치 중죄를 지은 죄인이었다. 남들은 어릴 때 결혼해서 부모님께 건강한 손녀, 손자를 안겨드리는데 자신은 그것조차도 하지 못했다. 그렇다고 자신이 원하던 부자가 된 것도 아니었다. 부모가 원하는 삶도, 자신이 원하는 삶도 결국 살고 있지 않았다. 몰랐다는 것에 더 가깝겠지만, 지켜보는 제3자로서는 안타까울 수밖에 없었다. 더욱 안타까운 점은 사람은 나이가 들수록 굳은 생각들을 더 이상 말랑하게 만들려고 하지 않는다는 점이었다.

진료실로 간 그녀는 임산부 환자를 보며 연신 눈을 떼지 못했다. 부러움과 선망, 자신에 대한 죄책감이 한데 섞인 눈빛이었다. 임산부가 부디 그 눈빛을 눈치채지 못하기를 나는 바랐다. 영상 속 임산부는 한없이 평온했다. 몸은 통통 붓고, 피곤한 기색이 역력했지만, 어딘가 모르게 행복감이 넘쳤다. 아이를 기다리는 엄마 마음이 그렇듯, 몸은 힘들어도 마음만큼은 세상 누구보다 행복해 보였다. 임산부가 느끼는 큰 행복이 1003호를 더욱 작아지게 만드는지도 몰랐다. 자신을 꼭 닮은 아이를 기다리는 임산부의 마음은 큰 사랑의 에너지를 품고 있다. 자식을 향한 사랑이 벌써 너무 커서 불행한 누군가에게는 그 행복이 실투를 불러일으키기도 하는 것이다.

임산부 환자는 마취를 끝낸 후 잠시 기다리는 중이었다. 그 틈을 타 궁금한 걸 못 참는 1003호는 환자에게 이것저것 물었다.

"몇 개월이에요?"

"이제 8개월 됐어요."

임산부 환자는 천천히 배를 쓰다듬으며 친절히 답했다.

"힘들지는 않나요? 남편분이 잘해주고요?"

"입덧 때문에 약간 힘들지만, 그것 외에는 다 좋아요. 얼른 나왔으면 좋겠어요. 낳는 건 좀 무섭긴 한데 얼른 보고 싶은 마음이 더 커요. 남편은 밤마다 깨서 뭐가 먹고 싶다고 하면 한 번도 투정하지 않고 뭘 사다 주기는 해요. 그래도 저는 잠 못 이룰 때가 많은데 옆에서 코 골고 자는 거 보면 살짝 얄밉더라고요."

임산부 환자는 장난기 섞인 웃음을 보였다. 대답을 들은 1003호는 아무 반응이 없었다. 축하한다는 말이나 순산을 기원한다는 말은 그녀에게 기대하기 어려워 보였다. 그저 무뚝뚝한 얼굴로 앉아 있을 뿐이었다. 궁금한 걸 묻고, 그저 듣기만 한 채 부러움과 시기 섞인 눈빛으로 바라볼 뿐 그 이상의 행동은 없었다. 그녀의 굳어진 표정은 임산부를 당황케 했다. 1003호는 오로지 자신이 처한 상황이 괴롭게만 느껴졌다. 불편한 상대방의 마음보다 자신의 불편한 마음이 더 큰 1003호는 자신의 감정에 젖어 아무것도 보이지 않았다. 그녀는 뚱한 얼굴로 진료실 내에서 말없이 뒤돌아 있었다. 무거운 정적이 감돌았고, 벽시계에서 초침 돌아가는 소리가 아주 작게 들려왔다. 마취 시간이 다 되자 교수가 왔고, 그녀는 굳어진 표정을 풀지 않은 채로 이시스드를 섰다. 교수 입장에서는 자신 때문에 화가 났나 할 정도로 그녀의 표정은 굳어 있었다. 마스크를 쓰고 있음에도 분명히 느껴지는 굳은 표정은 영상 너머로 보는 나에게까지 질투가 전해져왔다. 임산부 환자는 뭔가가 불편한 듯 손과 발을 꼼지락거렸다.

"괜찮으십니까?"

교수가 환자에게 물었고 환자는 무언가 기분이 나빴던지 아무런 대답이 없었다. 정적만이 흐르던 진료실은 무거운 공기로 가득 차 탁해 보이기까지 했다. 파란 고양이의 별에서 보니 공기 중에 섞인 부정적인 에너지가 선명하게 보였다. 부정적인 에너지는 마치 화학 공장에서 거세게 뿜어져 나오는 연기와 비슷한 모양이었다. 반대로 아까 임산부가 자신의 아기를 생각하며 뿜어내던 행복의 에너지는 맑은 겨울날 비추는 아침 햇살과 비슷한 모양으로 빛났다.

 몇 시간이 흐른 후의 모습으로 영상이 전환되었다. 1003호는 진땀을 빼는 모습이었다. 임산부 환자의 남편이 프런트로 전화를 건 모양이었다. 프런트에 앉아 있던 직원이 당황한 모습으로 1003호에게 임산부 환자의 배우자가 매우 화가 난 상태로 전화가 왔다며 전해주고 있었다.
 "임선이 선생님. 내 방으로 따라와요."
 "네."
 교수는 프런트 직원과 이야기하던 1003호를 방으로 불러들여 오늘 무슨 일이 있었냐며 추궁하기 시작했다.
 "오늘 임산부 환자랑 무슨 일이 있었던 거예요?"
 "저는 별 이야기를 한 적이 없는데요. 교수님."
 "그러면 남편이 왜 전화를 와서 이렇게까지 병원을 뒤집어놓은 거죠?"
 그녀는 불안한 듯 손가락을 끊임없이 교차시켰다. 그러고는 굳게 다문 입을 열 생각이 없어 보였다.
 "말하기 싫으면 어쩔 수 없네요. 본인 입으로 듣고 싶었는데."
 교수는 한 손을 들며 나가라는 시늉을 했다. 그러자 1003호는 문을 닫으며 모기만 한 목소리로 말했다.
 "내가 뭘 그렇게 잘못했다고. 석션 좀 세게 목구멍에 집어넣었다고 이렇게 사람을 괴롭히고 말이야. 못생긴 애나 낳으라지."
 순간 그녀의 입에서 붉고 탁한 에너지가 뿜어져 나왔다. 그 에너지는 밖으로 퍼지는가 했더니 그녀 자신에게로 되돌아갔다. 미세하게 그녀의 몸에 진동이 일었다. 정작 그녀는 전혀 눈치채지 못했다.

  질투와 시기로 얼룩진 1003호 마음은 자신을 더 괴롭힐 뿐이었다. 임산부 환자가 고통스러운 얼굴로 입을 헹군 채 말없이 그녀를 쳐다보던 기억이 났다. 1003호는 애써 그 눈빛을 피했다. 환자가 뒤돌아 나갈 때 뒷모습을 질투와 경멸이 섞인 눈으로 응시할 뿐.

우주의 진리

영상은 점점 희미해지더니 머릿속에서 완전히 꺼져버렸다. 파란 고양이의 모습이 다시 보였다. 빛으로 가득 차 낮이었던 이 세계는 이내 밤으로 바뀌었다. 아주 깜깜하지는 않았다. 지구에서 본 별들과는 달리 이곳에서는 크기가 크고 밝기도 무척 밝았다. 까만 밤하늘 사이 촘촘히 뜬 별들은 밤하늘에 수를 놓고 있었다. 달이 두 개나 떠 있었는데, 반달이 마주 보는 모습으로 하늘 정중앙에서 빛났다. 보라색과 청록색, 에메랄드색이 오묘하게 뒤섞인 달이었다. 자세히 보니 별 색깔도 하나가 아니라 여러 가지의 처음 보는 색을 띠었다. 반딧불 같은 생물체들이 눈앞에 날아다녔다. 몽환적인 기분이었다. 지구 어디에도 이런 곳은 존재하지 않을 것 같았다. 자세히 식물들을 살펴보니 물방울들이 밤하늘로 퐁퐁 솟아나고 있었다. 물방울은 하늘로 올라가더니 거대한 풍선만큼 커졌고, 밤하늘은 투명한 비눗방울로 가득 찬 것처럼 보였다. 들판 가득히 핀 꽃들은 밤인데도 선명하게 보였다. 자세히 보니 백영산이라 불리는 흰철쭉이었다. 꽃잎이 아주 크고 토실했고, 달빛에 반사된 하얀 꽃잎은 스스로 빛을 내는 것 같았다. 경이로운 광경에 넋을 잃고 바라보던 중 파란 고양이가 말했다.

"내가 이 영상을 자네들에게 보여주는 이유가 무엇인지 알겠는가."

도깨비 뿔이 머리 양쪽으로 달린 요괴가 답했다. 요괴는 여전히 뿔이 적응되지 않는 듯 연신 뿔을 만지작거렸다.

"그야. 자신의 모습을 잃고 살아가는 모습을 보여주려 한다고 하지 않았습니까."

"그래. 인간은 본디 사랑으로 충만한 존재지. 자네들 안에는 무한한 잠재력이 깃들어 있고, 우리는 그것을 가지고 이 세상에 실현하러 왔지만 정작 인간들은 마음의 소리를 곧잘 무시하고는 한다네. 그뿐 아니라 허례허식에 빠져 허우적거리다가 점점 내가 여기 왜 왔는지, 살아가는 의미가 뭔지 아예 찾으려 하지도 않아. 허례허식에 빠지게 되면 삶 자체가 무의미해질 뿐이야. 인간이 그렇게 되는 경로는 다양하지만, 남과의 비교에서 가장 자주 비롯된다네."

파란 고양이가 말할 때마다 길고 빳빳한 수염이 움찔거렸다. 그는 정말로 인간들을 걱정하는 것 같았다. 말을 할 때마다 미간에 깊은 주름이 파였고, 깊고 무거운 숨을 흠 하고 내뱉었다. 자기 별도 아닌데 저 고양이는 왜 저렇게까지 인간 걱정을 하는 걸까. 아무리 우주에서 보낸 파견원과 같은 처지라 하지만, 우리 인간에 대한 걱정은 진심을 넘어 커다란 그 무엇 같았다. 말로 설명할 수 없는 크고 강한, 모든 것을 감싸는 부드러운 감정.

"특히 대한민국, 지구에서도 이 나라는 좀 심각한 수준이야."

파란 고양이는 턱을 쓰다듬으며 말했다.

"뭐가요?"

궁금증을 참을 수 없던 나는 물었다.

"나를 사랑하지 않는 마음 말일세. 매일같이 뉴스에 자살률 1위라는 소식을 들어오지 않았던가? 나를 사랑하지 않는 사람들은 타인에게도 관심이 없을 수밖에 없고, 타인을 향한 무관심은 끝내 자살로 이어진다네. 악순환이 반복되지. 서로를 향한 관심이 지나칠 때는 미워하게 되고, 증오하고, 끝내 혐오로 번진다네. 모든 일의 시작은 내가 나를 사랑하지 않기 때문에 일어나는 일이지만, 이를 깨닫는 인간은 극히 소수에 불과해. 대한민국은 제 삶을 살기보다 사회를 위해 사는, 마음도 몸도 가장 바쁜 사람들이 가장 많이 모여 있는 나라야. 그뿐 아니라 그럭저럭 다들 잘 살아가고 있어. 적어도 표면적으로는 말이야. 물론 가난하고 배고픈 자들도 존재하지. 그건 어느 나라든 마찬가지지만. 문제는 그거야. 대한민국은 선진국에 속하지만 그것은 비춰진 면면에 불과하다는 거야. 자세히 들여다보면 오히려 후진국이라 불리는 나라보다 제대로 살지 못하는 경우가 훨씬 많다는 사실을 쉽게 알 수 있을 거야. 잘 산다는 게 뭔지 제대로 생각해본 적이 있나? 인간들의 머릿속을 들여다보면 대부분 인간이 같은 생각을 하고 있다는 걸 알 수 있지. '난 왜 아무것도 할 줄 아는 게 없을까', '아무래도 안 되겠어', '저 인간을 밟고 올라서야 내가 살 수 있어', '돈만 있으면 아무 걱정도 없을 거야', '나는 아무짝에도 쓸모없는 인간이야', '살기 싫어', '왜 쟤는 잘되고, 난 안될까. 인생 불공평해' 등등. 이 외 자신을 인정하지 못하는 말들을 자신에게 계속 쏟아내고는 하지. 우리가 죽을 때 가져갈 수 있는 게 하나라도 있는가? 평생 함께하는 육신조차 죽음 앞에서는 모두 내어주어야만 한다네. 아무것도 자네들의 소유가 아니지. 비로소 죽음에 가까워진 후에야 이 모든 게 허상에 불과할 뿐임을 깨닫고는 하지. 인간에게 주어진 가장 비참하고 불필요한 능력이 무엇인지 아는가?"

침묵이 이어졌다. 바로 대답할 수 없는 우리는 그 답을 깊은 내면에서는 알고 있지만, 애써 회피한 채 살아왔기 때문이리라.

"답은 '비교'라네. 이미 자네들은 오래전부터 답을 알고 있었을 거야. 빠른 경제성장을 겪은 나라일수록 '비교'하는 인간들의 수가 증가한다는 수치가 있어. 저 사람은 나보다 잘살고, 저 사람은 나보다 많이 가졌고 저 사람은 어떻다. 끝도 없지. 삶의 기준이 '나'가 아니라 '나보다'가 돼버리는 거야. 일반적으로 인간은 자신의 결점과 남의 장점을 비교하는 데 뛰어나지. 비교는 나를 파괴할 수 있는 가장 무서운 무기라네. 인간들은 그 파괴력이 얼마나 어마무시한지 절대 느끼지 못해. 자신이 점점 파멸하고 있다는 것조차도 알지 못하지. 특히 대한민국은 비교가 뿌리 깊게 박힌 나라 중 하나일세. 남의 눈치를 가장 많이 보는 나라이기도 하지. 겉으로 보기엔 자유롭게 보일지 모르지만, 그 어느 곳보다 제한적인 삶을 사는 곳이 바로 이곳이야!"

갑자기 버럭 소리를 지르는 바람에 놀란 나는 몸이 들썩하고 떨렸다. 그러고는 비교하며 살아온 내 삶이 파노라마처럼 스치기 시작했다. 나는 얼마나 남의 눈치를 보며 살아왔던가. 불과 얼마 전에도 누군가와 끊임없이 비교하면서도 SNS를 놓지 못하던 내 모습이 떠올랐다.

"1003호는 비교라는 산물에 가장 물들여진 인물 중 한 명이고, 대한민국에 가장 많은 부류 중 하나지. 그래서 이 영상을 보여준 걸세. 여기서 보는 모든 영상과 기억은 이곳을 나가는 순간 모두 사라질 거야. 그러니 걱정은 말게. 각자의 모습을 보며 서로를 반성하고, 더 나은 지구와 더 나은 자신을 만들기 위해 우리는 여기에 모였으니까."

말을 마친 파란 고양이의 표정은 엄숙했다. 나 또한 주어진 하루에 얼마나 남과 비교를 하며 살아왔던가. 지나가는 사람들을 볼 때마다 비교하고, SNS 속 남들과 비교했다. 여기로 오는 출근길에도 친한 친구가 산 가방을 넋을 잃고 보고 있었다. 나보다 훨씬 늦게 취직한 친구였다. 일한 지 10년 차가 돼서야 겨우 가방을 산 나와 달리 친구는 취직한 지 몇 달도 되지 않아 수백에 달하는 가방을 산 것이다. 직장에서는 동료가 가진 능력과 내 능력을 비교했고, 학창시절에는 누군가의 집과 내가 사는 집을 비교했다. 끊임없는 비교 속에 허우적거리던 날들이었다. 1003호를 나무랄 것이 못 됐다. 그녀가 과하다고 생각된 건 사실이다. 그러나 나 자신 또한 얼마나 '나보다'인 삶을 살며 살아왔던가.

얼마 전 라디오에서 들은 이야기가 떠올랐다. 유명한 건축가가 나와 한숨을 쉬며 이야기를 늘어놓았다. 그는 "사회가 얼마나 건전한지를 뭘 보고 판단을 내리냐 하면요. 단위 면적당 벤치의 숫자가 몇 개냐를 봅니다. 뉴욕 맨해튼 브로드웨이에 벤치가 170개 있고요. 같은 면적과 길이의 서울 가로수길에는 벤치가 단 3개뿐입니다." 처음에는 그 이야기를 들으며 사회랑 벤치랑 대체 무슨 연관이 있는지 의문이었다. 건축가는 이어서 말했다.

"우리나라는 어디 앉아서 이야기할 장소가 없어요. 사람들이 돈을 내고 어딘가에 들어가서 이야기를 해야 합니다. 그래서 우후죽순 카페가 생겨난 거죠. 문제는 그때부터 생기는 겁니다. 돈 많은 사람은 A 카페를 가고 돈 없는 사람들은 B 카페에 가야만 하는 현실. 이 사회는 도시 공간 구조가 돈 많은 사람과 없는 사람이 한곳에 있을 공간이 없어요. 이걸 자꾸 선을 그으면 안 되는 것 같아요."

그는 뒤이어 말했다. 자신이 공간에 있어서 가장 중요하게 생각하는 점은 경계가 모호해야 한다고 했다. '함께'라는 인식이 모두에게 심어져야만 한다고. 그러나 우리나라가 가진 도시공간은 서로 선을 긋는 데 충분한 공간이었다. 무의식적으로 어떤 이들은 내가 낫다고 생각하게 되고, 어떤 이들은 이유 없이 주눅 들게 되는 공간. 서울에 올라와 자주 놀러 갔던 길이 떠올랐다. 높고 차가운 건물들이 줄지어 서 있고, 고가품을 파는 상점이 늘어서 있던 거리. 그 거리에서는 벤치를 한 번도 본 적이 없었다. 오랜 시간 걷다 보면 지치기 마련이다. 그때마다 나는 카페를 갔다. 짧은 시간 안에 카페를 두 번이나 간 적도 더러 있었다. 그토록 넓은 공간에 벤치 하나 없는 게 새삼 놀라웠다. 고향에만 해도 벤치가 곳곳에 자리 잡아 친구들과 나는 동네에서도 줄곧 잘 놀았다. 굳이 놀거리가 없어도 이야깃거리만으로 충분히 시간을 보낼 수 있었기 때문이다. 처음 서울로 올라왔을 때 가로수길에서 느끼던 중압감과 주눅 들던 모습까지 선명했다. 별거 아니라 생각했던 것들은 생각보다 큰 영향을 준다. 전혀 쓸모 있을 거라 생각 않던 벤치 하나만 늘려도 서로가 서로에게 선을 긋고, 비교하는 삶은 조금 줄어들지 않을까.

생각에 빠져들던 나는 파란 고양이가 계속 말을 하는 것도 잊은 채 한참을 멍하니 앉아 있었다. 파란 고양이는 뒤이어 말했다.

"1003호뿐 아니라 그녀 주변 사람들을 둘러보면 모두 비슷하다는 걸 다들 느꼈겠지? 가장 가까이 붙어 다니는 사람만 보아도 1003호와 굉장히 닮았다는 것을 영상을 보면서 느꼈을 거야."

그녀 옆에 찰싹 붙어 시시덕거리던 가장 친한 동료가 단번에 떠올랐다.

"사람은 자석과 반대지. 비슷한 사람들, 즉 같은 극을 끌어당기게 되어 있어. 인간은 각자 고유의 에너지장이라는 게 존재한다네. 부정적인 사람을 만나면 왠지 기가 빨리고 같이 기분이 나빠지는 경험을 한 적이 있을 거야. 그 사람이 가진 부정적인 에너지장에 영향을 받기 때문이지. 반대로 긍정적인 에너지장을 형성한 사람 곁에 있으면 이상하게 마음이 편해지고 웃음이 나오지. 유유상종이라는 말을 들어봤을 거야. 괜히 예부터 지금까지 전해온 게 아니야. 인간이 더 나은 인간으로 성장하기 가장 어려운 이유 중 하나가 무엇인지 알겠는가? 바로 인간일세. 그것도 가까운 사람 영향을 가장 많이 받지. '근묵자흑'이라는 말도 괜히 있는 말이 아니지. 검은 먹을 가까이하면 자신도 모르게 검게 물드는 건, 자연의 이치와도 같다네."

가까운 사람이라면 부모님과 친구. 때로는 직장동료일 수도 있다. 그들은 어떤 사람들이었는가를 돌이켜 볼 수 있었다. 결국 '나'라는 사람은 내 주변을 형성하고 있는 그들로 정의될 수 있었다. 다행인 것은 내 주변의 그들은 항상 나를 지지해주고 응원해주었으며 함께할 때면 편안했고, 즐거웠다. 무엇보다 긍정적이었다. 어떤 이는 겸손하고 차분했는가 하면, 어떤 이는 자신감이 넘치고 이성적인 모습을 지니고 있었다.

그러나 1003호는 어릴 때부터 주변에 그런 사람이 없었다. 그 사실이 가장 안타깝기도 했다. 단 한 사람이라도 그녀의 삶을 조건 없이 지지하고 사랑해주었다면, 그녀는 이렇게까지 자신을 잃고 살지는 않았을 것이란 생각이 들었다. 그녀가 더욱 안쓰러웠다.

"시간이 흐르면서 자신이 처한 상황과 환경은 점점 달라져가지. 그럴 때 내가 어떤 사람을 만나느냐에 따라 인생은 확연히 달라진다네. 어떤 사람을 만난다는 건, 내가 어떻게 생각하고 행동하느냐에 따라 달린 거야. 내가 나를 아끼고 존중한다면 곁에는 그런 사람들만 있을 거고 반대로 행동한다면 그와 비슷한 사람이 따르는 건 변치 않는 진리일세. 언제나 혼자였다고 계속해서 스스로를 고립시키는 것만큼 어리석은 일은 없네. 지금부터라도 자신을 아끼고, 그동안 힘겹게 살아온 삶을 인정해주고 알아준다면, 진정으로 나를 생각해주는 귀인을 만나게 될 걸세. 아무도 나를 사랑해주는 사람이 없다고 좌절하지 말게. 단 하루도 일 분 일 초도 빠짐없이 내 곁에 있어주는 큰 존재인 '나'를 외면하는 것만큼 슬픈 일은 없지. 태어날 때부터 줄곧 인간은 외로웠다고 말하지만, 진정한 자신을 발견하는 순간 그 외로움은 순식간에 먼지만큼 작아져 버린다네. 누군가에게 사랑을 갈구하지 말게나. 가장 먼저 할 일은 '나'를 존재로서 인식하고, 사랑하는 일. 그거면 충분하네. 나머지 것들은 자연스레 뒤따라올 거야. 원하는 것이 무엇이든 간에."

파란 고양이는 자신 안에 있는 우주의 진리를 우리에게 전해주려고 했다. 처음 지하철에서 만났던 그 순간부터 줄곧 그는 말을 멈추지 않았다. 숨이 가빠 보였다. 숨을 쉴 때마다 벌어졌다 좁혀졌다 하는 그의 갈비뼈 움직임이 점점 빨라졌다. 그는 계속해서 말했다. 우리와 함께하는 동안 가능한 한 많은 걸 전해주려는 그의 진심이 가득 전해졌다.

"지금부터 자네들이 할 일은 진정으로 마음의 소리를 따르는 일이야."

파란 고양이는 꼴깍 침을 삼켰다.

"자신의 마음을 소중히 여기게. 외부에서 오는 것들만을 믿고, 따른다면 부모와 친구, 또는 가깝게 지내는 사람들, 모든 인간관계를 비롯한 일들이 자네들 삶 끝까지 풀지 못한 '문제'처럼 남게 될 거야. 진정으로 내가 원하는 삶을 살 때 모든 문제의 실마리가 풀린다는 사실을 잊지 말게나."

파란 고양이는 숨을 크게 후하며 내뱉었다. 숨결에 흔들리는 빳빳한 수염이 조금 귀여워 보였다.

우리는 어떤 결정을 내릴 때 마음에 귀를 기울이기보다 외부에 귀를 기울이는 데 익숙해져 있다. 선택의 기준은 사회와 남들이었다. 항상 버릇처럼 부모님이 했던 말이 있다. '이렇게 살면 남들이 뭐라 생각하겠어? 남들처럼 평범하게만 살아'와 같은 말들이었다. 내 마음이 아닌, 세상의 기준을 맞추기를 원했다. 그림 그리기를 좋아했던 나는 만화가를 꿈꿨다. 그러나 부모님은 절대적으로 반대했고, 나조차도 나를 믿지 못했다. 노래를 좋아해 가수가 되고 싶어 할 때도 마찬가지였다. 내 마음은 노래하기를 원했지만, 부모님은 안 된다고만 했다. 나는 언제나 내 마음의 말보다 외부의 조건에 부합하는 행동만을 해왔다. 1003호 또한 마찬가지였을 것이다. 어릴 때부터 가해지던 부모로부터의 정신적, 신체적 폭력은 그녀를 더욱 작게 만들었다. 그리고 그녀는 심한 공포와 무력감에 자신의 마음에 귀를 기울이는 법을 점차 잊어갔을 터였다. 마음의 소리를 잊고 살아가는 인간들은 점차 길을 잃는다. 그렇게 길을 잃은 지 한참 후에야 고통 속에서 깨달음을 얻은 채, 다시 자신을 돌아볼 기회를 얻는 것이다. 신은 고통을 통해 우리가 어떻게든 자신이 원하는 삶으로 되돌아가기를 간절히 원하며 지켜보고 있는 게 아닐까.

그 사람의 현재를 보면 안다. 자기가 원하던 길을 걸어온 자와 그렇지 않은 자는 삶을 대하는 태도부터가 다르다. 삶에 회의적이거나 적대적인 자들은 진짜 자신의 삶을 살지 않기 때문이다. 내가 원하는 삶을 살아갈 때는 절대로 삶에 회의적일 수 없다.

파란 고양이는 가쁜 숨을 고른 후 우리를 전전히 훑어보았다. 이탈한 사람, 아니, 요괴라도 있는지 찾아보는 듯했다. 아무런 문제도 확인하지 못한 파란 고양이는 다시 입을 열었다.

"오늘은 이만하도록 하지. 잠에 들 시간이야. 잠은 신이 우리에게 준 참으로 신비로운 행위인 동시에 영혼이 온전히 쉴 수 있는 유일한 시간이지. 동시에 나를 가장 가까이 느낄 수 있는 통로이기도 하고."

이 세계에 얼마나 있었던 걸까. 1003호의 삶으로 여행을 떠났던 동안 하루가 거의 다 흘러간 것처럼 보였다. 침대도 그 무엇도 없어 보이는 이곳에서 요괴들과 나는 어떻게 잘지 고민이었다. 익숙한 편안함이 그리웠다. 나만의 공간인 6평짜리 원룸, 작지만 포근한 침대. 살아온 기운이 그대로 서려 있는 그곳이 그리웠다. 마치 어릴 적 캠프파이어에 온 기분과 흡사했다. 수련회나 캠프파이어에 가면 늘 조교들에게 훈련을 받고 밤에는 촛불 의식을 한다. 타오르는 촛불을 들고, 가족에 관한 이야기를 듣고 있노라면 나도 모르게 눈물이 줄줄 흘렀다. 너무 감정에 몰입한 나머지 머리카락이 타는지도 모른 채 촛불에 얼굴을 대고 있던 때가 기억났다. 갑자기 웃음이 터질 뻔했다. 그러나 지금도 가족 이야기를 들으면 눈물이 나오는 건 매한가지였다.

"각자 정해진 구역에서 잠을 청할 거야. 아마 아주 오랜만에 깊고 편안한 잠을 자게 될 테다. 아무 걱정도 불안도 없이."

수풀 속으로 걸어 들어간 우리는 파란 고양이 부하들 안내에 따라 각자 정해진 커다란 나뭇잎으로 다가갔다. 나뭇잎은 성인 두 명이 누워도 충분할 만큼의 크기였다. 이파리는 수분을 잔뜩 머금은 듯 두툼했다. 잎은 형광이 도는 초록색이었고, 자체적으로 빛을 내뿜었다. 초록색 알갱이들이 나뭇잎 침대 주변을 둘러싸며 전구처럼 환히 빛났다. 알갱이에 손가락을 대자 톡 하며 기분 좋게 터졌다. 처음 맡는 시원한 향이 났다. 나뭇잎 침대 위에는 베개처럼 쓰는 큰 물방울이 있었다. 손으로 누르자 가득 찬 공기가 느껴졌다. 손가락으로 누른 자국이 생겼지만 금방 제 모습을 찾았다. 부레옥잠을 만지는 느낌과도 같았다.

"물방울은 자네들이 써왔던 베개 역할을 할 거야."

노란색과 주황색이 물결치듯 섞인 고양이가 말을 건넸다. 예전에 물침대에 누웠던 기억이 있다. 일반 매트리스와는 다른 부드러움이 느껴졌다. 진짜 물방울을 베고 잔다는 건 어떤 기분일지 설레었다. 머리를 대는 순간 느껴지는 시원함에 조금 놀랐다. 물을 아주 얇은 막으로 감싸

놓은 느낌이었다. 물을 그대로 베고 자는 기분이라 해도 지나친 말은 아니었다. 머리를 대자마자 시원한 향이 확 퍼지며 코와 입, 목이 시원해지는 기분이 들었다. 박하 향이 났다. 그뿐 아니라 뭉쳤던 목과 어깨에 자연 파스를 붙인 것 같았는데, 파스와는 확연히 다른 느낌이었다. 눈만 감으면 바로 잠이 들 것 같아 억지로 눈을 크게 뜨고 버텼다. 지금의 편안함을 더 만끽하고 싶었기 때문이다.

나뭇잎이 부스럭하는 소리에 옆을 돌아보니 1003호였다. 대각선 방향으로 조금 떨어진 나뭇잎 침대에 누운 그녀는 아침에 본 모습과는 조금 다른 모습이었다. 정화라는 작업을 받아서인가? 처음에는 완전히 징그러운 요괴의 모습이었다면, 지금은 인간인 그녀 모습이 아주 약간 드러난 것처럼 보였다. 그녀는 아침에 훌쩍거리던 모습보다 훨씬 진정돼 보였다. 낯설고 불안해하던 모습은 거의 사라진 것처럼 보였다. 몇 초 뒤척이더니 그녀는 가볍게 코를 골았다. 그녀의 입에서 옅은 신음 소리가 났고, 자세히 보니 눈가가 반짝였다. 그녀는 꿈에서 누굴 만난 걸까. 확실한 것은 절절한 울음은 아니었다. 그녀의 입가에는 미소가 스며 있었다. 편안한 그녀를 보고 있으니 내게도 편안함이 그대로 옮겨온 듯했다. 눈이 스르륵 감겼고, 신기하게도 이불은 없었지만 마치 이불을 덮은 것처럼 포근했다. 아주 커다란 백로 날개가 나를 포근히 감싸는 형상이 희미하게 보였다. 따스했다. 시원한 풀냄새가 코끝으로 퍼졌다.

꿈을 꾸었다. 맑은 물속에서 헤엄치는 꿈이었다. 아무것도 걸치지 않고 오로지 맨몸으로 깨끗한 바닷속을 마음껏 헤집고 다니는 꿈. 현실에서 수영하는 꿈을 꾼 날은 하루가 꽤 상쾌했다. 꿈을 꾼 날은 실제로 좋은 일이 일어나기도 했다. 물속에서 느끼는 편안함과 자유. 물 꿈은 마음과 몸이 최고로 조화를 이룰 때 꾸고는 했다. 조화를 이룬다는 뜻은 몸은 최고의 컨디션을 유지하고, 마음은 스트레스가 없는 편안한 상태였다. 잠에서 깨기 전까지 마음껏 헤엄쳤다. 물고기와 함께, 돌고래와 함께 망망대해를 멀리 넓게 다녔다. 꿈에서 깬 후, 지구 한 바퀴를 돈 것처럼 느껴졌다. 실제로 그것은 내가 이루고자 하는 현실에서의 꿈이었다.

* * *

 다음 날 아침, 개운함에 저절로 눈이 떠졌다. 이상하게도 배가 고프지 않았다. 이곳에 온 뒤로 그 어떤 것도 먹은 기억이 없었다. 현실 세계에서는 음식에 자주 집착했다. 입이 심심하지 않은 적이 없었다. 무언가를 버릇처럼 입에 달고 살았다. 특히 커피가 그랬다. 배가 고프지 않아도, 심지어는 속이 쓰라려도 끊을 수가 없었다. 역류성 식도염과 위염은 몇 년간 나를 괴롭히며 떨어져나갈 생각을 하지 않았다. 밀려오는 공허감을 견딜 수가 없어 자꾸만 마시고 먹었다. 배 속에 무언가를 채워 넣지 않으면 안 됐던 그때. 불과 이틀 전까지만 해도 그랬으나 문득 그때가 까마득하게 느껴졌다.

 어제 나를 안내했던 주홍빛 고양이는 어느새 내 앞으로 와 있었다. 그는 둥근 자갈 모양의 무언가를 들고 내게 건네주었다. 그도 그것을 한 입 베어 문 모양이었다. 입을 바삐 오물거리고 있었다. 그의 반대편 손을 보니 베어 문 자국이 있는 이름 모를 그것이 있었다.

 "이걸 먹으면 기운이 솟으면서 포만감이 늘 거야."

 "고맙습니다. 그런데 이건 뭔가요?"

 "지구에서 더는 나지 않는 구황 작물이지. 공해가 전혀 없는 환경에서만 자랄 수 있어."

 한 입 앙 하고 베어 물었다. 한 번도 먹어본 적 없는 달콤함이 진하게 느껴졌다. 생긴 건 돌 같았지만, 맛은 상상도 못 하게 부드러웠다. 아주 부드러운 치즈 케이크를 꾹꾹 뭉쳐놓은 듯한 식감이었다. 내가 사는 곳에서는 한 번도 겪어보지 못한 맛이었다. 이렇게나 자연스럽게 달고 부드러운 음식은 처음이었다. 언제나 인공적인 단맛에 익숙해져 있었다.

매일같이 망고 맛이 나는 망고 젤리만 먹다 실제로 동남아에 가서 망고를 먹었을 때의 느낌과 같았다. 치즈 맛과 더불어 향긋한 블루베리 향이 더해져 입 안은 행복으로 춤추었다. 너무나 촉촉해서 따로 마실 무언가가 필요 없을 정도였다. 입 안에 굴려가며 이 맛을 잊지 않으려 애썼다. 이토록 음식을 천천히 음미해본 적이 언제였던가. 과연 이걸로 배가 찰까 싶었지만, 나의 큰 오산이었다. 배가 불러서 다 먹지 못한 채 남기기까지 했다.

먹은 지 1분 정도가 지나자 기운이 확 솟았다. 주위를 둘러보니 다들 나와 같은 생각을 하는 듯했다. 우리 모두를 둘러본 주홍빛 고양이는 식사를 마쳤으니, 차 한잔하는 시간을 갖자며 말했다. 고양이들도 차 한잔 할 여유를 가진다고 생각하니 괜히 웃음이 났다. 차 한 잔 마실 여유가 지구에서는 있었던가? 아침에 바삐 사서 먹던, 다 식은 커피밖에는 떠오르지 않았다.

씻지도 않았는데 모두의 몰골은 말끔해져 있었다. 몸은 금방 씻고 나온 듯 개운했다. 속에서부터 올라오는 상쾌한 기분으로 주홍색 고양이의 안내에 따랐다. 어느새 어둠은 물러가고 없었다. 대신 환한 빛으로 차올랐다. 처음 여기로 왔을 때 마주한 그 풍경이었다. 이곳의 아침은 지구와는 차원이 달랐다. 피곤함에 점철된 모습으로 지하철에 몸을 싣던 사람들 대신 활기가 넘치는 생물들로 가득했다. 풀벌레 소리가 여기저기서 들리고, 작은 요정들이 날아다니는 이곳. 선명하고 맑은 색채로 이루어진 이곳 풍경은 눈이 시릴 정도였다. 아마 인간이 지구에서 문명을 이룩하기 전에는 지구에서도 이런 풍경을 볼 수 있지 않았을까. 인간은 신이 내린 축복인 걸까? 아니면 악마가 만든 산물인 걸까. 인간이란 마음먹기에 따라 천사로도 악마로도 변화할 수 있는 존재가 아니었던가.

 싱그러운 풀밭 위를 한참 걸었다. 도무지 이 세계의 크기를 가늠할 수가 없었다. 이곳은 지구와 이어지는 다른 행성임에 틀림이 없었다. 그 터널은 블랙홀이 되어준 것이다! 파란 고양이를 만난 첫날. 터널 안으로 들어왔기 때문에 이곳을 그저 동굴이라고만 생각했다. 그 생각이 착각이었다는 사실을 깨닫는 데는 얼마 걸리지 않았다. 여기는 한 세계였다. 동굴이 아닌, 터널로 이어진 다른 하나의 세계. 이 세계의 끝은 어디까지 펼쳐져 있을까. 우주 저편까지도 연결되어 있는 게 아닐까 싶었다. 어쩌면 인간이 갈 수 있는 최초의 행성인지도 모르는 일이었다.

 풀밭 위에는 잘려나간 나무 밑동 여러 그루가 띄엄띄엄 흩어져 있었다. 잘려나간 부위에는 선명히 있어야 할 나이테가 보이지 않았다. 이곳의 나무는 어쩌면 수명이 영원하기 때문인지도 몰랐다. 자유롭게 앉으라며 주홍빛 고양이가 말했다. 나무의 그루터기는 식탁 대용이었다. 한 그루터기당 두 사람이 앉을 수 있도록 의자는 두 개뿐이었다. 덕분에 옆에 앉게 될 누군가와 처음으로 깊은 대화를 나눠볼 수 있겠다는 생각이 들었다. 이곳에서 사귄 친구는 분명 특별하게 여겨질 것이다. 한정적인 시간 동안 보낸 추억은 그만큼 소중함이 더해진다. 우리 생도 한정적이기에 더욱 의미가 있는 것이리라. 여행지에서 만난 누군가와 특별한 인연이 되어 오래도록 인연을 이어가는 것처럼.

 테이블 위에는 견과류가 몇 알 놓여 있었다. 그루터기 옆에는 처음 보는 작은 동물이 잽싼 손놀림으로 한 알을 집어 사라져버렸다. 하늘에서 무언가 느린 속도로 날아오고 있었는데, 그것은 찻잔이었다. 갑자기 날아온 두 개의 찻잔은 살포시 테이블 위에 놓였다. 빈티지 가게에서 자주 보던 찻잔과 비슷했다. 하얗고 투명한 진주알처럼 찻잔은 영롱한 빛을 띠었다. 자세히 보니 자개로 만든 찻잔이었다. 옛날 할머니 집에서 보았던 장롱이 떠올랐다. 그 장롱은 혹시 파란 고양이의 별에서만 나는 물질로 만들어진 장롱이 아닐까 하는 엉뚱한 상상을 했다. 자리에 앉자 누군가 내 앞으로 다가와 마주 앉았다. 1003호였다. 그녀를 보니 벌써 친구가 된 것 같은 기분이 들었다. 그녀의 일생을 모두 알고 있기 때문일까. 어젯밤 눈물을 흘리며 자던 그녀의 모습이 떠올랐다. 영상 속 그녀의 모습이 아니라 지금은 요괴의 모습이었다. 이제는 영상 속 모습이 내게는 더 익숙했다. 앞에 마주 앉은 그녀에게 먼저 말을 건넸다.

"좋은 아침이에요! 정말 신기하지 않아요? 이렇게 고양이들의 세상에 저희가 와 있다는 게. 그리고 이토록 아름다운 곳이 존재한다는 게 믿기지 않아요."

그녀는 대뜸 뭐냐는 듯한 눈길로 흘겨보았다.

"죄송하지만 지금은 혼자 있고 싶네요."

말이 채 끝나기도 전에 그녀가 답했다. 무안해진 나는 바로 사과를 했다.

"아. 네. 죄송합니다."

나는 고개를 숙여 차를 들이켰다. 머쓱한 나와 달리 그녀는 침묵 일관이었다. 그녀에게 서운하고 미운 감정이 들었다. 자기 삶이 아무리 비관적이었다고 한들, 저렇게 세상과 타인에게 비관적으로 대하는 것은 자신에게 아무런 도움이 되지 않을 것이다. 계속 이런 식으로 지내다가는 끝끝내 자신의 곁에 아무도 남지 않을 텐데. 나는 계속 그녀를 비난하기에 이르렀다. 짜증과 화나는 감정이 번갈아 올라왔다. 그래도 그녀가 눈치채지 못하게 억지로 참았다. 언제나 지구에서도 감정을 참아왔던 것처럼. 갑자기 몸에서 작은 변화가 일었다. 알레르기처럼 오돌토돌한 무언가가 피부에 올라오기 시작했고 살짝 푸른색을 띠던 팔 색깔도 짙은 회색으로 바뀌었다. 순식간에 변한 몸 색깔을 보자 앞에 앉아 있던 1003호도 흠칫 놀라는 눈치였다. 지구에서도 스트레스를 받거나 부정적인 감정을 지니고 있으면 몸이 먼저 반응했지만, 여기만큼 나타나는 변화가 빠르지는 않았다. 파란 고양이의 별에서는 지구의 몇 배로 스트레스 반응이 나타나는 듯했다.

1003호는 내 몸의 반응을 보더니 흠칫 놀라는 기색을 보였다. 곧이어 미안한 표정을 지으며 말했다.

"저……."

침묵을 깨고 1003호가 말문을 열었다. 그녀를 향한 비난을 알아챈 것만 같아 민망했다.

"네?"

"아까는 퉁명스럽게 굴어서 미안해요. 실은 제가 감정 기복이 꽤 심하거든요. 특히 아침에는 기분이 더 다운되더라고요. 지구에서는 아침에 단 한 번도 행복한 기분으로 깨어본 적이 없어요. 그런데 여기 와서 잠을 자고 나서는 진짜 잘 잔 기분이 들더라고요. 매일 생생하게 꾸던 꿈도 선혀 꾸시 않았고요. 어렸을 때부터 깊게 잠들지 못했어요. 늘 불안에 휩싸여 살았거든요. 불면증은 너무 자연스러운 것이어서 그냥 일상이었죠. 오히려 잘 자는 날이 손에 꼽았으니까요. 솔직히 평소보다는 덜 예민했던 건데, 사람이 습관이라는 게 참 무섭네요. 아침부터 짜증 내던 습관이 있어서 그쪽한테 나도 모르게 예민하게 굴었네요. 같이 살던 병원 룸메이트도 아침에는 저와 거의 마주치지 않으려 했었어요. 보시다시피 저도 저 자신이 감당이 안 됐거든요. 그냥 아침이 오는 게 싫었어요. 쳇바퀴 같은 일상을 살다 보니 삶의 목표 따위도 잊은 지 꽤 오래였어요. 눈을 뜨자마자 '아. 또 지겨운 아침이구나. 피곤한 내 인생' 이런 생각이 매일같이 반복됐죠. 힘들게 돈을 벌어봤자 집 하나 사는 것도 어려운 실정이고. 부모는 부모대로 나한테 바라는 게 많고. 도대체 나는 뭘 위해 사나 싶더라고요. 출근하면 그나마 일을 하다 보니까 이런 잡생각 따위 안 해도 돼서 좋았고요. 영상에서 보셨다시피, 그냥 출근해서 누구 욕하고, 비꼬는 게 내 삶이었어요. 그렇게라도 해야, 내 삶이 조금은 나아 보이더라고요. 결국은 자신을 스스로 욕하며 살아온 것과 마찬가지죠."

그녀는 누군가를 비하하며 거짓된 자존감을 올리려 했다고 말했다. 누구나 그런 시절을 겪지 않던가. 특정한 누군가를 깎아내리면서 내가 조금은 잘난 것 같은 우쭐함에 기대고는 하는 시절을. 인간마다 차이가 있다면 누군가는 그 시절이 한시적이라는 것이지만, 누군가는 평생을 그렇게 산다. 그렇게 가짜로 쌓아 올린 자존감은 금방 무너져 내리고야 만다.

나 또한 아침이 오는 게 싫었던 적이 있었다. 아마 이런 시기를 모든 사람은 적어도 한 번쯤은 경험하지 않을까 싶었다. 삶의 피도가 너무 거세 저항할 힘을 모두 잃어버렸을 때, 내 삶을 도저히 지탱할 힘이 남아 있지 않았을 때. 신은 나를 버렸다는 생각에 완전히 몰두되었던 그때. 몸도 마음도 모두 병들었다. 그때가 떠올랐다. 그녀도 지금 그때 나와 같은 기분이겠지, 라는 생각이 들었다. 방금까지도 밉게만 보였던 그녀가 측은하게 느껴졌다.

"아니요. 괜찮아요. 저도 그랬던 적이 있어요. 이해해요."

나 또한 주변 가까운 사람들에게 예민했던 시절을 떠올리며 연신 고개를 끄덕였다.

"근데 그쪽은 고향이 어디예요?"

그녀가 어제 보인 미소를 지으며 내게 물었다.

"아, 저는 울산에서 줄곧 태어나 자랐어요. 그쪽은요?"

"저는 시골에서 왔어요. 경남 사천이라는 곳에서요. 그래도 같은 지역 사람이라 그런지 뭔가 마음이 놓이네요."

"아. 같은 지역 사람이라 생각하니 저도 반갑네요."

경남 사천은 내가 대학교 시절을 보낸 진주와 꽤 가까운 곳이었다. 그래서 사천에 사는 대학교 친구들이 여럿 있었고, 지금도 여전히 연락 중이었다. 그래서인지 1003호와 좀 더 가까워진 기분이 들었다.

"저는 솔직히 경상도 사람들 빼고 저랑 다 안 맞는 것 같아요. 싫더라고요."

그녀는 갑자기 지역감정이 섞인 말을 했다. 오랫동안 해결되지 않은, 우리나라의 심각한 문제 중 하나였다.

"네? 왜요?"

나는 불편한 기색을 띠며 되물었다. 1003호는 다시 줄줄이 자기 이야기를 했다. 어느 지역 사람은 어떤 특징을 지녀서 싫고, 무슨 지역 사람들은 개인적이라 싫고, 또 어디 사람들은 뭔가 안 맞는 것 같았으며 그 외 지역도 마찬가지라 했다. 지역감정이 뿌리 깊게 자리 잡고 있었다. 듣는 내내 불편했다. 그런 것들이 무슨 소용이란 말인가. 세상에는 너무나 다양한 사람들이 있다. 나는 생각보다 불편한 내용을 잘 듣지 못하는 성격이다. 듣는 둥 마는 둥 했지만, 그녀의 이야기는 끊임없이 이어졌다.

"내가 사회생활 한 지 10년은 넘었거든요. 뭐, 제가 겪은 게 꼭 틀리다고는 생각하지 않아요."

"그렇군요. 그런데 꼭 지역이 어디라고 해서 그 지역 사람들이 다 그런 건 아니던데요? 제가 겪은 바로는 그랬어요. 저 또한 서울에 살면서 다양한 사람들을 만났어요. 다양한 사람 중에는 꼭 같은 지역 사람이 아니더라도 저와 정말 잘 맞는 사람을 만난 반면에 같은 지역 사람들이라도 기질이 완전 저와는 반대인 사람을 만나기도 했거든요. 지역으로 사람을 단정 짓는 건 좀 섣부른 판단이 아닐까 싶은데요?"

 반대되는 의견을 내놓은 내게 기분이 상했는지 그녀는 토라진 얼굴이 되었다. 그래도 계속해서 자신의 의견을 피력해나갔다. 1003호는 자기주장을 굽히지 않았다. '나는'이라는 말을 수없이 반복해서 썼으며, 여러 관점에서 생각하기보다 자신의 관점에서만 세상을 바라보았다. 사회생활을 꽤 해보았다고는 하지만 넓은 세상을 경험하지는 못한 사람에게서 나오는 반응이었다. 오직 한 가지 일에만 오랫동안 매달린 사람들은 그 분야에서만 전문적일 가능성이 크다. 한 가지 일에만 매달렸다는 뜻은 완전히 내가 하는 일이 만족스럽다기보다 다른 데 시선을 두는 게 두려워서, 안전성을 추구하는 데서 기인하는 경우를 많이 보았다. 1003호 또한 그럴 가능성이 깊다. 그녀는 봇물 터진 듯 자신의 이야기를 쏟아내기 시작했다. 그녀는 집에서 온종일 TV를 보는 게 가장 큰 삶의 낙이라 했다. 그게 아니면 핸드폰으로 자극적인 기사들을 눌러 보는 것이었다. 인생의 지루함을 그렇게라도 달래야 한다는 말을 자랑스러운 듯 이야기했다. 가장 충격적이었던 점은 SNS를 대하는 그녀의 태도였다. 그녀는 만나보지도 않고 싫어하는 SNS 속 인물들이 있었다. 이유인즉 어떤 특정 지역 사람이라는 이유였는데, 그 사람에게 달린 악플을 보며 즐긴다는 것이었다. 이토록 뿌리 깊게 박힌 고정관념은 어디서부터 시작된 걸까? 아마도 어릴 때부터 귀에 딱지가 박히도록 누군가에게 이야기를 들은 탓이리라. 그렇게 깊게 뿌리를 내린 고정관념을 가진 사람들이 생각보다 많다. 어떻게 땅과 지역만으로 인간을 정의할 수 있단 말인가. 날 때부터 똑같은 사람은 이 세상 어디에도 없다. 그 사실을 사람들은 알면서도 쉽게 묶어버리는 것이다. 측은한 마음은 바로 불편한 마음으로 바뀌었다. 그녀는 이미 부정적인 대화에 중독된 것처럼 보였다. 얼른 자리를 박차고 일어나고 싶었지만, 그녀는 도통 자신의 이야기를 멈추지 않았다. 피부는 다시 간지러워지기 시작했다. 잠깐이나마 그녀를 이해해 보려고 한 나는 후회가 됐다.

"그쪽은 얘기하는 걸 많이 좋아하시나 봐요?"

"제가 좀 말이 많죠? 처음에는 낯을 좀 가리는데 원래는 말이 많아요. 이런 제 모습을 좋아하는 사람들도 많더라고요."

건성으로 고개를 끄덕이는 것으로 그녀에게 신호를 주었지만, 아랑곳하지 않았다. 대사 한마디마다 자신의 자랑이 섞이지 않은 대사가 없었다. 자신을 사랑하는 것과 자신의 자랑을 줄줄이 늘어놓는 것은 다르다. 오히려 자신에 대한 사랑이 꽉 찬 사람들은 필요한 말만 골라 하지 않던가. 그와 더불어 자신보다는 상대방을 배려하는 데 주의를 기울인다. 자세히 들어보면 자기 자신을 자랑한다기보다 자기가 가신 물선이나 사기 지인이 어떤 위치에 있다는 걸 강조했다. 더는 듣기 힘들었다. 나는 자리에서 일어났다. 미운 감정으로 또다시 내 몸에 생길 변화가 두려웠기 때문이다.

"저는 먼저 일어나볼게요. 조금 쉬고 싶어서요."

"네? 아 저는 그럼 차 좀 더 마시고 일어날게요."

불편하고 기 빨리는 다과 시간이 지나고, 주홍색 고양이는 우릴 다른 장소로 안내했다. 한참 걸어갔다. 길고 수북한 풀밭이 끝없이 이어졌다.

풀잎에 베일까 걱정했지만, 이곳 풀들은 하나같이 부드러웠다. 붓으로 다리를 간질이는 듯했다. 풀밭과 숲을 지나 우리는 어느 해변에 다다랐다. 해변은 넓고 편편했다. 우윳빛처럼 뽀얀 모래가 햇빛을 받아 금색으로 반짝였다. 끝도 없이 넓게 펼쳐진 해변에는 몰디브에서나 볼 법한 에메랄드빛 바다가 우리를 반겼다. 실제로 몰디브를 가본 적은 없지만 사진 속에서 보던 그 모습과 흡사했다. 요괴들 모두가 웅성웅성하며 감탄해 마지않았다. 모두 아름다움에 넋을 놓은 모양이었다. 실타래 같은 보라색 구름이 짙은 파란색 하늘 사이사이로 펼쳐져 있었다. 태양은 타는 듯 붉게 빛났다. 어찌나 경이로웠던지 가슴속 한구석에서 울컥 무언가가 솟아올랐다. 눈에는 금세 눈물이 맺혔다. 조금 민망해진 나는 얼른 손으로 눈가를 훔쳤다. 옆을 돌아보니 나뿐만 아니라 다른 요괴들도 같은 감정을 느끼는 듯했다. 호통을 치고 난리를 피우던 털북숭이 요괴마저도 펼쳐진 풍경을 가만히 바라보고 있었다.

"자. 모두 해변에 양반다리를 하고 앉게. 가장 편안하다고 느끼는 자세로 앉는 거야."

파란 고양이는 해변 앞에 서서 우리에게 말했다. 해변 앞에 서 있는 그는 해변 색깔과 꼭 닮아 있었다. 바다 앞에선 그의 잔근육들과 기다란 꼬리가 더욱 돋보였다. 바람이 살랑일 때마다 그의 가느다란 털들이 눈부시게 반짝이며 흩날렸다. 고양이에게도 설렘을 느낄 수 있는 걸까. 처음으로 그의 모습을 정확하게 볼 수 있었다. 노랗고 선명한 눈. 강인함과 부드러운 카리스마를 동시에 가진 눈빛. 새까맣고 강렬한 눈썹. 항상 오른쪽 손에 들고 있는 기다란 창. 창 중간에는 파란 보석이 박혀 있었는데, 순간적으로 섬광을 내뿜기도 했다. 숨 쉴 때마다 움직이는 미세한 근육들. 짙은 파란색의 털들 사이로 빛나는 은색을 띤 기다란 털들. 지구에서는 저런 고양이를 본 적도, 들어본 적도 없었다. 말 그대로 우주에서 온 그는 여전히 신비로운 자태를 뽐냈다.

"자. 편안히 앉았으면 이제 눈을 감아보게."

그의 말에 따라 천천히 눈을 감았다. 눈꺼풀이 스르륵 닫히자 세상은 보이지 않았고, 어둠 속에 잠겼다.

"숨을 크게 들이쉬고 내쉬어보도록. 일곱 번 정도 코로 들이마신 후, 일곱을 세며 입으로 숨을 후하며 내쉬는 거야. 배 아랫부분이 단단해질 정도로. 이 동작을 아주 천천히 다섯 번만 반복해보도록 하지."

천천히, 아주 천천히 숨을 들이쉬었다. 그리고 내쉼을 반복했다. 처음에는 불안한 감정과 여러 생각이 피어올랐지만, 그것들은 서서히 사라졌다. 내 마음은 평온함과 고요로 가득 찼다. 이어서 들려오는 파란 고양이의 말이 더 선명하게 들렸다.

"살면서 숨을 천천히 쉬어본 적이 있나?"

눈을 감은 우리는 잠자코 그의 말을 듣고만 있었다.

"늘 바삐 호흡하면서 사는 현대인들은 천천히 숨을 쉴 여유조차 없지. 빠른 호흡은 긴장과 불안만 더 가중시킬 뿐이지만, 느린 호흡을 어떻게 하는지조차 잃어버렸다네."

그의 배가 홀쭉해졌다 불룩해졌다 하는 모습이 왠지 상상이 갔다. 열 번 정도 숨 내쉬기를 반복했다. 그러자 평안함이 찾아왔음을 몸소 느낄 수 있었다.

"이제는 내가 하는 말에 집중하도록."

오직 나만 존재하는 것 같은 이 고요함 속에서, 나는 파란 고양이의 말에 온 신경을 기울였다. 이곳은 파도 소리조차 차분했다. 굽이치는 파도가 아니라 조용하고 담담한 파도였다. 오랫동안 잊고 지낸 그리운 감정이 일었다. 해가 뜨면 오늘은 무엇을 하며 놀까 기대감에 눈을 뜨던 날들의 감정이 오롯이 느껴졌다. 인생에 들어온 모든 사람이 하나, 둘씩 떠올랐고, 심지어 미워했던 사람들조차 사랑으로 다가왔다. 그들은 내게 모두 필요해서 온 자들이었다. 내게 일어난 일들도 마찬가지였다. 그때는 죽을 만큼 힘든 일들도 결국에는 나를 더 나은 곳으로 이끌지 않았었던가.

살아온 날들의 장면이 파노라마처럼 펼쳐졌다. 사랑하는 사람들의 목소리가 한데 섞여 들리기도 했다. 부모님이 내 이름을 사랑스럽게 불러주었고, 다음은 학교 선생님, 그리고 친구들, 사회생활에서 만난 사람들, 나와 인연을 맺은 많은 이들이 나의 이름을 부르고 있었다. 아무 조건 없이 내게 해주던 사랑의 말이 귀에서 맴맴 하며 맴돌았다. 생각지도 않은 고등학교 3학년 담임선생님의 목소리가 갑자기 들렸다. 그는 단 한 번도 야단을 치는 법이 없었다. 아이들끼리 비교하지도 않았으며 사랑으로 보듬어주었고, 그 사랑을 받은 아이들은 다른 반 아이들과 달리 단 한 빈도 문제를 일으키지 않았다. 어느 날 우리는 야자 시간이 너무 지겨운 나머지 몰래 뛰쳐나가 한참을 놀다 돌아왔다. 선생님께 걸린 우리는 조마조마한 마음으로 교무실로 따라 올라갔다. 선생님은 우리를 차례로 앉혀놓고서 빙그레 미소를 지었다.

"얘들아. 많이 놀고 싶었지? 선생님도 다 알아. 어떻게 사람이 공부만 하고 살 수 있겠어. 너무 놀고 싶으면 나한테 차라리 이야기해줄래? 이렇게 몰래 속이고 나가면 서로 믿음이 사라지잖아. 그렇지? 그래도 야자 끝나기 전에 돌아와줘서 고맙다. 그래서, 오락실은 재미있었고? 신나게 놀다 왔으면 됐다!"

그러고서는 한 명씩 우리 머리를 쓰다듬어주셨다. 졸업한 후 10년이

지난 지금도 그 말이 전혀 잊히지 않는다. 그 사랑이 꽤 깊고 진실했던 모양이다. 지금 이 세계에 와서 그 순간이 떠오르는 것을 보면.

그렇게 한참을 앉아 있었다. 요즘 나는 아침에 일어나 명상하고 출근길에도 명상 음악을 들었다. 밤에도 10분 정도는 꼭 명상을 할 정도로 빠져있었다. 그러나 지금 하는 것과 지금껏 해왔던 명상은 달랐다. 지금은 편안함을 넘어 진정한 '나'를 만나는 기분이었다. 복잡한 감정, 사회가 만든 여러 고정관념이 뿌리 깊게 자리 잡았던 생각들이 깨끗이 닦인 느낌이었다. 마치 비 오는 날 자동차 앞 유리가 무지개 모양으로 슥슥 닦이듯 말이다. 고요한 나를 만나니 기분이 이상야릇했다.

예전에 딱 한 번 진짜 내면의 '나'와 만난 기억이 있다. 어느 해 나는 몰려드는 불행과 시련으로 꽤 힘들었다. 건강은 건강대로 나빠지고, 돈은 돈대로 빠져나가고, 오래 만난 누군가와 이별했으며 인간관계조차 엉망이었던 순간. 악연은 끈덕지게 달라붙어 괴롭혔고, 직장 생활 또한 순탄치 않았다. 그 누구에게도 기댈 수 없는 스스로가 처량했다. 철저히 혼자였고 고독했다. 불행은 정말이지 한꺼번에 모래폭풍이 사막을 뒤덮듯 그렇게 삶 전부를 덮쳤다.

고통과 시련은 때로 진정한 '나'를 만나게 해준다는 말을 들었지만 견뎌내고 있는 당사자는 너무나 고통스러운 나머지, 차라리 죽음을 택하는 게 낫다고 생각하게 된다. 절망적으로 하루하루를 견디다 보면 마침내 광명이 비추듯 맑게 갠 날들이 펼쳐지지만, 왜 인생은 편안하게만 흘러가면 안 되는 걸까? 왜 이런 큰 시련이 찾아와 굳이 힘이 들어야만 하는 걸까. 삶을 원망하고, 또 원망했던 시절이 있었다. 침대 위에서 눈물을 쏟아내던 그때 아무리 쏟아내도 눈물은 멈출 기미가 안 보였다. 머릿속에는 쓸데없는 잡생각들과 부정적인 생각들이 엉켜 부유물처럼 둥둥 떠다녔다. 차가운 한강 다리 위에서 몹쓸 생각을 몇 번이나 했던가. 그러나 나는 죽을 용기조차도 없는 나약한 인간이었다. '얼마나 행복하려고 이렇게 고통스러울까. 행복이란 게 있을까. 이 불행 끝에 행복은 찾아올까. 나는 왜 이렇게 힘든 걸 겪어야만 할까. 다른 사람들은 다 잘만 지내는 것 같은데. 왜 내 인생만 이따위인 걸까. 그 누군가가 나를 이곳에 보내고, 나를 태어나게 한 거라면, 진짜 신이 있다면 이래서는 안 되는 거 아닌가'와 같은 생각이었다. 태어나 처음으로 목이 터져라 소리를 질렀다. 모든 감정을 분출해냈다. 이미 수많은 눈물을 흘린 뒤라 심히 지친 상태였다. 생각이 저절로 멈추고 멍하니 있을 때였다. 문득 '나는 누구일까?'라는 근원적이고도 심오한 질문이 떠올랐다. 그 생각이 떠오른 건 한순간이었다. 그때까지 단 한 번도 진짜 나에 대해 생각해본 적이 없었다. 처음이었다. 30년 넘게 나에 관한 의문을 가져본 적은 그때가 유일했다. 감당할 수 없던 시련과 고통의 끝에 찾은 것은, 진짜 나였다.

눈을 감아서인지, 진짜로 주변이 어두워졌는지는 모르지만 나는 커다란 어둠 속에 파묻혀 있다는 느낌이 들었다. 이상하게 눈이 떠지지 않았다. 아직은 눈을 뜰 때가 되지 않은 것이리라. 어둠 속에서 불안감이 밀려들 때쯤, 이제는 익숙해진 목소리가 들렸다. 그의 목소리가 사방에서 울려 퍼졌다. 파란 고양이였다. 그는 내 머릿속, 마음, 육체, 온몸을 타고 흐르는 중이었다. 그의 목소리는 나 자신이 되어 있었고, 나 자신은 다시 목소리로 변해 무언가를 말하고 있었다.

'네 안의 나는 간절히 원했다. 타인에게 의존하고, 다른 사람의 길을 걸어가는 스스로가 한없이 안타까웠을 것이다. 네 삶은 네가 원하는 방향으로 흘러가는 게 아니라, 잘못된 방향으로 가고 있다고 진짜 나는 때

때로 신호를 보냈지만, 너는 모른 척했다. 영혼은 목소리가 없다고 했다. 그저 느낌으로만 알려줄 뿐이다. 좋지 않은 사건이 다가올 때나, 자신에게 해가 될 사람임을 만났을 때 느끼는 불편한 느낌. 네 안의 진짜 나는 알려주고 싶었던 것이었으리라. 네 안의 나는 끊임없이 경보를 울려댔다. 굳이 맞지 않는 누군가와 만나고 힘들어할 때도, 억지로 좋아하지 않는 일을 하고, 해를 입으면서까지 누군가를 위해 피를 흘릴 때. 계속 그렇게 하면 몸도 마음도 아플 거라고. 그것보다 더 무서운 일은 진정한 자신이 누군지 잊는 것이라고. 알면서도 회피했다 너는. 자신을 위하는 게 왠지 이기적인 것처럼 느껴졌기 때문이리라. 네가 살고 싶은 대로 살면 부모님도, 친구들도 모두 너에게 실망할 것만 같았기에, 그래서 너는 오랫동안 진짜 모습과는 정반대로 살아왔다. 그러나 너와 같은 사람들이 세상에는 수도 없이 많다. 누군가 정해놓은 틀에 갇혀 자유롭지 못한 나로 살아가는 사람들이. 그러나 나는 이곳에 옴으로써 나 자신을 찾는 것뿐 아니라 지구의 많은 이들을 찾는 데 도움을 줄 기회를 찾았다. 이곳은 영혼의 안식처임과 동시에 새로운 지구를 탄생케 할 최적의 장소다.'

   제대로 살아온 게 맞는 건가 하는 의문은 줄곧 따라다녔다. 언제부터인지는 모르지만, 확실히 성인이 되고 난 후 그 어느 시점부터였다. 그때부터 행복하다고 느끼는 날 또한 점점 줄어들었다. 항상 따라다니던 불안감은 내 안에서 울리던 신호였다. 이제는 껍데기에 불과한 만들어진 나를 버리고, 진짜 삶을 살라며 가냘프게 외치던 신음.

   체감상 30분은 흐른 듯했다. 조금씩 등이 아파왔고, 다리는 저렸다.
"어떠했는가? 고요함 속에 자신을 마주한 이 시간이."

파란 고양이는 맑고 깊은 눈으로 우리를 마주 보며 말했다. 여느 때와 같이 아무도 대답하지 않았지만, 표정만으로 그에 대한 대답을 충분히 알 수 있었다. 명상을 끝낸 요괴들은 편안해 보였으며 처음에 보았던 징그러운 모습들이 조금은 볼만해졌다.

"다시 한번 말하지만 여기 모인 자네들은 진짜 나로 살아오지 못한 사람들일세. 충격적인 건 지구에 있는 대부분 인간이 그렇다는 거지. 앞으로 지하철이든, 그 어디서든 이곳으로 올 지구인들이 아주 많아. 자네들의 역할이 중요해. 우리는 지구를 잠시 도와주러 왔을 뿐이야. 이 지구를 행복한 별로 만드는 건 지구에서 태어난 자네들의 책임일세. 여기서 얻은 것들을 사람들에게 전해주기만 하면 되는 거야. 그러나 모든 인간이 이곳에 오는 건 아니야. 이곳에 오기 위해서는 단 한 번이라도 진짜 자신을 만난 사람이어야만 하지. 어린 시절에는 누구나 나로 살아가지만, 어른이 되어서는 정반대야. 보통 어른이 되어서는 시련이나 아픔으로 나 자신을 만나는 경우가 많아. 눈물은 자네들에게 주어진 큰 선물 중 하나라네. 슬프거나 힘들 때, 눈물을 흘리지 않는 사람, 참는 사람은 진짜 나를 만나기 힘들어. 감정은 소중한 거야. 살아 있다는 가장 큰 증거지. 감정을 잘못 사용한다면 문제가 되겠지만, 감정을 오롯이 느낀다는 건 내가 더 투명해지는 과정일세. 억지로 참지 말게나. 웃음이든 눈물이든. 우리는 그저 그 상황을 느끼고, 즐기기만 하면 되는 거니까."

사춘기 이후로 한 번도 눈물을 흘린 적이 없던 사람을 만난 적이 있다. 그는 한 집안의 가장이었다. 아래로는 어린 동생들이 있었고, 아버지는 어릴 적 돌아가셨으며 어머니는 암과 사투를 벌이고 있었다. 그는 우는 법을 잊었다고 했다. 그래서인지 잘 웃지도 못했다. 그가 웃는 일은 아주 드문 일이었다. 그에게는 슬픔이 덕지덕지 붙은 게 아니라, 아예 삶이 되어버려서 그를 보고 있자면 마치 수증기가 계속해서 뿜어져 나오는 느낌이 들었다. 수증기는 눅눅하고 탁했다. 조금만 옆에 있어도 나까지 흠뻑 젖어버리는 것이었다. 그가 눌렀던 슬픔은 어떻게든 새어 나왔다. 차라리 수도꼭지를 틀어 콸콸 쏟아져 내렸더라면, 그는 지금처럼 슬픔의 인간이 되지는 않았으리라. 문득 지구에는 얼마나 많은 슬픔의 인간들이 있을까 하는 생각이 떠올랐다.

잘 울고 웃던 어린아이는 어느새부턴가 눈물이 메말라간다. 어른이라 불리는 나이가 되어서는 눈물을 자주 참는 탓이다. 그래서일까. 뭐든 반복하면 습관이 된다. 습관은 무섭게 자리 잡아 어떻게 우는지 모르는 지경까지 이른다. 이곳에 와서 알게 됐다. 얼마나 오랜만에 흘린 눈물이었는지. 얼마나 오랜만에 겪어보는 개운한 감정인지를. 지금은 아무런 걱정이 없었고 그 무엇도 문제가 되지 않았다.

* * *

파랗고 뽀얀 파도는 우리 곁으로 다가왔다가 조용히 뒤로 사라져갔다. 다가오고 사라지기를 반복하는 모습을 가만히 바라보았다. 기분 좋은 바닷바람이 귀를 간질였다. 바람은 모든 게 좋아질 거라며 속삭여주었다. 누군가 내 어깨를 톡톡 하고 두드렸다. 놀라서 돌아보니 1003호였다. 나는 방어적인 태도를 보였다. 그녀가 또 무슨 부정적인 이야기를 할지 내심 겁이 났다.

"어쩐 일이세요?"

나도 모르게 퉁명스러운 어투로 그녀에게 물었다. 그녀는 자연스레 내 옆에 앉았다. 무릎을 가지런히 모은 채 두 팔로 무릎을 감싸 웅크렸다.

"그냥 이야기 나누고 싶어서요. 여기서 이야기를 나눠본 건 그쪽뿐이니까요. 이상하게 그쪽이랑 있으면 내 모든 이야기를 다 꺼내게 되는 것 같아요. 참 이상하죠. 아무리 생각해봐도 저는 그쪽이 편하고, 좋은가 봐요."

그녀는 쑥스러운 듯 웃었지만, 나는 어쩔 수 없는 피곤해짐을 느꼈다. 지구에서도 늘 같은 상황이 벌어졌다. 가만히 있으려 해도 사람들이 자꾸 와서 가만두지 않았다. 누군가는 복에 겨운 소리 아니냐며, 자랑질이라 여기기도 했다. 그러나 당사자의 상황을 겪어보기 전에는 쉽게 판단하는 건 옳지 않은 일이다. 사람들은 내게 자신의 고민거리부터 시작해 사적인 이야기를 줄줄이 늘어놓았다. 한두 사람이 아니었다. 친구들은 밤마다 전화를 걸어왔고, 직장동료들은 퇴근 후 거의 매일 함께하길 원했다. 적당히 거절하고 거리를 둬야 한다는 사실을 알면서도 그러질 못했다. 어릴 때 받은 상처로 인해, 누군가에게 버려진다는 사실이 그 무엇보다 참기 어려운 두려움으로 남았기 때문이다.

"아. 네. 저를 좋게 봐주시다니, 기분이 좋네요. 감사해요."

마음은 불편했지만, 나는 체념하기로 했다. 무턱대고 앉은 그녀에게 다시 제자리로 돌아가라고 할 수도 없는 노릇이었다. 그녀는 기다렸다는 듯 내게 질문을 했다.

"그쪽은 혹시 남자친구 있어요?"

"네. 있어요."

"몇 년 정도 됐어요?"

"이제 3년 다 되어가요."

"그렇구나. 나름 뭐, 오래 만났네요. 영상에서 보셨다시피 저는 오랫동안 만난 남자친구와는 뭐 안 좋게 끝났고요. 지금은 별 볼 일 없는 놈 하나 만나고 있어요."

영상에서 말한 그 남자를 말하는 듯했다. 새로 온 직원에게 쪽팔린다는 듯 말하던 현재의 남자친구 말이다.

"별 볼 일이 없다니요? 그게 무슨 말이에요? 그런데 왜 만나요?"

"그 남자가 모아놓은 돈이 많다고 해서요. 제가 남자를 만나는 이유는 딱 하나예요. 돈."

그녀는 명상이 끝나고도 여전히 물질적인 것에 집착했고, 별로 달라진 게 없는 모습이었다.

"거기다 본가에 가진 땅이 좀 많나 보더라고요. 제 나이에 이것저것 따질 수가 없잖아요. 그래서 돈이라도 많은 남자라도 물어야겠다, 그래서 이 지긋지긋한 병원 일도 끝내야겠다 마음먹었죠. 근데 이 인간은 하는 짓마다 별로예요. 센스는 지지리도 없고, 눈치도 없어요. 예전 남자친구들도 별로 좋게 헤어지지는 않았지만 적어도 이렇게 지질하지는 않앉어요. 생김새는 다 봐줄 만했거든요. 하여튼 마음에 안 드는 것투성이예요. 그런데 자기가 마음이 급한지 자꾸 식 먼저 올리자고 조르더라고요. 양심이 있는 건지 없는 건지. 평생 그 얼굴 보고 산다고 상상하니까 속이 막 울렁거려요. 소개받은 사람이라 완전 막 대할 수도 없고. 원래 이번 주 토요일에 한 번 더 밥 먹기로 했었는데, 별로면 그냥 뻥 차버리려고요. 이미 매우 별로지만요."

그녀가 뱉는 욕설과 부정적인 이야기들을 들으니 해변에서 정화되었던 마음은 금세 회색으로 어둡게 칠해졌다. 이야기하는 동안 요괴의 모습을 한 그녀의 얼굴은 더욱 붉으락푸르락하게 변했다. 정화 작업을 하고 돌아온 뒤의 모습과는 확연히 달랐다. 다시 그녀는 내가 처음 그녀를 만난 모습으로 되돌아가려 하고 있었다. 이곳에서는 자신을 해하는 말과 행동을 할 때는 몸으로 반응이 바로 나타났다. 지구와는 다르게 반응속도가 매우 빨랐기 때문에 요괴들과 나는 몸과 정신 상태를 바로 점검할 수 있었다. 나는 예의상 애써 담담한 표정을 지으며 답해주었다.

"음. 어떻게 들릴지는 모르겠지만, 그분에게 마음이 없는데 굳이 만날 필요가 있을까요? 저는 솔직히 마음이 가장 중요하다고 생각해서요. 물론 경제적인 것도 중요하지만 그게 완전히 전부가 되어서는 안 된다고 생각해요. 뭐든 한쪽으로만 치우친다면 좋다고는 생각지 않거든요. 그쪽도 결혼 생각이 있으니까 그래도 만나고 있는 거 아닌가요? 아예 마음이 없다면 만나고 싶지도 않을 텐데, 저는 이해가 안 가네요."

자신의 말에 동의를 표하지 않자, 1003호는 짜증을 냈다.

"전혀요. 마음 따윈 개나 주라고 해요. 제 나이가 몇인데요. 마음은 무슨. 어릴 때부터 엄마가 제게 하신 말씀이 있어요. 돈이 없으면 사랑도 창문으로 도망가버린다고. 돈이 최고예요, 저는. 영상에서 보셨다시피 저는 정말로 거지 같은 인생이었죠. 어떻게든 보상받으면서 살고 싶어요."

 그녀는 여전히 나이와 자신이 살아온 환경에 자신을 가두어놓고 있었다. 그것은 단단한 철창과도 같았다. 더 심각한 것은 스스로 한계를 짓는 사실을 모른다는 거였다. 인간은 자신 스스로 울타리를 만들어 그 안에 가둔다. 그러나 자신은 정작 깨닫지 못한다. 울타리 안에 갇혀버린 건 상황이나 진짜 한계 때문이 아니라, 자신이 만든 울타리 때문이라는 것을. 그러나 울타리에는 자물쇠가 없다. 얼마든지 밖으로 나갈 수 있는 것이다. 많은 사람은 알지 못한다. 겉보기에 울타리는 철창처럼 단단하고 거칠어 보여도 막상 두드려보면 힘없이 스러져 내린다는 사실을. 그녀는 자신의 가치를 스스로 너무나도 낮게 여기는 중이었다. 그뿐 아니라 타인이 마치 자신의 생을 보상해주어야 한다는 게 당연하다는 듯 말하는 그녀의 태도에 벙찔 수밖에 없었다.

 "그렇구나. 뭐 그럴 수도 있겠지만, 저는 마음이 가장 중요하다고 생각해요. 아무리 돈이 많고, 외적인 것들이 좋아서 결혼한들 그 한가운데에 진심이 없다면 그 가정은 아주 쉽게 무너진다는 걸, 저는 많이 봐왔거든요. 아직 결혼을 하지는 않았지만, 보고 들은 것 이외에 이미 증명된 바들이 많잖아요. 그쪽도 그쪽 자신을 너무 나이와 같은 한계에 가두지 않았으면 좋겠어요. 충분히 나와 맞는, 괜찮은 누군갈 만날 수 있어요. 자신을 너무 학대하지 말았으면 좋겠어요. 그쪽은 충분히 많은 걸 누릴 가치가 있는 사람이에요. 충분히 괜찮은 사람이고요. 자신을 인정하고 받아들이는 게 먼저이지 않을까 싶어요."

 뒤에 더하고 싶은 말이 있었지만 덧붙이지는 않았다. 더 좋은 사람을 만나기 전에는 나 자신이 좋은 사람이 되기 위해 노력해야 하고, 스스로 만족할 때 좋은 사람은 곁에 와 있을 거라는 말을 해주고 싶었다. 그러나 이런 말을 그녀는 받아들일 리 없었다.

"아니에요. 그쪽은 아직 나보다 어려서 뭘 잘 몰라요. 현실이 얼마나 차갑고 무서운지 모르는 거예요. 좀 더 살아보면 알게 돼요. 누구 하나 믿을 사람 없고, 이 세상은 돈 아니면 살기 어려운 세상이라는 것을요. 난 나 자신도 믿지 않아요. 솔직히 남자가 돈이 없으면 잘생기기라도 했으면 좋겠어요. 난 못생긴 사람은 딱 질색이거든요. 생긴 대로 논다고들 하잖아요. 저도 제 외모가 썩 마음에 들지 않아요. 그래서 데리고 다니는 사람이라도 멀쩡했으면 하는 거고요. 솔직히 저 혼자 밥도 못 먹고, 혼자 영화를 본다든지 카페를 가는 건 상상도 못 해요. 남들이 저 혼자 밥 먹고 있는 걸 보면 '저 여자는 나이 들어서 친구도 없고 곁에 아무도 없어서 혼자 밥을 먹는구나. 저 여자 성깔머리가 얼마나 더러우면 혼자 밥을 먹고 있을까' 이렇게 생각할 것 같아서요."

그녀가 한 말은 타인에게 비난한 내용이 결국은 자신을 향하고 있었다. 자신의 외모가 마음에 들지 않는 것부터 시작해 혼자 밥을 먹지 않는 이유가 남들이 자신을 이상한 사람으로 여기는 것 같아서였다. 이상한 사람으로 여긴다는 것은 자신이 남과는 다른 사람이라고 여긴다는 사실이었다. 그 사실은 누군가에게는 자신의 개성이라 생각하고 자신을 더 소중히 여기지만, 어떤 이에게는 열등감으로 작용하기도 했다. 그녀는 후자에 속했다. 그녀는 속히 말해 열등감 덩어리였다. 한 사람이 가진 열등감은 큰 위험을 초래한다. 남보다 못하다는 생각이 작을 때는 자신을 미워하는 데에 그치지만, 생각이 커질수록 다른 사람에게 해를 끼치게 되고, 종국에는 살인까지도 이르는 것이다. 육체적으로든 정신적으로든.

그녀의 이야기를 듣는 동안 극심하게 피로해진 나는 해변의 모래를 털고 일어날 준비를 했다. 일어서려던 중, 커다란 그림자가 내 작은 그림자를 덮쳤다. 놀라서 고개를 들어보니 파란 고양이가 우뚝 서 있었다. 그는 커다란 눈으로 1003호를 뚫어지게 쳐다보았다. 1003호는 그와 눈을 제대로 마주치지도 못하고 불안하게 이리저리 시선을 돌릴 뿐이었다. 황급히 자리를 피하려는 게 보였지만, 파란 고양이는 그녀 앞을 막아섰다.

"아직도 정신을 차리지 못했군. 오랫동안 자신을 무가치하게 여기는 인간들이란 본연의 자신으로 돌아오는 것 또한 시간이 오래 걸리는 법이지."

1003호는 그의 엄숙한 목소리에 무척 기가 눌린 듯했다. 그녀는 아무 말도 하지 않은 채 고개를 숙이고 무릎을 감쌌던 팔을 더욱 옥죄었다.

"네 마음을 무시한 죄로, 너 자신을 업신여긴 죄로! 이곳에 와 있는데도 아직도 깨닫지 못하는구나."

파란 고양이가 뚫어져라 그녀를 쳐다보자 그녀는 온몸을 부르르 떨었다. 파란 고양이는 말을 멈추지 않았다.

"너는 이곳에서까지 다른 사람에게 피해를 주고 있어. 그러면서도 전혀 그걸 알지 못하지. 가장 큰 단점이 무엇인지 아는가? 네 곁에 아무도 없다는 사실을 알면서도 자신의 문제점을 결코 찾으려 하지 않는다는 거야! 끊임없이 남 탓을 하고, 세상이 나를 버렸다며 스스로 피해자인 양 행동하지. 누군가와 친구가 되려면 상대방의 오감에 귀를 기울여야 해. 그전에 혹시 내 곁을 누군가 자꾸 떠나간다면 나를 먼저 돌아보았어야지. 그래야 너 자신도 원하는 걸 얻을 수 있는 법이야. 이곳에서 더는 깨닫지 못한다면, 우리 또한 너를 포기할 수밖에 없어. 끝을 모르는 우주 속에 생명체가 사는 행성이 이 지구 하나뿐이라 생각한다면 단단히 착각한 거야. 세상에는 선과 악 두 가지가 존재하듯 행성도 마찬가지지. 살기 좋은 곳이 있는 반면에 독가스로 가득 차 매일 마스크를 착용해야 하고 아무런 빛도 희망도 없이 살아가는 행성도 있지. 그 행성은 너와 같이 지구에서 불필요한 것들을 좇다 결국에는 영혼을 잃어버린 자들이 드글대는 별이야. 지구에 너 같은 죄인들이 늘어나면 늘어날수록 지구도 그와 같은 희망 없는 행성이 되어 버릴 테지. 그러다 끝끝내 죽음의 행성으로 소멸하게 되겠지. 네 삶에 주어진 감사한 것들은 모조리 외면한 채, 부정적인 것만으로 자신을 가득 채우다니! 명심하게. 이곳에서 자신을 완벽히 정화한 자는 다시 지구로 돌아가 다른 사람들에게 선한 영향력을 끼칠 수 있는 자로 거듭나게 되지만, 그 반대는 어둠의 행성에서 다시 태어나는 거야. 이 말을 가볍게 여겨서는 안 되네. 한 인간은 진화를 거듭하기 위해 지구에 와 있지만, 주어진 소중한 기회를 멸시한다면 퇴화되기 마련이지. 퇴화된 자는 다시 진화하는 데 더 오랜 시간이 걸리는 긴 당연한 일이고."

  파란 고양이는 성난 얼굴로 숨을 크게 몇 번 들이쉰 채 다시 부하들 곁으로 돌아갔다. 무릎에 고개를 팍 숙인 그녀는 한참을 그 자세로 있었다. 그녀 혼자만의 시간을 주기 위해 나는 조용히 일어섰다. 그러고는 그녀와 멀찍이 떨어져 앉아 반짝이는 푸른 바다를 하염없이 들여다보았다. 어지러워진 마음이 다시 가라앉을 때까지.

어둠의 행성

마음이 어수선했다. 파란 고양이와 그 무리는 해변에서 다시 초록색이 넘쳐나던 곳으로 우리를 이끌었다. 폭포수가 시원하게 쏟아지고 들꽃들이 펼쳐져 있는 곳. 어제 영상을 보던 곳이었다. 여기가 이들의 주 집합 장소인 듯했다. 마치 강당과도 같은 역할을 하는 곳이었다. 파란 고양이는 입을 열었다.

"어둠의 행성에 관한 이야기를 하겠네."

요괴들은 또다시 웅성거리기 시작했다. 파란 고양이는 조금 딱딱해진 말투로 말을 이었다.

"자네들 지구는 어둠의 행성으로 변하기 바로 직전의 상태야. 우리는 오래전부터 지구를 푸른 별 그대로 지키기 위해 여기에 왔지. 불과 30년 전을 떠올려봐. 미세먼지 한 점 없는 파란 하늘, 청명한 공기. 강력범죄가 일어나긴 했어도 지금보단 드문 일이었지. 지구는 인간의 이기심으로 점점 오염되고 있어. 자연만큼 자네들에게 자애로운 무엇은 없네. 그러나 자네 인간들만큼 자연에 해가 되는 무엇도 없지. 자네들도 느끼고 있지 않은가? 대수롭게 여겨서는 안 돼. 자연재해가 계속 일어나는 이유는 일종의 정화 작용이야. 지구 입장에서는 자신이 아프고 힘드니까 태풍을 일으켜 모든 것을 쓸어버리려는 거지. 마치 인간이 아플 때 몸에서 열을 내 세균을 죽이려는 것과 같은 거야. 지구가 건강하고 멀쩡하다면, 큰 에너지를 써서 그런 일을 굳이 만들 필요가 없네. 지구는 새로운 인류를 바라고 있어. 지금까지와는 다른 삶을 살길 원하는 거라네. 변화를 바라는 거지. 완전히 새로운 지구로 탄생하려면 상상도 못 할 만큼 큰 폭풍이 일어나야만 해. 현재 있는 인류부터 시작해 오염된 자연들을 모두 뒤바꿔놓아야 하기 때문이지. 그보다 더 위험한 것은 지구가 모든 것을 포기하는 거라네. 스스로 죽는 길을 택하는 거야. 지금 인류를 모두 없애버리는 것보다, 자신이 죽어가는 것을 선택하게 되는데 이게 바로 어둠의 행성으로 변화하는 시초지. 인간이 자신을 서서히 잃어갈 때 삶 자체가 어두워지듯, 지구도 마찬가지야. 시간이 없어. 모두 이기심을 내려놓고, 병든 지구와 우주 전체를 위해 힘써야만 할 때야."

파란 고양이의 말을 듣자, 맑고 짙푸른 하늘이 떠올랐다.

인터넷이라는 게 제대로 도입되지도 않았던 초등학교 저학년 시절. 나른한 오후, 햇살이 비치는 창가에 앉아 바깥 풍경을 바라보던 기억이 났다. 막 돋기 시작한 연둣빛 나뭇잎들이 학교 정원을 가득 채웠고, 나뭇잎들은 바람결에 서로 비비며 기분 좋은 소리를 냈다. 수업이 지겨울 때면 자주 턱을 괴고 창문 밖을 바라보았다. 열린 창문 사이로 청명한 바람이 들어왔다. 새들이 지저귀는 소리는 학교 안을 가득 채웠다. 자연과 가까웠던 그때가 이제는 아득해졌다. 지금은 미세먼지 없는 날이 손에 꼽을 정도였다. 어쩌다 지구가 이 지경까지 왔을까. 아름답던 지구가. 얼마 전 몰래 길가에 버려둔 커피 컵이 생각났다. 풀숲에 생각 없이 뱉은 껌이 떠올랐다. 분리하는 게 귀찮아 아무렇게나 쓰레기봉투에 음식물쓰레기, 재활용 용품을 마구 쑤셔 넣은 지난날이 떠오르며 스멀스멀 죄책감이 올라왔다.

"큰 바이러스가 온 세상을 뒤덮은 건."

파란 고양이는 슬픈 듯 눈을 잠시 감았다. 마치 자신이 가장 사랑하는 무언가와 이별을 앞두고 있을 때 짓는 표정과도 같았다.

"어쩌면 당연한 결과야. 이 결과가 나타나기까지는 반드시 쌓아온 행동이 있기 마련이지. 바이러스가 발생한 어느 한 지역만 탓해서는 아무것도 해결되지 않아. 우리 모두에게 책임이 있는 거라네. 우리 모두의 지구이니까."

몇 달 전부터 지구는 심상치 않았다. 들도 보도 못한 바이러스가 온 세계를 뒤덮은 것이다. 안일하게 생각했던 신종 바이러스는 백신이 나오기 전까지 전 세계를 암흑으로 뒤덮었다. 어느 나라도 안전한 곳이 없었다. 바이러스가 발생한 특정 국가는 비난을 면치 못했다. 그러나 바이러스는 비단 그 국가뿐만 아니라 지구 전체를 뒤흔들어놓았다. 바이러스뿐 아니라, 언제나 열대 기후를 유지해온 곳에는 난데없이 눈이 내렸고, 남극의 빙하는 절반 이상이 녹아내렸다.

"여기서 일회용품을 단 한 번도 쓰지 않은 자가 있나? 작은 쓰레기 한 번 길가에 버리지 않은 자는?"

침묵이었다. 무거운 침묵 사이 파란 고양이의 목소리는 써렁써렁하게 울렸다.

"가장 무서운 생각이 '나 하나쯤이야'라는 생각일세. 나 하나쯤 버려도 자연은 재생 능력이 좋으니까 상관없겠지? 라는 생각이 큰 재앙을 불러올 수 있단 말이지. 반딧불이가 이리저리 날고, 풀벌레가 찌르르 울던 여름밤은 이제 도시 공해에 가려 전설로만 남았지. 그뿐인가. 사람들의 정신은 오로지 인증 사진을 찍어 올리는 데만 몰두해 있네. 사진만 찍으면 그뿐이지. 바닷가에 남겨진 수만 톤의 스티로폼들은 대체 누가 버린 것인가? 인간이 만들고, 인간이 자연에 버린 것이네! 아무 죄 없는 바다와 생물들은 병이 들었지. 나는 지구를 24시간 지켜보고 있네. 점심시간만 되면 무기력한 얼굴들이 회색 건물에서 우르르 쏟아져 나오고 의미 없는 말과 행동을 일삼은 그들은 점심을 먹고 난 뒤 하루빨리 제게 주어진 건강을 해치려는 듯 담배를 연신 피워대. 피우고, 또 피울 뿐 내 몸과 영혼이 하는 말은 들리지 않은 지 오래야. 들으려 하지도 않지. 검고 뿌연 연기는 공중으로 흩어지지만, 눈에 보이지 않을 뿐 검은 연기는 식물과 모든 자연에 해를 입히지."

파란 고양이는 숨이 찬 모양인지 숨을 헐떡였고, 옆에 있던 연둣빛 고양이가 말을 이었다.

"내가 이어서 말을 하도록 하겠다. 대장은 인간들을 위해 지금껏 자신의 에너지를 너무 쏟아서 거의 쓰러질 지경이니까."

파란 고양이의 부하는 자신의 대장을 무척 걱정되는 표정으로 바라보았고, 진지한 얼굴로 말했다.

"어둠의 행성 또한 태초 지구와 같이 오색찬란한 모습이었지. 그곳의 생물들도 인간과 같이 진화를 거듭했어. 어떤 행싱에 사는 생물들은 아주 높은 차원의 의식으로 진화하는 반면, 지구를 비롯한 어둠의 행성의 생물들은 그와 반대였지. 그곳은 이제 어둠과 죽음뿐. 그곳의 1년은 지구의 400일과 같아. 400일 중 빛을 볼 수 있는 날은 단 33일뿐. 모든 계절을 통틀어 오직 한 달만 빛줄기를 볼 수 있는 날이 주어지지. 그것도 아주 희미한 빛. 서로를 인식하지 못할 정도로 새카만 어둠, 숨 쉴 때마다 들이킬 수밖에 없는 유독가스, 먹을 것이라곤 찾기 힘든 곳, 사랑과 우정, 배려, 자비라는 단어는 사치일 뿐인 행성. 그들은 지구인들보다 외려 높은 차원의 의식을 지닌 존재들이었으나, 자만심과 욕심에 눈이 멀어 영혼을 몽땅 잃어버렸고, 행성은 점점 어두워져만 갔지. 마침내 어둠은 걷잡을 수 없이 커졌고, 인간을 비롯해 어둠을 지닌 영혼을 계속해서 행성은 끌어들이고 있지. 자네들이 딛고 선 고귀한 땅 지구는 특히나 부정적인 언행과 인간의 악한 마음에 취약한 점을 안고 있지. 그래서 어둠의 행성보다 더 빠른 속도로 지구는 어둠에 가까워지고 있어. 자네들의 생각보다 훨씬 더 빨리."

요괴들은 심각해진 얼굴로 고개를 푹 숙였다. 무심하게 저지른 행동들이 생각보다 많았다. 그러면서도 나름 떳떳하게 살아왔다며 자부했던 나 자신에게 부끄러워지기까지 했다. 자연에 대한 행위뿐만 아니라, 내 이기심으로 나와 타인에게 상처를 주고 이기적으로 행동했던 기억들도 함께 떠올랐다.

1003호를 판단할 자격이 나에게는 없었다. 나 또한 같은 인간이었으므로. 감사보다 불평만을 일삼은 나는 그녀와 같은 요괴였다. 그래서 우리는 이곳에 함께 와 있는 거겠지. 뒤쪽을 흘끔 돌아보니 그녀가 있었다. 그녀는 파란 고양이가 자신에 대해 한 이야기를 들은 뒤부터 줄곧 시무룩했다. 얼이 빠져 있었다. 지금은 살짝 미간이 찌푸려져 있었다. 아마도 자신이 살아온 날이 부끄러운 탓이리라. 그녀도 나와 같은 생각을 하는 거라는 확신이 들었다.

"그래도 우리에게는 가장 중요한 게 남았지 않나."

"그게 뭔데요?"

파란 고양이의 말이 채 끝나기도 전에 나는 물었다.

"희망."

삶이 절망적이었을 때마다 희미하게나마 붙잡을 끈이 되어준 단어였다. '그래도 희망이 있으니까. 잘될 거라는 희망.' 어려운 상황이 닥칠 때마다 종종 이렇게 외치고는 했다. 그래도 부정적인 습관에 중독된 나는 그마저도 쉽게 잊어버리기 일쑤였다. 희망을 품은 것은 잠시뿐. 물렁물렁했던 나는 조그만 실수나 실패에도 금방 무너지고는 했다.

"희망의 끈을 붙잡기 위해서는 의도적으로 행동해야 해. 끈을 붙잡고만 있다면 아무리 튼튼한 끈이라도 끊어지고 말지. 끈을 유연하게, 튼튼하게 만들어 주변 사람들에게도 나눠줄 지혜를 배우게나. 세상은 혼자 사는 게 아니니까. 아주 홀로, 아무도 없는 곳에 오로지 자신만이 넓은 이 지구에 있다고 생각해보게나. 미쳐버리지 않을 자가 없을 거야. 자신을 잃어버린 죄 때문에 여기 와 있는 자네들이지만, 결국은 지구를 지키고 더 나은 세상으로 만들기 위해 온 자들이라는 것을 잊지 말게. 자네들에게 주어진 아주 중요한 임무니까. 즉, 지구의 희망은 자네들이지."

비록 요괴의 모습으로 만났다고 할지라도, 우리는 선택받은 자들이었다. 갑자기 작은 용기가 솟는 기분이 들었다. 어떤 일이라도 할 수 있을 것 같았다. 인간은 '희망'이라는 선물을 늘 곁에 두고 살아간다. 그것을 의식하냐 하지 못하느냐의 차이일 뿐. 식물 동물을 비롯한 다른 생명체는 희망이라는 단어를 알지 못한다. 그들은 그저 현재를 살 뿐이다. 힘들고 어려워도 희망이라는 단어 자체를 모르기 때문에 그들이 느끼는 고통 자체는 아마 더 크지 않을까. 새삼 인간 중 하나라는 사실이 감사했다. 많은 것들을 누리고 있는 우리였다. 의식하지 않으려 했을 뿐.

나는 용기 내어 그에게 되물었다.

"우리는 어떤 행동을 해야 하나요? 바이러스가 만연하게 퍼진 세계에서 저희는 정말 힘들었어요. 그런 재앙 앞에서 아무것도 할 수 없는 나약한 존재가 바로 인간이란 것을 다시 한번 깨달았고요."

파란 고양이는 용기 내 질문한 내 모습을 보며 흐뭇한 듯 미소 지었다.

오래전 나를 칭찬해주셨던 초등학교 선생님의 미소를 보는 것 같았다.
"무언가를 행하기 전, 단 3초만 멈추는 거야. 그리고 생각하는 거지. 그때 드는 자신의 느낌을 무시해서는 안 돼. 혹 조금이라도 꺼림칙한 기분이나 약간의 불편감이 든다면 그 행동을 멈춰야만 하네. 이게 정말 아무것도 아닌 행동일까? 하는 의문을 잠시라도 가져보는 거지. 그게 바로 나를 위한 질문이고, 남을 위한 질문이며 동시에 모두를 위한 질문일세. 조금이라도 마음에 걸린다면, 그것을 행하여서는 안 되지. 예를 들어 쓰레기 하나를 버리는 것도 찰나의 죄책감이 들지만, 금방 사라져버리네. 그래서 많은 사람이 아무렇지 않게 하는 거야. 그러나 나 하나의 행동이 바뀌면, 주변 사람들은 놀랍게도 금방 영향을 받아서 바뀌게 되어 있네. 나 하나쯤이야 하는 생각은 나와 모두를 무시하는 태도라네. 나 자신은 세상에 영향을 끼칠 만큼 커다란 존재라 생각하고, 그에 걸맞은 행동을 하도록 하게. 반대로 행동한다면, 나를 그만큼 작고 형편없는 존재라 생각하는 것과 같으니까."

걸맞은 행동이란 무엇을 의미하는 걸까. 아마도 해야 할 일과 하지 않아야 할 일을 구분할 줄 아는 지혜를 이야기함이리라. 그 답은 이미 스스로 알고 있다. 우리가 어떤 말과 행동을 할 때, 찜찜한 기분이 들 때가 있지 않은가. 그것은 진짜 내가 원치 않은 일이다. 내 영혼은 내가 하는 말을 모두 듣고 있다. 그러나 어리석은 인간들, 즉 나는 나에게 얼마나 상처를 주고, 쓰레기 같은 말을 내뱉어왔던가. 그뿐 아니라 내가 생활하는 공간과 환경, 타인들에게까지도.

염려와 사랑이 동시에 든 파란 고양이의 말이 끝나자, 누가 코를 훌쩍이는 소리가 들렸다. 놀란 나는 뒤쪽을 돌아보았다. 또 1003호였다. 흘러나오는 눈물을 주체할 수 없는 모양이었다. 어쩔 수 없이 나오는 콧물은 그녀의 손등과 코 주변으로 추욱 늘어져 있었다. 그녀는 어깨를 헐떡이며 간신히 말을 이어나갔다.

"저는 자신을 너무 하찮은 벌레 정도로 취급했어요. 여기 와서 처음 알게 됐어요. 나 자신은 결코 소홀히 대해서는 안 되는 존재라는 걸요. 이때까지 제가 한 말과 행동들이 너무 부끄러워서 견딜 수가 없어요. 제 삶 전부가 후회돼요."

갑자기 파란 고양이 부하 중 하나인 분홍색 고양이가 그녀의 옆에 섰다. 무어라 조용히 그녀에게 말을 건네던 분홍 고양이는 그녀를 데리고 조용히 함께 숲으로 사라졌다. 그녀의 어깨에 얹은 분홍 고양이의 손길은 부드러워 보였고, 따스함이 느껴졌다. 그의 손길 아래 1003호의 어깨는 가느다랗게 떨리더니 점차 가라앉았다. 혹시나 그녀를 벌주려는 게 아닐까 하는 생각도 했지만, 여기는 지구가 아니었다. 우리는 죄인으로 이곳에 왔지만 벌이라고 해봤자 그저 명상과 마음의 고요함으로 나 자신을 찾는 것에 몰두하는 일이었다. 아마 저 분홍빛 고양이는 상냥함으로 그녀를 대할 게 틀림없었다. 파란 고양이 또한 무게감이 있는 말투이기는 했으나 그의 말 한마디, 한마디는 따스했다.

"지금부터는 정화 작업을 통해 나를 찾는 여정을 멈추지 않을 거야. 나를 따라오도록. 길이 만만치 않으니 잘 따라오도록 하게나."

파란 고양이는 긴 꼬리를 세차게 내저으며 뒤돌아섰다. 우리는 잔디 광장을 벗어나 파란 고양이와 그 무리를 따라갔다. 해변과는 또 다른 방향이었다. 이 넓은 세계에는 파란 고양이와 그의 부하들 외에 다른 고양이들 또한 이곳에 살고 있지 않을까 라는 확신이 들었다. 마치 지구에 여러 인종이 살듯이. 고양이들의 별이라 생각하니 괜스레 웃음이 났다. 신비로운 이 세계는 파란 고양이와 같은 의식이 깨어 있는 자들만이 사는 걸까, 아니면 지구와 같이 여러 의식을 가진 고양이가 사는 걸까. 확실한 것은 우리별 지구는 아직도 많은 이가 깨어나지 못한 채 잠들어 있다.

지구란 우주라는 거대한 바다를 항해하는 배. 우주는 시커멓지만 반짝이는 것들로 가득한 무한의 별빛 바다. 그 위를 끊임없이 달리는 생명의 배인 지구는 우리에게 풍부한 먹을거리를 제공하고, 자급자족할 수 있도록 해주었지만, 지금은 침몰하기 직전의 상태다. 선원들이 제대로 배를 관리하지 않은 탓이다. 선원들은 스스로가 자신의 배를 함부로 대하고, 망가뜨리는 것도 모자라 없애버리려고까지 한다. 60억이라는 적지 않은 숫자의 선원들은 배를 제대로 몰 책임이 있다. 그렇다. 우리가 그 선원인 것이다. 그러나 우리는 배가 침몰하기 직전 상태까지 만들어 놓았다. 이 상태라면 당장 내일이라도 배가 산산조각 나서 사라져도 당연한 결과다. 그러나 말 그대로 60억이라는 적지 않은 수의 선원들이 노력한다면, 우리 전부가 깨어 있다면 파란 고양이의 별보다 훨씬 더 살기 좋은 별로 거듭나기가 그렇게 어려운 일은 아닐 것이다.

고양이들은 산으로 보이는 곳을 향해 발걸음을 옮겼다. 멀리서 볼 때는 산보다는 커다란 무지개와 가까웠다. 지구와 달리 모든 식물이 다양한 색을 지녔기 때문이었다. 길은 점점 좁아졌다. 매끈하던 풀밭은 점점 흙과 모래로 가득한 거친 길로 변하기 시작했다. 그래도 전혀 힘들지 않았다. 아침을 평소보다 엄청 조금 먹었지만, 이상하게 하나도 배가 고프지 않았다. 오히려 쌩쌩하기까지 했다. 온종일 뛰어놀아도 지칠 줄 모르던 유년 시절 몸 상태로 돌아온 느낌이었다. 돌부리에 살짝 걸려 넘어질 뻔했지만, 가까스로 균형을 잡았다. 산 입구로 들어가자 햇살이 나뭇잎 사이사이로 얼굴을 비추었다. 오랜만에 본 햇살 줄기는 반가웠다. 신기하게 생긴 곤충들이 바닥을 기어 다녔고, 처음 보는 식물과 동물이 산을 가득 메우고 있었다. 나무 위에는 새들이 울었는데, 절에서 보던 처마 끝에 달린 종소리와 흡사했다. 새들은 저마다 휘황찬란한 색깔을 자랑하고 있었다. 노랑, 초록, 파랑, 주황 갖가지 색깔들이 섞여 무늬를 이루었고, 머리 위에는 하나의 황금색 깃털이 바람결 따라 휘날렸다. 꼬리는 아주 길게 흐트러져 있었고, 마치 실크로 수를 놓은 듯 은은하게 빛났다. 말의 꼬리가 마치 새의 뒤꽁무니에 매달려 있는 것처럼 보였다. 태어나서 이토록 아름다운 새들은 처음이었다.

한참 넋을 잃고 새를 바라보다 다시 돌부리에 걸려 결국엔 넘어지고 말았다. 정신을 차리고 걷는 와중 뒤에서 누가 나를 툭 하고 건드렸다. 1003호가 어느새 따라와 있었다. 그녀는 약간 수줍은 듯 미소를 보였다.

"잘 다녀오셨어요? 저 분홍 고양이가 뭐래요?"

내심 걱정했던 나는 그녀에게 물었다.

"실은 계속 피곤하게 만들어서 죄송해요. 사과하려고요. 그만큼 그쪽이 편했어요. 정말로요."

대뜸 그녀는 사과했다. 거짓말 같지는 않았다. 무작정 싫은 마음만 가졌던 나 또한 미안한 마음이 들었다.

"아니에요. 그럴 수도 있죠. 저를 편하게 생각해주신다니 저야말로 고마워요."

1003호는 눈을 내리깔며 풀이 죽은 목소리로 말했다.

"이해해줘서 고맙고, 미안해요. 고양이는 그저 들어줄 뿐이었어요. 다 안다며 제 어깨를 두드려주었을 뿐이었죠. 제가 쏟아낸 모든 이야기를 전혀 싫은 기색 없이 끝까지 들어주었어요. 누군가 제 이야기를 그토록 정성껏 들어준 적은 살면서 처음이었어요. 사람들은 겉으로만 제 이야기를 들을 뿐, 사실 듣기 싫어하는 게 느껴지거든요. 눈은 다른 곳을 쳐다보거나 성의 없이 고개를 끄덕이거나 할 뿐이죠. 덕분에 지금껏 묵혀온 마음의 때들이 완전히 씻겨나간 기분이었어요. 사실 그전부터 이미 그쪽으로 인해서 마음이 정말 편해진 상태였어요. 상처받기 싫어 단단한 껍데기를 만들고, 그 위에 가시까지 만들어 다른 사람들을 찔러댄 건 나 자신이었거든요. 남 탓하기 전에 나부터 돌아봤어야 하는 건데. 이곳에 와서야 나를 처음으로 마주 보게 됐네요. 왜 지구에서는 그게 쉽지 않을까요?"

나는 말없이 고개를 끄덕였다. 약간은 그녀와 가까워진 기분이었다. 우리는 함께 묵묵히 걸었다. 숨이 차 헉헉거릴 때마다 서로를 마주 보며 웃기도 했다. 그녀는 이제 완전히 편안해 보였다. 중간에 팔짱을 끼는 그녀에게 조금 놀라긴 했지만, 기분이 나쁘지는 않았다. 계속 걸어가자 산은 점점 모습을 바꾸었다. 중간에는 온갖 식물들이 색깔을 바꾸기도 했다. 마치 크리스마스트리 전구가 천천히 깜빡거리는 모양새 같았다. 분홍색이었던 나뭇잎들이 천천히 살굿빛으로 바뀌기노 했으며 가시들은 지렁이처럼 꿈틀거리며 신나게 휘어지기도 했다. 나무들이 즐거이 대화하는 소리가 이따금 희미하게 들려왔다.

* * *

걷고 또 걸었지만, 고양이들은 발걸음을 멈추지 않았다. 어느새 뒤따라 걷던 요괴 무리와 고양이는 격차가 100m 남짓 벌어져 있었다. 우리가 있던 곳에서 출발한 지 세 시간째였다. 땀이 흐르고 다리가 아려왔다. 요괴들은 불평을 터뜨리기 시작했다. 그중 단연 눈에 띄는 요괴가 있었다. 이곳에 왔을 때부터 소리를 지르던 털북숭이 요괴였다. 그는 또다시 화를 내기 시작했다.

"도대체 어딜 가는 거야? 나는 왜 이딴 모습으로 여기에 있고, 나한테 아무 득도 안 되는 등산 따위나 하고 있어야 하는 거냐고. 지옥 같은 데 날 끌고 와서는 뭘 하는 거야? 이 새끼들아!"

그의 눈은 뻘겋게 충혈돼 있었다. 목에는 시퍼런 핏대가 단단히 서 있었다. 거무죽죽한 얼굴을 한 그 요괴를 모두가 바라보았다. 순간 정적이 흘렀다. 모두가 그를 불편한 시선으로 바라보았다. 털북숭이 요괴는 시선에 전혀 아랑곳하지 않았다. 그는 계속해서 소리를 질렀다. 이런 시선이 평소에도 익숙한 모양이었다. 파란 고양이의 부하들은 털북숭이 요괴가 있는 곳으로 다가가 그를 제압하기 시작했다. 제압이라고 해서 완강히 그를 묶거나 무릎을 꿇리거나 하는 것은 아니었다. 그들의 제압은 강압보다 진정에 가까웠다. 주홍빛 고양이가 오른손에 들고 있던 창끝으로 그의 등을 가볍게 툭툭 두들기자 그는 순식간에 누그러졌다. 그는 흐물흐물한 상태로 주저앉았다. 저 요괴는 대체 왜 그토록 자신을 괴롭히지 못해 안달이 난 걸까? 나머지 요괴들은 이곳에 온 뒤 훨씬 더 차분한 모습을 보였다. 그러나 그는 달랐다. 여전히 불안이 그를 에워싸고 있었고, 어두운 아우라가 그의 몸에서 뿜어져 나오는 게 눈에 보이기도 했다. 그의 두 눈에는 설명할 수 없는 깊은 아픔이 서려 있었다. 결국 그는 우리 중 가장 뒤에서 고양이 부하 두 명과 함께 끌리다시피 걸어왔고, 나는 점점 그가 지닌 과거가 궁금해졌다.

얼마나 걸었을까. 길은 자꾸만 험해졌다. 휘황찬란하던 나뭇잎들은 이제 앙상하게 말라 있었다. 마치 여름 나라에서 겨울 나라로 순식간에 여행하는 기분이었다. 땅은 점점 거칠어지고 갈라지기 시작했다. 분위기는 날씨에 따라 숙연해졌다. 급기야는 하늘에서 하얀 무언가가 내리기 시작했다. 내리는 흰 눈을 자세히 들여다보았다. 나는 공중에 손을 지그시 내밀었고, 손 위에는 커다란 눈송이가 내려앉았다. 지구에서 보던 눈과는 사뭇 달랐다. 눈송이 자체가 훨씬 크고 마치 유리 여러 조각을 뭉쳐놓은 듯 반짝거렸다. 손 위에 있어도 쉽사리 녹아내리지 않았다. 눈은 천천히 녹아내려 털로 뒤덮인 내 손을 적셨다.

눈이 소복이 쌓인 아침에 쌓인 눈을 가장 첫 번째로 밟는 기분과 흡사했다. 아무도 밟지 않은 눈 위에 발자국을 새기는 일. 발을 내디딜 때마다 푹 하고 감싸주던 눈의 속삭임. 그리고 듣기만 해도 개운해지는 뽀드득 소리. 겨울이 가장 설레는 이유 중 하나였다. 어릴 때 따뜻한 남쪽 지방에 살던 나는 눈을 보는 것 자체가 기적이었다.

서울로 상경한 뒤부터는 매해 겨울마다 눈을 보았다. 그때마다 행복도 함께 쌓였다. 누군가는 눈이 하늘에서 내리는 쓰레기라고도 한다. 나에게 눈은 보석보다 값졌다. 대도시에 온 지 10년이 되어가는 지금도 여전히 눈이 좋다. 맑고, 투명하고, 순수한 눈. 그 어느 것에도 때 묻지 않은 느낌이.

눈에 관한 추억을 새록새록 떠올리고 있을 때쯤, 목적지에 다다랐다. 파란 고양이가 드디어 멈춰 선 것이다. 그는 우리를 향해 뒤를 돌았다.

"험한 길이었지만 온다고 모두 고생했네. 자 이곳으로 들어가기만 하면 돼."

나뭇가지들이 우거진 숲을 조금 헤치고 나가니 마른 숲과는 전혀 다른 광경이 펼쳐져 있었다. 옅은 터키색 호수들이 끝없이 넓게 펼쳐져 있었고, 수정인지 얼음인지 알 수 없는 아름다운 조각들이 호수 주위로 빙 둘러 있었다. 알록달록 저마다의 색깔을 지닌 조각들은 동화책에서나 보던 보석 같았다. 가까이 다가가 보니 호수보다는 온천에 가까웠다. 온천 위로는 모락모락 김이 피어올랐다. 상상 속에서나 보던 얼음 왕국이 실제로 눈앞에 펼쳐진 것 같았다. 그 광경은 너무도 신비롭고 동화적이었으며 호수 안에서 갑자기 용이라도 튀어 오를 것 같았다. 수정 위로는 작은 얼음 요정들이 날아다녔다. 그들이 날갯짓을 할 때마다 눈가루가 떨어져 내렸다. 작은 그들의 손에는 반짝이는 눈송이가 들려 있었다.

"해변에서의 명상에 이어, 이곳에서는 진짜 자신을 만나기 위한 두 번째 정화에 들어갈 거야. 좀 더 자기 자신을 찾는 데 더욱 집중할 수 있을 거야. 각자 원하는 물웅덩이로 들어가기만 하면 돼."

자세히 살펴보니 온천들은 모두 색깔이 달랐다. 옥색 웅덩이, 황토색 웅덩이, 푸른색 웅덩이, 각자만의 색깔로 이루어진 온천들은 얼른 들어오라는 듯 김을 뿜어대고 있었다. 투명한 물이 아니라 바닥의 깊이를 가늠할 수는 없었지만, 무섭지는 않았다. 요괴들이 손가락으로 하늘을 가리키며 웅성거리고 있었다. 하늘에는 처음 보는 거대한 오로라가 커튼이 휘날리듯 온 하늘에 펼쳐져 있었다. 마치 그 오색찬란한 커튼은 우리 전부를 덮을 것 같은 광대함으로 자신을 드러냈다. 지구에서도 한 번도 보지 못한 오로라를 이렇게 거대하게 본 나는 입이 쩍 벌어졌다. 보통 오로라는 밤이나 새벽에 펼쳐지지만, 지금은 오후에 가까운 하늘이었다. 눈을 가득 품은 회백색 구름 아래 펼쳐진 오로라는 정말 몽환적이었다.

"정말 아름다운 광경이지. 너무나도 황홀하고, 기쁜 감정일 거야. 그럴 수밖에 없지. 자네들 본디 영혼은 이곳보다 훨씬 더 아름다운 곳에서 태어났으니까."

천천히 걸음을 옮겨 가장 마음이 끌리는 주홍색 물웅덩이 앞으로 가셨다. 몽글몽글 피어오르는 연기가 어서 들어오라는 듯 손짓했다. 깊이를 가늠할 수 없어 선뜻 들어가기가 망설여졌지만, 들어가고 싶은 마음이 더 컸다. 발 한쪽을 먼저 담갔다. 기분 좋게 스며드는 온기가 온몸에 퍼졌다. 나머지 발도 웅덩이에 넣은 채 일어서지는 않고 웅덩이 가에 걸터앉았다. 아직은 완전히 들어가기가 겁이 났다. 용기를 내어 안쪽으로 들어가 섰을 때 물웅덩이는 딱 아랫배 정도 오는 깊이였다. 자세히 물 안쪽을 들여다보니 물고기로 보이는 것들이 있었다. 바닥 아래에는 조약돌 몇 개도 함께 깔려 있었다. 조약돌을 꺼내 손 위에 놓고 보니 마치 작은 자갈 같았다. 누렇게 반짝이는 그 돌은 실제 황금이 아닌가 하는 생각이 들 정도로 무겁고 빛났다.

마침내 몸을 물웅덩이 속에 충분히 잠길 정도로 담갔다. 지구의 목욕탕처럼 거품 분수가 퐁퐁 솟아올랐다. 부글부글 기분 좋은 소리에 심신 전체가 편안해졌다. 탕 안에서는 활짝 핀 백합 향기가 나는 듯했다. 한참을 즐기고 있는 동안 파란 고양이 부하 중 한 명이 내게 다가왔다.

"오렌지 빛깔 온천을 선택했군."

그는 나를 지그시 바라보며 말했다. 그의 눈은 티 없이 맑고 투명했으며, 스위스에서나 볼 수 있는 호수 같은 색을 가진 눈 색깔이었다. 그와 눈을 마주치자 나는 순간 부끄러운 감정을 느꼈다.

"네?"

"이 온천을 선택한 사람은 말이지."

그는 의미심장한 표정을 지었다. 호기심 어린 눈으로 그를 바라보자 그는 재미있다는 듯 송곳니를 드러내며 웃었고, 이야기를 이어갔다.

"심성이 아주 곧은 사람이야. 너의 영혼은 다른 사람들과 이야기하기를 즐기지만, 동시에 타인의 이야기에 자주 동요되지. 어떤 일이든 자신이 나서서 솔선수범하고 충성심이 강하며 늘 타인을 진심으로 걱정하지. 그뿐 아니라 즐거움을 추구하는 타입으로 사람이 항상 따르며 인기가 많아. 가장 편안한 상태에서 고른 색깔이 본연 자신의 색깔이라네. 주황색과 자네는 가장 잘 어울리는 색깔이야. 모든 물질은 색을 가지고 있다는 사실을 알 거야. 무의식중에 특유의 색을 가진 옷을 많이 사게 되거나, 이유 없이 끌리거나 그런 물건들을 보았을 때 기분이 좋아지는 경험을 한 적이 있을 거야. 그것은 그냥 우연이 아니야. 본연 자신과 연결되었을 때 나타나는 현상이지."

고양이의 말을 듣고 나는 놀라지 않을 수 없었다. 실제로 겨울 스웨터 중에 주황색 스웨터가 가장 많았다. 얼마 전에는 주황색 다이어리를 사고, 주황색 당근 모양 볼펜을 샀다. 한번은 주황색 스웨터에 주황색 수첩, 주황색 당근, 심지어는 핸드폰 배경화면까지 주황색인 나를 보며 친구들은 주황색 귀신이라 놀려댔다. 깔맞춤 대명사라며 즐겁게 웃던 기억이 났다.

"그런데 지금은 딱히 좋아하는 색깔이 있다기보다 그때그때 다른 것 같아요."

형광 연두색의 털을 가진 고양이는 입가에 미소를 지으며 말했다.

"그것 또한 당연한 현상이야. 점점 인간 세상의 많은 관념에 따라 진짜 자신은 잊혀만 가지. 나만의 색깔은 사라져가고 희미해져만 가. 남들이 빨간색을 좋아하니까 나도 빨간색을 좋아하는 것 같고, 남들이 파란색이 어울리는 모습을 보니 나도 파란색이 어울리는 것 같거든. 그러다 점점 나만의 색깔을 잃어버린 채 우중충한 회색이 되어버리지. 물감 통에 붓을 씻다 보면 이내 시커멓게 변해버린 물통을 확인한 적이 있을 거야. 절대로 투명해지지 않지. 시커멓게 변해버린 물을 버리고, 투명한 물을 계속 붓기까지는. 자신의 색깔대로 살기 위해서는 내 안에 쌓인 부정적인 관념들을 모두 버리고 새롭게 마음가짐을 가져야 해. 그래야 진짜 '내'가 변하는 방향으로 삶의 방향을 전환시킬 수 있어. 그게 아니라면 시커먼 물감 통에 계속해서 붓을 휘젓는 거나 같은 거지."

처음 듣는 이야기였다. 황당무계한 말로 들릴 수 있겠지만 나는 정확히 이해하고 있었다. 나만의 색깔을 나는 비로소 다시 찾게 된 것이다. 수십 년 동안 마음이 편안한 날이 며칠이나 됐던 걸까. 돌이켜 보면 인생은 불안 그 자체였다. 불안이 곧 내 삶이었다. 그러나 나는 연기를 잘했다. 사람들은 가면만 보고 행복한 줄로만 알고 부러워했다. 하루 동안 마음이 편안한 순간을 세어보았을 때 채 1시간도 되지 않는 것 같았다. 편치 못한 마음으로 살아온 나 자신에게 미안하기만 했다.

"아. 한 가지만 더 덧붙이도록 하겠네. 다채로운 색을 가진 영혼도 존재한다는 사실을 잊지 말게. 어떤 고유의 색깔을 가진 영혼이든, 다채로운 색깔을 가진 영혼이든 그 자체로 자신을 받아들여야 한다는 걸. 아무것도 판단하지 말고 나 자신을 있는 그대로 받아들인다면 선명했던 나의 영혼으로 금세 돌아올 거야. 그럼 이제 제대로 쉬어보도록 하게. 쉼다는 건 그저 생각을 흘려보내는 거야. 고요하게. 그 무엇에 관해서도 생각하지 말고 오로지 내 마음에만 집중하는 거야."

　연두 고양이는 서서히 등을 돌려 사라져갔다. 그의 긴 꼬리는 끝이 동그랗게 말아져 있었다. 단단하고 빳빳한 꼬리였다. 연두색 털은 그가 걸을 때마다 한 올 한 올 휘날렸다. 주황색 온천에 남겨진 나는 피어오르는 연기와 부글거리는 거품을 보며 숨을 크게 한 번 쉬었다. 그러고는 눈을 감았다. 깜깜했다. 아무것도 보이지 않았다. 완전한 어둠이었다. 아까까지만 해도 빛이 눈에 서려 밝은 느낌이 있었지만, 지금은 깜깜한 동굴 속에 갇힌 느낌이었다. 따스함도 적응이 됐는지 아무런 감각이 없었다. 내가 눈을 감으니, 세상이 사라졌다. 나는 누구인가. 나는 누구였던가. 나는 그저 존재할 뿐이었다. 나는 누구의 딸도 아니며, 직장인도 그 무엇도 아니었다. 나는 키가 몇이고 머리카락이 짧은, 육체도 아니었다. 내게 붙여진 이름들은 그저 딱지에 불과했다. 이 세상에 펼쳐진 것들을 바라보는 궁극적 존재, 그게 바로 나였다.

　아주 긴 시간 동안 고요한 침묵과 하나가 되어가고 있었다. 지금쯤 살아온 그곳은 어떻게 돌아가고 있는지, 소중한 사람들은 어떻게 하고 있을지 조금은 걱정됐다. 그래도 다시 내 마음에만 집중하려 다시 숨을 크게 쉬고 정신을 집중했다. 처음에는 잠이 오기도 했다. 따스한 온천은 너무나도 심신을 편안하게 만들어주었다. 그러나 진짜 깊은 곳으로 빠져들어 나를 만나고 싶은 마음이 더 컸다. 생각이 오면 그대로 흘려버리고 떠오르면 떠오르는 대로 생각을 바라보았다. 고요함은 마침내 전부가 되었다. 나는 침묵 그 자체였다. 더 이상 피어오르는 연기도, 부글부글한 거품도 느껴지지 않았다. 까만 공간에 웅크리고 앉아 있는 내가 보였다. 깊이와 넓이를 알 수 없는, 별 없이 펼쳐진 우주 공간에 나만 덩그러니 있는 기분이었다. 처음 느껴보는 기분에 두려움이 일었다. 두려움은 그저 허상일 뿐이라는 것을 단숨에 알아차렸다. 지구에서는 허상뿐인 두려움에 얼마나 벌벌 떨었던가. 두려움에 갇혀 아무것도 시도하지 않던 숱한 나날이 떠올랐다. 오히려 아무도 없는 공간에서 나는 강한 존재라는 걸 느낄 수 있었다. 허공에서 어떤 목소리가 들려왔다.

"나는 그대를 기다리고 있었다."

웅장하고도 심도 있는 목소리였다. 약간 무서웠지만, 나쁜 무엇은 아니라는 걸 직감으로 알 수 있었다.

"당신은 누구신가요?"

"나는 보는 자다."

"보는 자라는 건 무엇을 본단 말씀이신가요?"

"세상을 보는 것이지."

"왜 세상을 보는 것인가요?"

"세상을 보면 경험할 수 있어서야."

"세상을 경험하려고 지구에 왔나요?"

"그렇지. 지구는 수행의 별이니까. 지구는 또한 행동의 별이야. 행동하지 않으면 아무 일도 일어나지 않지."

"행동을 통해서 얻는 것은 무엇인가요?"

"나를 만날 수가 있지. 살면서 종종 나를 만날 경험들이 있었을 거야. 무언가 좋아하는 일을 하며 성취감을 느낄 때, 누군가를 조건 없이 사랑할 때, 가난하고 힘없는 자들을 이유 없이 도와주었을 때, 친구들과 함께 즐거운 수다를 나눌 때, 가족들과 자연으로 여행을 떠날 때, 물속에서 두려움이 아닌 자유를 느낄 때, 아침에 빛나는 태양을 보며 살아 있음을 경험할 때, 새소리로 아침을 맞이할 때, 고단한 하루가 끝난 후 달을 보며 나 자신을 달랠 때. 나와 접촉하고는 하지."

"당신은 저와 함께 세상을 경험하고 계시는군요."

"그렇지. 삶이 너를 고통스럽게 하는 것도 삶이 네게 축제를 선물하는 것도 모두 나와 관련이 있어. 그 모든 것은 나름의 의미를 담고 있지. 그러나 나이가 서른이 넘고, 마흔에 가까워지면 더 이상 인간은 나를 찾으려 하지 않아. 삶에 의미를 두기보다 바깥에 의미를 두기 때문이지. 다시 말해 외부적인 물질 요소에만 눈을 두기 때문이야. 그러나 생각해보게. 우리는 죽을 때 아무것도 가져갈 수가 없다는 사실을. 흙에서 태어나 흙으로 돌아가는 거지. 그렇게 굳어져버린 마음은 다시 열기가 무척 어려워. 인간은 10년 단위로 나를 가장 가깝게 만날 기회가 주어져. 10대의 마지막, 20대의 마지막, 30대의 마지막과 같은 순간에 말이야."

"그렇다면 나이가 들어서는 당신을 전혀 만날 수 없는 건가요?"

"나이가 들수록 확실히 어렵다고 볼 수 있지. 자신이 가진 고정관념에서 벗어나려 하지 않으니까 말이야. 인간은 배우려 하지 않으면 반대로 퇴화할 수밖에 없어. 하지만 지구에는 '희망'이라는 게 빛나고 있지 않은가. 나 자신을 찾으려 노력하는 사람은 나이가 들어서도 반드시 나를 만나게 되어 있어."

"당신을 만나면 무엇이 가장 좋은가요?"

"삶 자체를 사랑하게 되는 것. 그게 바로 자유를 얻는 유일한 방법이지. 인간이 가장 바라는 건 바로 자유야. 삶에 얽매이지 않은 채 삶 그 자체로 살고 싶어 하는 게 바로 인간의 본능이지. 바깥의 물질로는 절대 삶을 만족시킬 수 없어. 그 무엇으로도."

"당신은 제가 원하는 삶을 이미 알고 있나요?"

"물론이지. 그래서 네 안에 항상 존재하고 있다네. 사실 나는 목소리가 없어. 지구가 아닌 이 세계에서만 가능하지. 지구에서는 내가 보낸 신호를 목소리로 바꿀 만한 기술이 아직 나타나지 않았어. 나는 인간에게만 주어진 예민한 감정 센서로 신호를 보낸다네. 온종일 머릿속에서 라디오처럼 떠들어대는 존재는 내가 아니라 살면서 쌓여온 관념 덩어리에 불과하지. 그 존재에 귀 기울여본 적이 있나? 머릿속 라디오에 제발 조용히 하라고 소리칠수록 그는 더 시끄럽게 떠들어댈 거야. 그 목소리를 조용히 만드는 방법은 오직 하나. 천천히 숨을 고른 후 목소리에 집중하는 것. 그저 바라보는 것이지. 편안하고 무언가가 지켜주고 있다는 느낌. 강한 확신의 느낌이 들게 하는 게 바로 나야. 반대로 불안하고, 의심이 가고, 불편함을 느끼는 건 내가 원하지 않는다는 신호야. 무엇을 하기 전에 반드시 내 신호를 느끼는 연습을 해보도록 하게. 나와 연결되기 이전의 삶과 후는 확연히 달라져 있을 거야. 가끔 진짜 목소리를 내긴 하지만, 그것은 아주 편안한 상태에서만 희미하게 들을 수 있지. 나는 당신이 원하는 삶을 살기를 간절히 원해. 자신의 삶에 한계를 짓지 말고, 당당하게 내가 원하는 대로 살아가야 해. 누군가의 눈치를 보내 불편한 마음으로 무언가를 하는 건 진짜 내가 원하는 길이 아닌 거야. 혼란스러울 때마다 언제나 숨을 크게 쉬고, 어려울 땐 언제나 고요함과 침묵을 가까이하게. 그때만 나를 진정으로 만날 수 있으니까."

부드럽지만 견고한 그의 목소리에서 힘이 느껴졌다. 힘에는 무한한 사랑이 담겨 있었다. 오랜 세월 동안 삶을 지켜준 누군가가 있다는 사실이 감격스러웠다. 얼마 전에만 해도 세상에 완전히 홀로 남겨진 기분이었다. 그러나 그도 함께 느끼고 있었고, 그 사실은 큰 위로가 되었다. 그는 잘못된 길을 향할 때면 고통으로, 시련으로 다시 길을 찾도록 알려주었다. 그는 곧 삶 자체였다.

 순간 볼에 차가운 감촉이 들면서 저절로 눈이 떠졌다. 눈물이 볼을 타고 줄줄 흘러내렸다. 찬 공기와 맞닿은 눈물은 결정처럼 엉겨 붙었다. 모락모락 피어오르는 김은 그대로 내 몸을 감쌌으며 거품은 부글부글 끓으며 발을 간지럽혔다. 모든 것이 보였고, 모든 것이 느껴졌다. 세상을 볼 수 있다는 사실이 감격스러웠다. 삶을 사는 이 1초, 순간순간이 감사의 기쁨으로 흘러넘쳤다. 너무나 오랜 순간을 불평과 불만에 젖어 살아왔다. 사실은 모든 게 나를 위해 존재하고 있었다고 생각하니, 이토록 내가 사랑받는 존재라는 사실이 뼈저리게 다가왔다. 신은 우리 머리카락 개수까지도 알고 있다는 이야기를 들은 적이 있다. 그때는 몰랐다. 그게 어떤 말인지. 어떤 걸 의미하는지 전혀 가늠할 수 없었다. 깊은 곳에 닿아 진짜 나를 마주한 뒤에야 느낄 수 있었다. 그가 나였고, 내가 그였다. 내게 모든 것을 경험하게 하는 '보는 사람', 원하는 삶을 살도록 끊임없이 노력하는 그는 진짜 나였다. 내 모습으로 살아가지 못하게 만드는 건 내가 아니라, '만들어진 나'였다. 신은 따로 있는 게 아니라, 이미 내 안에 자리 잡아 자신의 목소리에 귀 기울여줄 날만을 기다리던 터였다.

 흘러내린 눈물은 온천으로 고스란히 스며들었다. 내 눈물은 온천과 하나 되어 거품으로 함께 솟아올랐다. 따뜻한 눈물과 따뜻한 온천 속에 내 가슴 또한 데워졌다.

 주변을 둘러보니 하나둘씩 의식에서 깨어나고 있었다. 깊은 곳에서 자신을 만나고 온 것이 틀림없었다. 물웅덩이가 넘쳐흐르는 요괴도 있었다. 그는 얼마나 많은 눈물을 흘린 걸까. 흘러나온 눈물은 사이사이의 흙바닥을 부드럽게 적셨다. 어느새 내리던 눈은 그치고 투명한 햇살이 눈부시게 우리를 비추었다. 눈물과 웅덩이가 합쳐져 흘러내린 물은 햇볕을 받아 반짝였다. 더없이 투명했다. 지금껏 흘리고 보았던 눈물 중 가장 투명한 눈물이었다. 혼탁하기만 했던 마음의 물감 통은 이제 투명한 물로 새로이 채워지고 있었다. 신기하게도 점점 요괴들의 흉측했던 상처들과 털이 조금씩 사라졌다. 요괴 모습 또한 껍데기에 불과했다.

 한바탕 눈물 파티를 벌인 우리는 천천히 몸을 일으켰다. 몸에 묻었던 물방울들이 후두둑 온천으로 떨어졌다. 편안함을 넘어 완전히 홀가분한 상태였다. 아무것도 없는 기분. 그 무엇도 나를 옭아매지 않은 상태. 우리는 아무것도 가지지 않은 상태로 이곳에 왔다. 무언가를 가질수록 책임감은 더해져간다. 책임질 것이 많아질수록 정신이 피곤할 수밖에 없다. 인간의 욕심은 점점 더 많은 것을 소유하려 한다. 무거운 짐을 지는 방법을 스스로 택한다. 그래서 사람은 점점 불행해지는 것이다. 여기 와서는 핸드폰을 비롯한 나만의 물건이 아무것도 없을뿐더러 지금은 마음의 짐까지 없어진 진짜 '무소유'의 상태였다. 잠을 자고 싶었다. 걱정이 없어지길 바라는 마음에서 예전에는 잠을 잤다면, 지금은 너무나도 커다란 행복감에 젖어 스르르 잠이 오는 상태였다. 나는 미칠 듯이 쏟아지는 잠을 이길 수가 없었다. 이내 눈을 감았다.
 얼마쯤 지났을까. 지구에서는 늘 무겁기만 하던 눈꺼풀이 깃털처럼 가볍게 느껴졌다. 마치 목욕탕에 가서 한껏 때를 밀고 온 기분이었다. 눈을 떠보니 나뭇잎 침대 위에 편한 자세로 누워 있었다. 눈앞에는 금빛 가루들이 내 몸을 향해 스르르 떨어지고 있었다. 금가루들은 몸으로 천천히 스며들었고, 스며듦과 동시에 나는 한층 더 상쾌해진 몸 상태를 느낄 수 있었다. 가루가 떨어질 때마다 좋은 향기가 났다. 자기 전 바르는 아로마오일 향기와 비슷했다.

옆에서 꿈틀거리는 인기척에 놀라 돌아봤더니 내게 말을 건넸던 연두색 고양이가 내 침대 밑에 앉아 꾸벅꾸벅 졸고 있었다. 일반 고양이들과 달리 이들은 서서 걸었기 때문에 둥글게 몸을 말면서 자지는 않았다. 그는 사람처럼 옆으로 돌아누워 있었다. 조금씩 코를 골 때마다 콧물 방울이 톡 하고 터지는 모습에 살며시 미소가 지어졌다. 계속 쳐다보는 나의 시선이 느껴졌던지 그는 반쯤 뜬 눈으로 고개를 들었다. 피곤했던지 그의 눈은 퉁퉁 부어 있었다.

"이제야 깼군. 너무 깊게 잠이 들어서 도통 깨어나질 않아서 말이지."

"처음이었어요. 이토록 깊게 잠든 적은요."

"그렇겠지. 언제나 걱정과 수많은 생각에 시달려 잠을 잘 이룰 수 없었을 테니까 말이야."

"맞아요. 새벽에 깨거나 밤늦게 잠드는 건 일상다반사였죠. 저는 매일같이 꿈을 꿨어요. 그래도 최근 2년 들어서야 악몽을 꾸지 않지만, 그전에는 자주 악몽을 꾸었죠."

"꿈은 무의식의 발현이기도 하지만 자신의 상태를 나타내주는 가장 좋은 징표지. 스트레스를 받거나 압박받을 때, 두렵고 무서울 때 특히 악몽을 자주 꾸고는 하지. 그런데 꿈을 자주 꾼다고? 요즘에는 어떤 꿈을 꾸는가?"

"나를 위한 시간을 잘 보내게 된 후로는 기분 좋은 꿈을 자주 꿔요. 이를테면 아주 깨끗한 물속을 헤엄치고 다니든지 귀여운 동물들이 나와서 제게 눈인사를 하기도 하고 가장 기억에 남는 꿈은 나비 꿈이었어요. 나비 떼가 연달아 꿈에 나와서 조금 놀라기도 했고요. 한번은 엄청나게 큰 거대 나비 떼들이 제 곁을 지나가는 꿈이었고, 한번은 하얗고 예쁜 나비들이 벚꽃 나무 근처에서 맴돌다가 우리 집 안으로 모두 들어오는 꿈이었지요."

 그 말은 들은 연두 고양이는 자못 놀란 표정이었다. 안 그래도 큰 눈은 더욱 커져 얼굴의 반이 눈이었다. 입술을 씰룩이고 한쪽 손을 턱에 괴었다. 불안해진 나는 다급하게 물었다.

 "나비 꿈이 좋지 않은 꿈인가요?"

 "아니. 무척 좋은 꿈이야. 나비는 다른 곤충과는 달리 꿈에서 나오면 특별하게 여겨지지. 신으로 여겨지기도 하고. 좋은 꿈을 꾼다는 건 신체와 영적 에너지가 순환이 잘되고 있다는 증거이기도 해."

 "저……."

 뜸 들이는 나를 그는 천천히 기다려주었다.

 "그런데 꿈이 아니라 실제로도 나비를 자주 보긴 했어요. 서울이라 공기가 나빠서 나비가 잘 없을 줄 알았는데 저는 매년 공사장 근처에서도 나비를 보았고, 출근길에도 나비를 자주 보았거든요. 심각하게 추운 한겨울이 아닌 이상 늘 나비가 제 곁에 있었어요."

 "거 참 신기한 일이로군. 이제야 자네가 반은 인간이고 반은 요괴인 모습으로 온 이유를 알 것 같아. 나비가 날아들있다는 건…… 지금 자네가 겪는 고비만 잘 넘긴다면 아주 커다란 경사가 일어날 거야. 자네는 항상 신의 지킴을 받고 있네. 아주 가까이에서."

 출근길 힘들 때마다 내 옆을 날아가던 나비를 보며 힘을 냈던 기억이 났다. 연약한 날개를 가진 저 나비도 활기차게 날갯짓을 하며 살아가는데 인간이 못 할 것이 뭐가 있겠나 하며 마음을 다잡았다. 주말마다 걷던 동네 하천은 꽃가지와 푸른 식물들로 가득했다. 하천 위에는 늘 청둥오리와 흰 오리 가족이 옹기종기 모여 있었다. 오리들은 고개를 물속에 푹 처박고 고기들을 사냥했다. 하천 양옆으로 나눠진 산책로에는 들꽃들과 개나리, 강아지풀, 벚꽃나무들이 만연해 봄에는 천국을 걷는 듯했다. 가시밭길을 뒹굴고 깨진 유리 위를 맨발로 걷는 기분이 들 때, 삶이 내게 그러한 고통을 주었을 때마다 곧장 하천으로 향했다. 하천을 걷는 내내 나비의 안내를 받았다. 여러 마리의 나비들이 다가왔다가 사라지고는 했다. 그저 그 모습을 바라볼 뿐이었다. 아무리 도시라고 해도 꽃과 풀이 있으니 '나비가 이렇게나 많구나' 하고 대수롭지 않게 여겼다. 그러나 연두 고양이의 입에서 나온 내용은 꽤 놀랄 만한 내용이었다.

"자네도 알 거야. 요즘 들어 얼마나 자연환경이 파괴되었던가. 곤충을 보기란 그리 쉽지가 않네. 최근 들어 자네도 나비를 보게 된 것이지. 예전에 자네가 처음 있던 직장 근처에도 아마 하천이 있었지? 그때만 해도 자네는 나비를 비롯한 곤충들을 전혀 보지 못했어. 도시에서는 자취를 감추어버린 지 오래이니까. 곤충들이 있다고 해도 사람들이 있을 땐 그 모습을 드러내지 않아. 절대로. 몸도 마음도 병들어버린 인간들은 아무렇지 않게 자연을 훼손하고는 하지. 하천 주변을 걷다가 자신의 손에 들린 플라스틱 커피 컵을 별생각 없이 풀숲에 내던져도 아무 죄책감을 느끼지 않아. 그런데 자네에게 많은 나비가 따라붙고 모습을 보였다는 것은 그만큼 자네가 지구상에서 본연의 자아에 가까워졌다는 증거야. 이거 참 놀랍군."

고양이들은 내 전체 생애를 꿰뚫고 있었다. 처음 다녔던 직장 근처의 하천까지도 기억하는 걸 보면. 그러나 감시받는다는 기분보다는 보호받는다는 기분에 훨씬 가까웠다. 전에 다녔던 직장 근처에도 지금 사는 동네에 있는 하천보다 더 관리가 잘된 하천이 있었다. 그곳이 지금 사는 동네 하천과 다른 점은 인위적으로 만들어졌다는 사실이다. 점심을 먹고 자주 걷던 그곳은 버드나무와 갖가지 푸른 식물들로 이루어져 있었다. 하천 위 양옆으로는 높이 솟은 고층 건물들이 줄줄이 늘어서 있었다. 건물들은 매일 늦은 밤까지 불이 꺼지지 않았고, 밤에는 아름다운 도시 야경을 즐기며 걸을 수 있었다. 걷는 사람으로서는 행복했지만, 안에 갇혀 밤늦게까지 고생하는 사람들을 생각하니 조금 서글프단 생각이 들었다. 흐르는 물속에는 다 자란 잉어들이 입을 뻐끔거리며 유유히 헤엄쳤다. 비록 인위적으로 만들어진 하천이었지만, 잘 가꾸어놓아서 외국인들에게 관광 명소로도 유명했다. 그러나 나비는 단 한 마리도 보이질 않았다. 물 위에 무리 지어 있던 하루살이 떼만이 붕붕거리며 시야를 가릴 뿐이었다.

알 수 없는 강한 내적 이끌림에 따라 지금 사는 동네로 이사를 했다. 이사는 단순히 집만 옮기는 행위가 아니다. 익숙했던 모든 것과의 이별이기도 하다. 반복적인 발걸음이 실린 거리, 거리 속 추억, 추억 속 사람들, 모두를 놓고 새로운 세계를 향해 발걸음을 옮기는 것이다. 어떤 한 장소에서 견딜 수 없는 슬픔을 겪게 되넌, 너는 그 장소에 머무르기가 두렵다. 인생은 가끔 잘못된 방향으로 나아가고 있다는 걸 실패를 통해 깨닫게 만드는데, 그것은 삶의 한 요소일 수도 있지만, 모든 요소에서 실패를 경험케 할 수도 있다. 삶의 전반적인 부분에서 실패한 뒤, 슬픔의 나락 끝에 떨어져 본 후에야 인간은 제정신으로 돌아올 준비를 할 수 있다.

내게 찾아온 큰 시련은 자연스럽게 발걸음을 동네 하천으로 이끌었다. 집에 가만히 누워 있을 수가 없었다. 도저히 마음이 아파 어떻게 행동하지 않으면 사람이 미친다는 표현이 어떨 때 쓰는 것인지 너무 잘 알 것만 같았다. 새벽에도 걸었고, 아침에도 걸었고 밤에도 걸었다. 하염없이 걸으며 하천에다 모든 아픔을 실어 보냈다. 하천은 아픔을 실은 채 멈추지 않고 끊임없이 흘러갔다. 추억과 동시에 추억에 깃든 감정까지도 모두. 속은 점점 비워져갔으며, 어느 순간부터인가 시야에 자연이 들어왔다. 고통을 비우기 전까지는 아무 풍경도 볼 수가 없었다. 다리 감각 또한 느껴지지 않았고, 오랜 시간 걷다 들어오면 얼얼한 다리 통증에 놀라는 일이 다반사였다. 그러나 모든 것을 비운 후에는 점점 세상이 보였다. 지천으로 널린 풀과 꽃들, 장미 넝쿨로 이루어진 자그마한 장미 터널, 코끝을 찌르는 생생한 꽃향기, 장미와 대조되는 눈이 시릴 정도로 파란 하늘. 그 모든 것들이 살아 있음이 느껴졌다.

문득 '나는 누구일까'라는 물음을 나도 모르게 하고 있었다. 그 질문은 너무도 자연스럽게 나를 찾아왔고, 질문 앞에 선 나라는 인간이 왠지 모르게 어색하고 생소하게 느껴졌다. 그렇게 찾아온 커다란 시련은 큰 통증을 주었지만, 진짜 나를 되찾도록 해주었다. 지금껏 한 번도 해본 적 없던 질문을 그제야 하게 된 것이다. 그뿐 아니라 마음에 돋아난 많은 가시를 빼내주었다. 내게 속해 있던 모든 부정적인 것들과 몸의 아픔들까지도 모조리 눈물로 씻겨나갔다. 오래된 연인과의 이별, 익숙했던 모든 것과 헤어짐은 새로운 나를 만나는 길의 시작이었다. 시련을 경험함으로써 내 안의 큰 무언가가 더 나은 길로 이끄는 힘을 알게 됐다. 예상하지 못한 순간, 시련은 천천히 뒷모습을 보이며 사라졌고, 뒤이어 축복이 앞모습을 보이며 인사를 건넸다. 낡아버린 사랑은 떠나가고, 지금 내 곁에는 하나뿐인 보물인 '그'가 있었다. 진짜 사랑은 스스로가 완성된 뒤에 찾아온다는 사실을 알게 됐다.

진짜 자신의 길을 찾는 데 집중하고, 행동으로 옮긴 순간 나비 떼가 눈에 들어오기 시작했다. 그리고 그들은 힘들다 여겨지는 날에는 어김없이 가까이 다가와 날아다녔다. 너는 결코 혼자가 아니라는 듯, 작고 연약한 생명체는 힘차게 날갯짓을 하며 자신을 알리고 있던 것이다. 그러나 의문이 일었다. 본연의 자아에 가까워졌다가, 왜 여기로 끌려오게 된 걸까. 그렇다. 습관처럼 다시 예전의 모습으로 돌아가려 했기 때문이었다. 습관은 정말로 무서운 것이어서 그것을 뿌리째 없애기란 거의 불가능하다. 새로운 나로 살다가도, 금방 다시 돌아가고야 마는 것이다.

"자, 이제 충분히 잠도 자고 에너지가 충만해진 것 같으니 다시 일정을 시작해야지."

연두 고양이는 나뭇잎 침대에서 나를 일으켜 세웠다. 여기 온 뒤로 얼마 지나지 않았지만, 이제는 이곳에서의 일정이 신나기까지 했다. 연두 고양이는 사뿐사뿐 걸음을 옮겼다. 걷는 것보다 뛰는 것에 가까웠지만. 기분 좋게 말아 올려진 그의 꼬리를 보며 설레는 마음으로 뒤를 따라 걸음을 옮겼다.

667호

촉촉하고 기분 좋은 흙길을 지나 다시 폭포수가 보이는 광장 앞으로 갔다. 세차게 흐르는 폭포수 위로는 쌍무지개가 요염한 두 다리를 뽐냈다. 아주 오래전 강둑 위에서 딱 한 번 본 적이 있다. 그 후로는 볼 수 없었던 쌍무지개를 보니 무척 설렜다. 광장에는 벌써 온 요괴들로 바글바글했다. 색깔 온천에 다녀온 후로 요괴들은 확실히 달라진 모습이었다. 첫날과 다르게 점점 편안해지는 요괴들을 보고 있자니 괜히 행복해졌다. 반대로 불안해지기도 했다. 이곳에 머무르는 시간이 좀 더 길었으면 하는 바람이 일었다.

정신없는 와중에 눈에 띄는 요괴가 있었다. 털북숭이 요괴였다. 그는 색깔 온천에 다녀온 뒤로도 아주 약간의 털만 사라졌을 뿐, 요괴 모습서의 그대로였다. 여전히 심이 난 듯한 그는 잔뜩 인상을 찌푸린 채 고개를 숙이고 있었다. 그는 이곳이 전혀 마음에 들지 않는 걸까? 아니면 심각하게 자신을 잃은 후로, 더 이상 자신으로 살아가는 데 의미를 찾지 못한 걸까. 그는 왜 혼자 저런 모습일까. 동시에 파란 고양이는 내 생각을 읽은 듯 대답했다.

"자. 다들 조용히 하고. 어제 정화 온천으로 가는 길에 한바탕 소란이 있었다는 것을 알 거야. 그자의 영상을 오늘은 보도록 하지. 여기 온 그대들 중에서 살아온 삶의 과거를 대표적으로 보여주는 벌을 받게 되는 자는 딱 2명일세. 모두의 과거를 이곳에서 보지는 않을 거야. 처음에 보여주었던 1003호와 오늘 보여줄 667호는 자신을 잃은 것도 모자라 다른 사람에게까지 폐를 끼치는 중죄를 범했지. 그중에서도 667호는 여전히 자만심에 빠져 무엇이 자신을 위한 길인지 분간을 하지 못하고 있어. 그러니 아직도 저 모습 그대로인 게야."

667호는 털북숭이 요괴를 부르는 말이었다. 파란 고양이의 말을 들은 667호는 당장이라도 튀어 올라 누군가의 목을 조를 것만 같은 표정이었다. 간신히 감정을 욱여넣어 단단한 자물쇠로 잠근 것 같았다. 언젠가 저런 얼굴을 꼭 한 번쯤 본 적이 있는 기분이 들었다. 그게 아니라면 현대에 사는 대다수 사람이 아마 저런 얼굴을 많이 하고 있음이 아닐까 하는 슬픈 생각이 들었다.

"다만 걱정하지는 말게. 처음에도 말했다시피 여기 있는 모두는 나가는 순간부터 아무것도 기억하지 못할 테니까 말이야."

파란 고양이의 말이 끝나기도 전에 털북숭이가 무작정 파란 고양이 앞으로 달려나갔다. 무서운 기세로 달려가는 그는 섬뜩한 기운을 풍겼다. 한순간에 그는 파란 고앙이 앞까지 달려나가 고양이를 가격할 자세를 취했지만, 파란 고양이는 눈꺼풀 하나 꼼짝하지 않았다.

"네가 뭔데! 이 새X야! 짐승 주제에 날 병신 취급해? 내가 누군지 알기나 해? 이래 봬도 나 이름만 대면 알 만한 인간이야. 대체 나를 뭐로 보고!"

털북숭이 요괴는 화가 머리끝까지 났는지 온몸에 털이 바짝 서 있었다. 빳빳한 그의 털은 마치 큰 가시 같았다. 고슴도치처럼 삐죽삐죽 솟아 가까이 다가가는 생물체는 그의 털에 찔리기라도 하면 금방 피가 날 것 같았다.

"흥분하지 말고 자리에 가서 앉게. 그렇지 않으면 특단의 조치를 취할 수밖에 없어."

 순간 감정을 제어하지 못한 털북숭이 요괴는 잽싸게 뛰쳐나갔다. 동시에 파란 고양이의 목을 조르려 했지만 어림도 없었다. 근육으로 가득한 파란 고양이의 팔이 잽싸게 그의 목을 졸라 들어 올렸다. 파란 고양이의 노랗고 큰 눈에서 번쩍! 하며 광선이 일었다. 광선을 그대로 받은 털북숭이 요괴는 바닥으로 내동댕이쳐졌고, 일순간 기절해버렸다. 쓰러진 그를 부하 고양이들이 다가와 질질 끌고 가버렸다. 축 늘어진 요괴는 흙길에 자신의 몸으로 자국을 남기며 아무런 힘없이 끌려갔다. 그는 무엇이 그토록 두려운 걸까. 누군가에게 자신의 과거를 당당히 드러내는 사람은 드물다. 과거는 누군가에겐 자랑거리고, 누군가에게는 죽을 때까지 숨기고 싶어지는 거다.

 어둡다고 생각되는 과거의 이면은 숨기면 숨길수록 삐져나와 괴롭힌다. 숨 쉴 수 없던 날이 이어지는 날들이 있다. 어떠한 계기로 잘못이 아닌 그저 과거에 불과한 시간의 흐름을 바깥에다 쏟아내고 나니, 몹시 시원한 경험을 한 적이 있다. 별것 아니었다. 드러내고 나면 어둠과 상처는 오히려 치유되어 있었다. 그러나 다른 경우가 하나 있다. 누군가에게 잘못을 저지를 때다. 죄책감을 숨기려 인간은 자신을 합리화하는 데 길들여져 있다. 타인이 내게 만든 상처는 드러내면 치유되기 마련이지만, 자신이 누군가에게 폐를 끼쳤다고 시인하는 것은 결코 쉬운 일이 아니다. 폐가 작든 크든 마찬가지다. 타인의 잘못을 인정하기란 비교적 쉽지만, 스스로의 잘못을 시인한다는 건 누군가에게는 사과가 하늘로 떨어지는 일만큼 기적적인 일이다. 667호는 전자일까 후자일까. 어쩔 수 없이 만들어진 초라한 과거가 부끄러운 것일까, 그게 아니면 자신이 만들어온 과거가 견딜 수 없이 힘든 걸까.

파란 고양이는 잠시였지만, 몹시 피곤하고 고단해 보였다. 한없이 부정적인 기운으로 둘러싸인 사람과 장시간 대화하다 보면 기가 빨린다는 기분이 들 때가 있다. 파란 고양이는 그 기분을 100배 이상 느낀 것이 분명했다. 아마 털북숭이 요괴와 인간 세상에서 인연을 맺었더라면 나는 아마도 그에게 시달려 시름시름 앓을 것이 분명했다.

* * *

    털북숭이 요괴, 아니 이제는 667호라 부르겠다. 667호가 끌려간 뒤 우리는 깊은 광장 앞에 모여 앉아 1003호의 영상을 보았던 것처럼 667호의 과거도 낱낱이 볼 수 있게 됐다. 가장 먼저 머릿속에 보인 영상은 그가 어렸을 때의 모습이었다. 작고 마른, 누가 한 대 치면 픽 하고 쓰러질 법한 남자아이였다. 남자아이는 대여섯 살쯤으로 보였다. 그는 검은 상복을 입은 채 자리에 앉아 무릎을 꿇고 있었다. 상복을 입은 사람 여럿이 왔다 갔다 하는 모습이 보였다. 양쪽으로 검은 띠를 두른 액자를 들여다보니 40대 초반 정도로 보이는 남자가 환하게 웃고 있었다.
    가녀린 남자아이는 고개를 들어 옆에 있던 누군가에게 물었다.
    "엄마. 아빠는 이제 못 보는 거예요?"
    "그래. 아빠는 이제 영영 돌아오지 않아."
    "……."
    무뚝뚝하게 대답하는 그녀는 영정 사진 속 남자와 비슷한 나이대로 보였다. 질끈 묶어 올린 머리 뒤로 잔머리가 조금 삐져나와 있었다. 그녀에게 그런 것은 아무런 문제가 되지 않았다. 영정 사진을 바라볼 때마다 그녀의 두 눈에서는 쉴 새 없이 눈물이 쏟아졌다. 제대로 떠지지 않을 정도로 부은 그녀의 눈은 갑작스레 떠난 남편을 쉽게 받아들이지 못하는 것을 보여주고 있었다. 입술이 축 처진 어린 667호는 고개를 푹 숙인 채 아무 말이 없었다. 어린 그가 할 수 있는 건 오랫동안 가만히 앉아 있는 것 말고는 아무것도 없었다.

    그 후 그의 인생은 빨리 감기를 하듯 엄청나게 빠른 속도로 지나갔다.

667호가 초등학생으로 보일 즈음 영상은 다시 멈췄다. 학교에서 돌아온 그는 엄마에게 꾸중을 듣고 있었다. 꾸중이 익숙한 듯 그의 표정에는 아무 변화가 없었다. 그저 묵묵히 들을 뿐이었다. 육중한 그의 책가방은 작고 여린 그의 어깨를 더욱 짓누르고 있었다. 가방에 책이 어찌나 많이 들었던지 가방 밑 부분은 추욱 늘어졌고, 가방끈은 팽팽했다. 끊어지지는 않을까 걱정이 될 정도였다.

"너는 이 집 가장이야! 아빠는 이 집에 없는 사람인 지 오래야. 네가 이제 나를 먹여 살려야 해. 알겠지? 네 임무는 오로지 그거야. 아빠를 대신해서 이 집을 책임지는 거. 알아, 몰라? 왜 대답이 없어? 넌 항상 애가 이렇게 힘이 없어서 되겠어? 너 결혼할 때 어떤 여자가 너 같은 거 데려갈지 참 걱정이다. 네 아빠는 머리도 좋았지만, 외모도 수려했지. 근데 너는 어떻게 된 게 이렇게 다르게 태어났을까? 사람들이 뭐라는 줄 알아? 네가 네 아빠 자식 아니고 내가 바람피워서 낳은 거 아니냐고 다들 수군거려. 네가 그렇게 생겨먹은 걸, 다들 내 인생을 잘못 산 것처럼 안다고. 어떻게 그렇게 태어났냐? 다 너 때문이야. 너만 없었으면. 네 동생 좀 봐라. 저렇게 예쁘고 공부도 잘하고, 눈치도 있고, 얼마나 많은 사람한테 사랑을 받는지. 너는 공부라도 잘해야 해. 그게 네 유일한 길이야. 의사나 변호사, 검사 전문직 아니면 안 되는 인간이야 너는. 거울을 봐. 네가 얼마나 못났는지. 얼른 씻고 들어가서 공부해! 시간 허투루 쓰지 마. 그리고 바로 학원 갈 채비하고."

제3자인 내가 들어도 가슴이 쿡쿡 찌르는 것 같은 말들을 아무렇지 않게 자기 자식에게 쏟아내는 비정한 엄마였다. 그녀 자신이 배 아파 낳은 자식 아니었던가. 살아가다 보면 그 사실이 그렇게 중요하지 않다는 사실을 알 수 있다. 자신의 피와 살로 만들어진 자식을 짐승보다 못하게 대하는 사람을 얼마나 많이 보았던가. 배 아파 낳았다고 해서 모두가 엄마라고 불릴 자격은 없는 법이었다.

그녀는 어쩌다 그 지경까지 자신을 몰아넣었을까. 자신을 몰아넣은 것도 부족해 자식까지 몰아넣고 있었다. 연약한 아이는 이런 상황이 아무렇지 않은 듯 무거운 책가방을 한 번 더 들쳐 메고는 방으로 들어갔다. 그러고는 가방에서 많은 교과서와 공책을 꺼냈다. 공책을 펼쳤다. 필통을 열었다. 필통 안에는 깨끗하게 깎인 연필들이 뾰족한 끝을 자랑하며 가지런히 놓여 있었다. 뾰족해진 그의 마음을 대변하기라도 하는 듯 뭉툭한 연필을 찾아보기가 어려웠다. 그는 길고 뾰족한 연필을 들더니 이내 공책에 무언가를 적기 시작했다.

'나는 우리 집 가장이다. 나는 못생겼다. 나는 최악이다. 나는 공부 아니면 살길이 없다. 나는 우리 가족을 책임지기 위해 태어났다. 여자애들은 나를 피한다. 나는 너무 못생겼기 때문이다. 나는 엄마, 아빠의 자식이 아니다. 어디에선가 주워온 자식이다. 나는 공부만이 살길이다. 나는……'

그는 반복해서 써 내려갔다. 뾰족했던 연필 끝은 뭉툭해진 지 오래였지만 그는 멈추지 않았다. 연필 흑심이 닳고 닳아 나무속으로 사라지기 전까지 쓰는 일은 계속됐다. 그는 있는 힘을 다해 꾹꾹 연필을 눌렀다. 자신의 모든 감정을 연필 속으로 담아 없애버리려는 듯. 그러고는 연필깎이에 뭉툭해진 연필을 깎았다. 다시 끝이 살아난 연필로 그는 열심히 수학 문제를 풀기 시작했다. 영어, 국어, 과학 어느 과목도 빠뜨리지 않은 채 교과서를 계속해서 들여다보았다. 어찌나 많이 문제집과 교과서를 보았는지 책은 손 땀에 젖고, 낡은 지 오래되어 보였다. 지우개로 풀었던 문제를 다시 지우고 반복해서 풀고, 또 반복해서 풀었다. 그렇게 학교에서 돌아와 단 한 번을 쉬지 않고 문제를 풀고, 그는 아무렇지 않게 학원을 갈 준비를 마쳤다. 학원을 가는 그의 가방은 학교에서 돌아올 때보다 훨씬 더 무게가 있어 보였다. 그는 두 번 정도 다시 가방을 들쳐 메고 쥐 죽은 듯 조용히 현관문을 나섰다. 자신의 존재를 최대한 숨기려는 듯.

학원에서도 그는 여전히 문제를 열심히 풀고, 필기했다. 잠깐 주어진 쉬는 시간. 다른 아이들은 모두 왁자지껄하며 서로를 놀리며 뛰어다니기 일쑤였지만, 667호는 전혀 개의치 않았다. 오히려 혼자 있는 시간이 익숙해 보였다. 뛰어다니던 한 아이가 열심히 문제를 풀던 그의 팔과 부딪쳤다.

"아씨. 기분 나빠. 야! 여기서 놀지 말자고 했잖아! 진짜 거슬려."

먼저 사과해야 할 아이는 사과는커녕 짜증을 냈다. 다른 아이들에게 보란 듯 어린 667호를 경멸하는 눈빛으로 쏘아보았다.

"미안해."

그의 목소리는 귀에 바짝 가져다 대지 않으면 들리지 않을 법한 목소리였다. 사과가 습관으로 배어버린 모양이었다. 그는 아이들이 뒤에서 수군거리는 것을 듣고 싶지 않아도 들을 수밖에 없었다. 귀가 먹은 사람이라도 들을 수 있을 정도로 크게 말했기 때문이다. 못된 심리를 가진 아이들은 누군가 자신들로 인해 괴로워하는 것을 즐긴다.

"야. 쟤 아빠 없대. 차라리 아빠가 돌아가신 게 다행이지 않냐? 저렇게 생긴 아들 있으면 진짜 쪽팔릴 거 같아. 우리 아빠였으면 집에 들어오지 말라 했을 거야. 크크. 공부라도 열심히 해야지. 저 찐따. 옆에 있으면 같이 불행해지는 기분이 들어. 으 기분 나빠."

"야. 듣고 있잖아. 지금 눈알 우리한테 막 굴리는 거 내가 봤어. 집에 가서 저주 인형 만드는 거 아니냐? 밤에 심장 찔리는 기분 들면 무조건 쟤다."

"그니까! 어후, 진짜 귀신이 들러붙었을 것 같은 인간이야. 졸라 음울해. 쳐다보기만 해도 기분 안 좋아진다. 저기로 가서 놀자."

한바탕 소란을 피우던 그들은 점차 667호 앞에서 멀어져갔다. 667호는 여전히 문제집을 풀고 있었지만, 그가 손에 쥔 연필은 심하게 떨리고 있었다. 문제집에 쓰인 글자는 삐뚤빼뚤할 수밖에 없었다. 그래도 그는 참는 것 외에 달리 방법이 없었다. 그는 스스로가 자기 자신을 죄인이라 생각하고 있었다. 세상에 태어난 것조차 죄를 지었다며 스스로 그렇게 여겼다. 그는 집에서든, 학교에서든 학원에서든 언제나 죄인이었다. 어느 곳에서든 죄인으로 살아가고 있었다.

그를 지켜보는 내내 안타까움을 감출 수 없었다. 아빠를 잃은 슬픔을 감당하기도 벅찰 아이는 엄마가 아무렇지 않게 박아대는 대못을 오롯이 감내하고 있었다. 부모들은 아무 생각 없이 아이 가슴에 대못을 박고는 한다. 그렇게 하고서는 '다 내 자식을 위해서야'라며 자신을 합리화하는 것이 대부분이다. 아이들은 대못을 박히는 걸 알면서도 표현하지 않는다. 그저 피를 흘릴 뿐이다. 부모 가슴에 상처를 주는 것보다 자신이 피를 흘리는 게 훨씬 낫다고 생각한다. 연약하고 순수했던 아이는 점점 더 많은 피를 흘리게 된다. 상처는 아물지 않고 어른이 될 때까지 남아 있다. 상처 부위에서 터져 나온 피들은 다른 사람들에게까지 튀기 시작한다. 사회에서 겪은 여러 관념이 한데 섞여 피는 점점 탁해진다. 상처가 아물지 않았다는 것을 인식하기 전까지 자신과 다른 사람들에게 상처를 내는 일은 계속된다.

영상 속 세월은 또다시 빠르게 지나갔다. 점점 키가 크고 제법 몸이 다부지게 변하는 667호의 모습이 보였다. 그는 청년이 되었다. 여전히 필기구를 손에서 놓지 않고 있었으며, 말이 없었다. 조금이나마 마음이 편안해 보였던 것은, 자신이 살아왔던 익숙한 동네와 멀어졌기 때문이리라. 대학교로 보이는 그곳은 새롭고 낯선 향기를 풍겼다. 그러나 살아온 그곳보다는 훨씬 좋은 곳임이 틀림없었다. 그의 과거를 완벽하게 감출 수 있기 때문이었다.

그는 이제 공부에만 몰두하지는 않았다. 여전히 공부를 놓지 않은 건 분명했지만, 운동을 시작하게 된 것이다. 외모에 큰 자격지심을 갖고 있던 그는 대학교에 가면 달라진 모습으로 살고 싶었다. 낮에는 공부했고 밤에는 헬스장으로 가 2시간 동안 땀을 흘렸다. 빈약하던 그의 모습은 이제 없었다. 거울 속에 비친 자신의 모습을 보며 그는 꽤 흡족해했다. 땀을 닦고 집에 갈 준비를 하던 그의 눈에 누군가가 띄었다. 말총머리를 한 그녀는 한눈에 봐도 발랄했다. 키는 160cm 조금 안 되어 보였으며, 짙은 쌍꺼풀과 큰 눈은 마치 소눈을 연상케 했다. 코와 입술은 작았으며 오밀조밀하게 조화가 잘 이루어져 있었다. 하얗고 빛나는 피부는 한층 더 생기 있어 보였다. 667호의 눈은 그녀를 끊임없이 쫓았다. 그러나 그녀는 자신 이외에 아무것도 관심이 없어 보였다. 마침내는 땀을 닦고 있는 667호 옆자리까지 왔다. 그가 있는지 없는지도 모른 채 운동을 할 뿐이었다. 667호는 그녀를 본 후, 아침에도 헬스장에 나오기 시작했다. 주에 3일이었던 운동을 주5일로 바꾸어 거의 매일같이 헬스장에 나왔다.

그를 보고 있으면 사랑에 빠졌다고밖에 달리 표현할 말이 떠오르지 않았다. 그는 오로지 그녀를 보기 위해 헬스장으로 향했다. 러닝머신 위를 뛰다가도 그녀만 오면 발을 헛디뎌 넘어질 뻔한 적이 여러 번이었다. 자신이 뛰던 러닝머신 옆으로 그녀가 천천히 다가왔다. 아무렇지 않은 듯 행동하려 해도 어딘지 어색한 그의 모습이 살짝 민망했다. 뛰고 있는 그와 눈이 마주친 그녀는 생긋 웃으며 눈인사를 건넸다. 그의 생에서 절대 잊히지 않는 미소였다. 그에게 태어나 처음으로 웃어준 여자였다. 그의 심장은 빨리 뛰다 못해 튀어나오기 직전이었다. 그는 어둡던 자신의 삶에 처음으로 빛이 스며들어오는 기분을 느꼈다. 그 빛은 사랑이라고 감히 단정 지어도 될 것 같았다.

영상은 다시 빠르게 돌아갔다. 영상 속 667호는 학생 때와는 사뭇 다른 모습이었다. 현저하게 줄어든 머리숱은 시간이 많이 흘렀음을 실감케 했다. 운동으로 다져진 몸은 사라졌고 세월의 흐름 앞에 무릎 꿇은 연약한 육체만이 자리해 있었다. 그는 어떤 작은 공간에서 핸드폰으로 무언가를 보고 있었다. 유튜브를 틀어놓은 채 의미 없이 바라볼 뿐이었다. 667호는 의사 가운을 입고 있었다. 왠지 모르게 익숙함이 느껴졌다. 그가 보는 유튜브 화면 속 시계는 2020년을 가리키고 있었다. 이런 시절을 거쳐, 바로 지금 현재의 모습을 보여주고 있었다. 생각해보니 이곳으로 끌려오던 날과 똑같은 차림이었다. 털북숭이 요괴는 이제 가운을 벗은 상태였다. 우리 모두 마찬가지였다. 터널을 통과한 순간부터 지구에서 입고 온 옷가지들도 함께 사라져버린 것이리라.

영상을 보던 그의 핸드폰에서 전화벨이 울렸다. 신경질적으로 핸드폰을 확 집어 든 그는 받자마자 가라앉은 목소리로 대답했다. 화면에는 'XX엄마' 네 글자가 떴다.

"어. 그래. 오늘도 늦게 들어가. 기다리지 마."

1분도 안 되는 짧은 시간에 통화를 끝낸 그는 신경질적으로 일어섰다. 문을 열고 바깥으로 나섰다. 뒷모습이었던 그의 모습이 정면을 드러냈다. 병원 복도를 쿵쿵 가르며 지나갔다. 그가 걷는 병원 복도 모습이 낯설지 않았다. 분명 어디선가 본 적 있는 곳이었다. 그는 시끄러운 소리가 나는 방으로 들어갔다. 소독된 의료기구가 보이고, 낯익은 사람들 여럿이 모여 수다를 떨고 있었다. 왜 이제야 667호의 지금 모습이 이토록 익숙한지 알게 됐다. 소독실로 보이는 방 안에는 1003호가 앉아 있었다! 1003호의 영상에서 가끔 흐릿한 모습으로 667호의 모습을 본 적이 있었다. 나는 1003호에 집중한 나머지, 직원들이 그토록 뒷담화를 하던 주인공인 교수가 667호라는 것을 전혀 짐작할 수조차 없었다. 지금 함께 영상을 보고 있을 1003호의 표정이 궁금했다. 그러나 내 마음대로 되지 않았다. 영상이 내 의지와는 다르게 재생되었기 때문이다. 털북숭이 요괴와 내 옆에서 에너지를 빼앗아가던 요괴 둘은 같은 병원의 교수와 직원이던 것이다. 1003호는 667호와 이곳에 함께 왔을 때부터 알고 있었을 테지만, 그에 관한 이야기는 일언반구하지 않았다. 혹여 현실로 돌아와서 해라도 입을까 두려웠던 걸까. 우리나라에서는 마치 상사가 이 세상의 전부라도 되는 양 벌벌 떠는 사람이 적지 않다. 누군가는 그의 괴롭힘에 목숨을 끊기도 한다. 정작 괴롭히는 누군가는 죄책감을 전혀 느끼지 않는다. 두려워하는 쪽이 늘 손해를 보는 법이었다.

667호는 자리에 앉아 언짢은 기분을 직원들에게 마구 표출했다. 신경질적으로 입에서 쯧 하는 소리를 냈다. 직원들은 그의 행동 하나에 긴장했고, 하지 않아도 될 실수를 더 할 수밖에 없었다. 경직된 그녀의 몸들이 그가 풍기는 어두운 아우라에 얼마나 쪼그라드는지를 말해주었다. 대놓고 뭐라 한 것은 아니지만 그의 말투와 행동에서 충분히 느낄 수 있었다. 당일 볼 환자들에 대한 직원의 브리핑이 끝나자 667호는 입을 열었다. 그는 인상을 찡그리며 반짝이는 금테안경을 위로 올리며 말했다.

"아침부터 진짜 열받네요. 내가 술김에 결혼하는 게 아니었는데. 휴. 여러분. 제가 그거 말했었나요? 술김에 제가 와이프한테 결혼하자고 한 거."

아무도 대꾸하지 않았지만, 그는 계속해서 불만을 내비쳤다. 아내에 대한 불만이었다. 습관적으로 내는 그의 짜증은 보는 사람까지 불편하게 만들었다. 그는 자신의 입에서 풍기는 술 냄새를 조금이라도 막아보려는 듯 손으로 입을 가린 채 말했다. 미간은 찌푸려져 있었고, 헤어스프레이로 대충 고정한 머리카락은 엉망진창이었다. 넓은 이마가 훤히 드러나 있었다. 영상 너머로까지 부정적인 기운이 흘러들어왔다. 직원 중 한 명이 이유를 물었다.

"여러분은 남편한테 잘해주셔야 합니다. 이렇게 열심히 일하고 돈 버는 기계처럼 사는데. 아침상 한번 안 차려준다는 게 말이 됩니까?"

"그런데 사모님도 일을 나가니까 그러신 게 아닐까요? 일이 많아 피곤하시겠죠. 그게 아니면 차려주셨을지도 모르잖아요."

가장 어려 보이는 직원이 천진난만한 얼굴을 하고 물었다. 교수는, 즉 667호는 심기가 불편한 듯 미간을 찌푸렸다. 왠지 그의 마음속에서 '감히 네가?'라는 목소리가 들려오는 듯했다.

"그렇죠. 피곤하겠죠. 그런데 저는 이렇게 생각합니다. 앉아서 일하는 것과 저처럼 이렇게 서서 온종일 일하는 사람 중에 누가 더 힘들까요? 저는 100이면 100 제가 훨씬 힘들다고 생각합니다만. 거기다 환자 시중까지 들어야 하는 제가 훨씬 더 피곤하고 힘들지 않겠습니까?"

그는 마지막 단어를 힘주며 인상을 잔뜩 쓴 채로 말했다. 천진난만했던 직원의 얼굴은 굳어져만 갔다. 그러나 그녀는 끝까지 대꾸했다.

"교수님. 앉아서 일하느냐와 서서 일하느냐는 사실 크게 중요하지 않아요. 물론 육체적으로 조금 더 힘들 수는 있겠죠. 그런데 정신적으로 힘든 게 실은 정말로 힘든 게 아닐까요? 오히려 몸이 좀 힘들어도 마음이 편하면 직장에 오래 다니기 마련이더라고요."

667호는 잔뜩 인상을 찌푸린 채 언짢음을 표시했고, 1003호는 대꾸하는 직원의 옆구리를 손가락으로 쿡쿡 쑤셨다. 그 이상 그만하라는 신호였다.

"흠. 아무튼, 환자분들은 알아서 잘 마무리해주시고요. 저는 오늘도 집에 들어가지 않을 작정입니다. 밤을 즐기러 나가야지요. 이따 퇴근 전에 냉장고에 있는 숙취해소제 하나만 가져다주세요. 부탁드립니다. 술을 많이 먹기 위해 저는 약을 먹습니다. 하하하."

혼자만 웃긴 말을 하고서 그는 유유히 방을 나갔다. 남은 직원들은 그가 문을 닫고 나가자마자 수군거림이 시작됐다.

"저 인간 또 시작이야. 회식할 때마다 술 취한 척 뽀뽀를 하려고 하질 않나. 허리에 징그러운 손가락을 갖다 대질 않나. 시모님은 무슨 죄가 있어 교수를 만났을까. 저런 남편이면 아침상을 차려주는 게 아니라 상을 던져버리고 싶은 심정일 거야."

1003호는 혀를 끌끌 차며 말했다.

"그러니까요. 자기 개인적인 고민 좀 그만 말했으면 좋겠어. 불행이 옮겨붙는 기분이에요. 나까지 불행해지는 기분이야. 집 때문에 힘들다 징징거리고, 환자 없으면 없다고 징징거리고 아주 징징 충이야. 충! 벌레! 벌레만도 못한 자식."

"그러게. 첫사랑 못 잊고 맨날 이야기하는 거 사모가 알면 얼마나 자존심 상할까. 아무리 집안끼리 결혼이라고 해도 사랑이라는 마음이 서로 없으면 불행할 수밖에 없는 거 같아. 하다못해 정이라도 들어야 할 텐데. 애초부터 사랑이 없었으니까. 그 첫사랑은 잘 사나 몰라. 비슷한 사람끼리 만나 잘 살고 있겠지?"

수군거림이 조금씩 잦아들었다.

어느새 영상은 다시 667호가 있는 방을 비추고 있었다. 그는 멍하니 컴퓨터 화면만 들여다보았다. 사람은 무엇엔가 집중하거나 반대로 어떤 기억에 집중했을 때 멍해지는 법이다. 그는 컴퓨터 앞에 있었지만, 동시에 그곳에 없었다. 그의 머릿속이 점점 커다랗게 들여다보였다. 마치 작은 컴퓨터 창 하나가 화면에 다시 떠오르듯 머릿속 영상이 커다랗게 펼쳐졌다. 영상은 그의 추억 회상 장면이었다. 그는 막 대학교를 졸업한 모습이었다. 그의 옆에는 헬스장에서 만난 첫사랑 그녀가 꽃다발을 들고 서 있었다. 두 손을 꼭 맞잡은 그와 그녀는 세상에서 가장 행복한 사람들이라 해도 전혀 어색하지 않았다.

그들은 졸업식을 마친 후 카페에 앉아 있다. 서로의 손을 쓰다듬으며 눈빛을 주고받는 데 여념이 없었다.
"졸업 축하해."
여전히 발랄함이 넘치는 그녀가 싱그러운 웃음을 흘리며 말했다.
"나도."
"우리가 만난 지도 벌써 6년이 넘었네. 그치?"
"그러니까. 그런데 너는 내가 이렇게 못생기고 지질한데도 여전히 좋아?"
"내가 그 말 금지라고 했지? 그게 무슨 상관이야. 나는 네 자체로 좋아. 나에게 외모는 중요치 않아. 그리고 네 외모가 어디가 어때서? 한 번만 더 그 말 꺼내 봐. 다신 안 봐?"

"아, 알겠어. 미안해. 이제 다신 물어보지 않을게. 커피 다 마시고 내가 좋은 곳 알아봤으니까 오늘 하루 최고로 즐겁게 보내자! 지겨운 학교 졸업하기까지 고생 많았어."

그녀는 "응!" 하며 발랄하게 대답했다. 여전한 말총머리는 그녀가 몸을 흔들 때마다 춤추듯 흔들렸다. 그와 그녀를 보는 것만으로 행복해졌다. 둘은 직감적으로 서로에게 끌렸다. 마음과 마음이 만나 외부의 것은 아무것도 중요치 않았다. 순수한 마음 그 자체는 마음 자체로 이미 충만하다. 부족할 것이 없다. 그와 그녀는 서로를 바라보며 확신했다. 이 사람 말고는 절대 아무도 이만큼 사랑할 수가 없으리라는 것을. 한편으로는 불안해 보였다. 너무나도 사랑하는 사람은 세상이 그 사랑에 질투를 느낀 나머지, 빼앗아가는 경우가 종종 있다. 그 불안감은 대부분 현실이 되기 마련이다. 그들의 행복한 모습을 지켜보며 나는 직감적으로 느꼈다.

신나게 데이트를 즐기고 있는 그에게 전화가 걸려왔다. 핸드폰 액정 화면을 보니 '어머니'라고 적히진 문구였다. 한참을 받을까 말까 고민하던 그는 통화버튼을 눌렀다. 옆에 있던 그녀는 그의 핸드폰 화면을 본 뒤로 순식간에 침울해졌다.

"네. 어머니. 네. 저 밖입니다. 은우랑 같이 있습니다. 지금이요? 지금은 조금…… 예 알겠습니다."

그는 말끝을 흐리더니 의기소침해진 목소리로 전화를 황급히 끊었다. 불안한 눈빛으로 이름이 은우인 그녀는 그를 바라보았다.

"무슨 일이야? 어머님이 집으로 오라셔?"

"정말 미안한데, 집에 잠깐 다녀와야 할 것 같아. 금방 다시 나올게. 내가 카드 줄 테니까 카페라도 들어가 있어. 맛있는 디저트도 사 먹고."

"아니야. 괜찮아. 얼른 들어가 봐. 그래도 같이 밥 먹은 게 어디야. 나 신경 쓰지 말고 잘 다녀와."

"고마워. 매번 미안해."

그녀는 대답 대신 싱긋 웃어 보이며 시야에서 점점 사라져갔다. 웃음 뒤에 지은 쓸쓸한 표정은 결코 신경 쓰지 않을 수 없는 표정이었다.

누가 봐도 무슨 일이 있는 것 같은 표정을 지으며 667호는 걷기 시작했다. 축 늘어진 어깨는 어렸을 적 책가방을 메고 걷던 모습과 겹쳐 보였다. 그는 마침내 두려워하던 '어머님'과 마주하게 되었다. 어른이 되어서도 그는 어머니 앞에만 서면 두려워하는 표정은 마찬가지였다. 그의 엄마는 무표정이었다. 그러나 사람이 풍기는 아우라에서 우리는 그 사람의 기분을 충분히 느낄 수 있다. 667호는 어머니의 기분을 충분히 느끼다 못해 넘쳐흐르게 마주하는 중이었다. 토할 것 같은 표정을 짓고 있었기 때문이다.

"어딜 갔다 와? 졸업식을 했으면 재깍재깍 집으로 왔어야지. 내가 졸업식 그거 못 갔다고 삐지기라도 한 건 아니지? 그리고 내가 은우 걔는 절내 안 된다고 말했어. 내가 너 어릴 때부터 어떻게 키웠어? 공부에 도움 되라고 온갖 비싼 것들 해 먹이고, 옷도 죄다 명품으로 사다 입혀, 지금도 아르바이트 하나 안 시키지. 배가 부른 애야 너는 아주. 그런데도 너는 내 생각을 해서라도, 아니 돌아가신 네 아버지 생각을 해서라도 그렇게 격 없는 애는 만날 생각을 말아야지. 벌써 몇 번이나 말했지만, 난 걔 절대 안 된다. 연애도 격 있는 애랑 해봐야지. 네가 그토록 공부해서 의대까지나 갔으면 알 거 아니야. 어디서 듣도 보도 못한 과를 다니질 않나. 그렇다고 걔가 부모가 잘살기를 해. 걔도 편부모라며? 그런 면에서 끼리끼리 만나는 게 아니라, 좀 더 품격 있는 애들끼리 모여서 놀아야지. 그런 식으로 끼리끼리 만나다가는 사회에서 무시당하기 딱 좋은 거야. 너도 참 여러 가지로 내 망신을 시켜라. 아주."

묵묵히 그는 듣고만 있었다. 그에게 어머니는 여전히 강하고 무서운 상대인 것처럼 느껴졌다. 그런데 그가 뿜어내는 분노의 에너지가 어찌나 강렬했던지, 겉으로는 전혀 느껴지지 않았지만, 마음속 외침이 내게 들렸다.

'나는 명품 따위 필요 없다고. 마음대로 입힌 거잖아. 자기 쪽팔리지 않으려고. 비싼 것들 먹는 거 바라지도 않았어. 다른 애들 먹는 거 나도 따라 먹고 싶었다고. 아르바이트는 격 없어 보인다고 없는 애들이나 하는 거라고 자기가 말렸으면서. 온통 자기 생각뿐이지. 공부도 자신을 위해서, 내 인생은 모조리 자신을 위해서 바쳤으면, 내가 좋아하는 사람만큼은 내 마음대로 만나야 하는 거 아니냐고! 이제야 내가 사람 사는 삶을 제대로 사는 것 같은데. 어째서! 어째서 또 내 삶을 가로막으려 하는 거냐고! 대체 왜! 난 언제쯤 내 마음대로 살 수 있는 거냐고.'

그는 속으로 울부짖었다. 그러나 끝없는 잔소리를 듣고도 그가 할 수 있는 건 듣고 흘리는 일뿐이었다. 어릴 때부터 쌓이고 쌓여 너무나 두꺼워져버린 두려움의 벽은 그가 깨기에는 너무 벅찼다. 그의 온몸이 미세하게 떨리고 있었다.

그의 떨리는 모습을 뒤로한 채 영상은 꺼져버렸다. 영상은 빠르게 돌아갔고, 자신의 방에 앉은 그의 모습을 비추고 있었다. 그는 핸드폰을 만지작거렸다. 직원들에게 메시지를 보내는 중이었다. 메시지 내용인즉 이러했다.

'선생님들. 오늘 회식하겠습니다. 장소는 저번에 갔던 그 집으로 하죠.'

자신이 높은 위치에 있다는 이유 하나로 다른 사람들의 시간은 중요치 않은 사람들이 있다. 먼 훗날 그는 자신의 시간을 모조리 빼앗겨 살아가는 결과를 맞이하게 될지도 모른다. 한참 후 667호의 핸드폰이 울리기 시작했다. 1003호와 간호사들의 답장이었다.

'네 알겠습니다.'

한편 간호사들이 모여 있는 소독실에서는 불평, 불만이 들리기 시작했다. 그것도 아주 큰 소리로. 667호는 예전부터 알고 있었다. 간호사들이 회식을 전혀 달갑게 여기지 않는다는 것을. 그러나 분노가 치밀 때면 간호사들을 불러 푸념을 늘어놓았다. 그가 가진 악취미 중 하나였다. 그는 간호사들 몰래 소독실에 도청장치를 설치해놓았다. 선명하게 들리는 건 아니었지만, 이따금 그를 욕하는 소리가 크게 들릴 때도 있었다. 거의 매일 자신을 욕하는 소리가 들렸다. 간호사들은 주로 많은 직원이 상사에게 불만을 가진 것과 같은 이유로 그를 욕했지만, 그에게 와닿는 욕은 그게 아니었다. 와닿는 욕은 딱 하나였다.

'못생긴 X끼. 저러니까 사모가 밥을 안 차려주지. 맨날 쟤 첫사랑 얘기하잖아. 첫사랑 그거 구라 아니야? 누가 저런 인간한테 웃어주겠냐? 난 눈 마주치기도 싫은데. 생긴 게 지옥이면 성격이라도 천사 같아야지. 그리고 얼굴뿐만 아니야. 보기만 해도 기분이 안 좋아져. 맨날 이혼한다는 소리나 하고. 자기 주변에 죄다 그런 사람들뿐이라고. 지가 불행하니까 자기 주변에도 그런 사람들만 있는 거겠지. 막 불행이 옮는 것 같아. 아무튼, 쳐다보기만 해도 토할 것 같아. 나 그래서 매일 눈 피하잖아. 저 인간.'

치유되지 않은 그의 상처가 건드려졌을 때 그의 분노는 극에 달했다. 분노는 두려움의 또 다른 양상이다. 그는 학원에서 들었던 모욕적인 말이 선명히 떠올랐다. 불행이 옮을 것 같다는 말. 그리고 자신이 가진 외모 콤플렉스를 직원들은 무참히 짓밟아버렸다. 깊숙한 곳에 있던 상처는 누군가의 말에 존재감을 온몸으로 드러내고는 한다. 상처를 치유할 수 있는 건 오직 자신뿐인데도 불쌍한 그는 그 사실을 알지 못한다. 아무리 겉으로는 잘 살아왔을지 몰라도 여전히 상처가 치유되지 못한 그였다.

벌겋게 달아오른 그의 귀는 환자가 왔다는 벨이 울리자 순식간에 가라앉았다. 감정을 참는 능력을 키워온 그에게 억누르는 일은 어려운 일이 아니었다. 그는 회식 자리를 최대한 길게 가질 예정이었다. 어떻게 교묘하면서도 힘들게 그녀들을 괴롭힐지 고심하던 그는 신나게 웃으며 환자들을 보았다. 그가 흥얼거리는 콧노래에는 섬뜩함이 느껴졌다. 어시스트를 서던 간호사들도 섬뜩함을 느꼈는지 자주 손에 들고 있던 기구를 떨어뜨렸다. 그러나 실수한 간호사에게 그는 괜찮다며 뻐드러진 이가 드러나게 웃어 보일 뿐이었다. 그는 웃는 게 어색해진 사람 같았다. 웃을 때마다 한쪽 입꼬리만 유난히 부자연스럽게 올라갔기 때문이다. 평소와 다른 모습의 그에게 간호사들은 더 겁이 났다.

퇴근한 그와 그녀들은 술집으로 향했다. 퇴근 후 도로는 거의 마비 상태였다. 667호는 신이 난 나머지 차의 뚜껑을 열어젖혔다. 부끄러움은 그녀들 몫이었다. 사람들이 힐끔거릴 때마다 그녀들의 얼굴은 화끈거렸다. 쿵 쿵 쿵 쿵. 천장을 열어젖힌 그의 차에서 끊임없이 클럽 음악이 흘러나왔고, 밤의 도로 전체를 울렸다. 그의 핸드폰 화면에 '애들 엄마'가 떴지만, 그는 끝내 전화를 받지 않았다. 전혀 받을 생각이 없어 보였다.

마침내 도착한 그녀들은 667호가 주차하러 간 틈을 타 회식을 빨리

끝낼 궁리를 짜고 있었다. 돌아온 그는 간호사들에게 마음껏 시키라며 메뉴판을 건네주었다. 간호사들은 이 상황이 익숙한 듯 꽤 비싼 메뉴들을 이것저것 시키기 시작했다. 그녀들은 마치 교수에게 지금껏 당한 일을 복수하듯 어마어마한 양의 메뉴를 시켰다. 그러나 그에게 돈은 아무 의미가 없었다. 써도 넘치는 게 돈이었다. 그러나 아무리 돈을 써도 그의 마음에 난 구멍은 점점 더 커져만 갔다. 이러다가는 그 구멍이 자신을 삼키기라도 할까 두려운 날들의 연속이었다. 그는 간호사들에게 비싼 메뉴들을 시켜주고, 십만 원이 넘는 돈을 각자에게 뿌렸다. 회식이 끝난 뒤 택시비를 하라는 의미에서였다. 그만큼 늦은 시간까지 자신과 함께 있으라는 무언의 압박이었다.

그녀들은 십만 원을 한 손에 쥐고는 흡족해했다. 667호가 너무 싫었지만, 그가 주는 돈이 싫을 이유는 없었다. 돈이 무슨 죄가 있겠는가. 일단 손에 돈을 쥐었으니 어떻게든 회식을 빨리 끝내야만 했다. 간호사들에게 회식이란 오로지 그의 돈을 얻는 것뿐. 그 외에는 아무 의미가 없었다. 667호는 술잔을 기울이는 척하며 이번에 새로 온 간호사를 몰래 흘끔거렸다. 그 간호사는 술을 잘 마시지 못하는지 벌써 볼이 발그네해졌다. 영상 속 막내 간호사의 얼굴이 점점 확대되었다. 그녀를 보자마자 누군가와 닮았다는 생각이 번쩍! 들었다. 그녀는 667호의 첫사랑과 매우 닮아 있었다.

"교수님. 왜 자꾸 막내 쳐다봐요? 얘가 좀 예쁘긴 하죠. 그래도 섭섭하네요. 몇 년 동안 일한 우리한테는 그런 눈빛으로 쳐다봐주신 적 한 번도 없으면서!"

1003호였다. 그녀는 시샘 가득한 눈으로 막내 간호사를 바라보았다.

"아닙니다. 선생님들에게 항상 고마워하는 거 아시잖아요. 하하. 선생님. 괜찮으세요? 얼굴이 벌써 빨개지셨는데요?"

"교수님. 괜찮아요. 저 술 꽤 잘 마셔요."

"그렇다면 다행이네요. 오늘 밤 즐겁게 달려봅시다!"

그들은 술잔을 맞부딪혔다. 유리잔이 맞부딪히는 소리는 밤늦게까지 계속되었다. 벽에 걸린 시계를 보니 시간은 밤 11시가 넘어가고 있었다. 그러나 그에게 밤 11시는 한낮과 같은 시각이었다. 그는 그녀들에게 2차 회식을 권했다.

"선생님들. 저희 2차 가시죠. 제가 더 좋은 곳으로 모시겠습니다. 역시 2차는 노래방 아니겠습니까. 어떠십니까?"

그의 말을 듣자 하니, 그들은 회식 때마다 노래방을 자주 갔던 듯했다. 간호사들 표정은 급격히 어두워졌다. 별로 재미가 없었거나 그런 분위기가 마음에 들지 않았던 것이리라.

"저희 이미 많이 마셨잖아요. 그만 들어가는 게 좋을 것 같아요. 더 마시고 싶은 사람들은 더 마시고, 저는 이제 가야겠습니다."

"오늘 저와 함께 3시까지 달려주신다면 5만원 수고비로 더 얹어드리겠습니다."

당황한 기색의 667호는 돈으로 그녀들을 회유하려는 모양이었다. 그녀들은 살짝 고민하는 눈빛이었다.

"저는 그냥 갈게요."

"저도 가야 할 것 같아요. 집에서 계속 전화가 와서요."

마지막까지 대답하지 않은 한 명이 있었다. 새로 들어온 막내 선생님이었다. 그녀는 어떻게 할지 몰라 이리저리 눈만 굴릴 뿐이었다. 그녀는 이미 살짝 취한 모양이었다. 반쯤 풀린 눈이었다.

"아 저는……."

"선생님 술 좋아하신다고 하셨죠? 그럼 저랑 2차 갑시다. 제가 정말 맛있고 비싼 음식 대접하겠습니다."

"네? 아…… 저 속이 조금 안 좋은 것 같은데요."

막내 선생님은 한참 동안 대답을 망설였다. 끝없는 667호의 부추김에 포기한 듯 "네"라고 대답했다. 그 사이 나머지 간호사들은 이미 집에 가고 없었다.

둘은 휘황찬란하게 반짝이는 네온사인 거리를 걷기 시작했다. 3월의 꽃샘추위가 막 끝나고 4월을 맞이하는 봄바람이 살랑거리며 불어왔다. 윤기가 흐르는 막내 간호사의 머리칼이 바람에 나부꼈다. 667호는 작은 눈으로 그녀를 흘끔거렸다. 그녀는 무슨 생각을 하고 있을까 무척이나 궁금해하는 눈치였다. 이 어색하고도 무거운 공기는 그들이 또다시 술잔을 기울일 때까지 계속되었다.

가라오케 대신 둘만이 조용하게 이야기를 나눌 수 있는 이자카야로 자리를 옮겼다. 둘은 계속해서 술잔을 기울였다. 밤을 한참 넘긴 새벽 시간이라 사람은 둘 밀고 한두 테이블밖에는 없었다. 무거운 밤공기가 술집 안을 가득 메웠고, 꺼림칙한 조명 밝기 덕에 분위기는 한층 더 숙연했다.

"원래 술을 잘 마시나요? 선생님?"

"그렇게까지 잘 먹진 않지만, 술 먹는 분위기를 좋아해요."

"병원 일이 힘들진 않아요? 제가 평소에 잘 못 챙겨드려서 정말 죄송합니다."

"아니에요. 덕분에 아주 편하게 잘 지내고 있습니다."

그들은 짠하며 작은 유리잔을 맞부딪혔다. 잔에 담긴 투명한 술이 찰랑거리며 넘쳤다. 넘친 술은 식탁 위로 후드득 하며 떨어졌고, 나무로 된 식탁을 적셨다.

"선생님은 제가 예전에 알던 사람이랑 정말 닮았어요."

"그래요? 누구요?"

"제 대학 시절 첫사랑이요."

막내 간호사는 당황했는지 바로 대답을 하지 못했다. 애써 아무렇지 않은 척 침착하며 말문을 열었다.

"아. 그러셨구나. 하하. 그래서 계속 저를 빤히 쳐다보고 계셨던 거네요. 저는 제가 뭘 잘못하거나 한 게 있는 줄 알았어요."

"아니에요. 선생님이 무슨 잘못을요. 그저 아름답고 예쁘십니다. 일도 정말 잘 도와주시고요. 힘든 부분 있으시면 언제든 말씀해주세요."

그는 첫사랑 은우가 떠올라 견딜 수 없었다. 마치 그녀가 자신에게 돌아온 듯한 착각을 했다. 자신을 아무 조건 없이 사랑해주었던, 세상에 단 하나뿐인 그녀는 이제 더 이상 그의 곁에 없다. 그에게 그녀를 잃은 상실감은 말로 다 하지 못할 큰 아픔이었다. 첫사랑을 지키지 못한 그의 죄책감은 커지고 커져, 이제는 자신의 삶을 위협하는 커다란 함정이 되어 있었다.

"선생님. 제가 아까 첫사랑 이야기했었죠?"

"네."

"누군가에게는 참 진부한 첫사랑 이야기잖아요. 그놈의 첫사랑, 첫사랑! 저도 다른 누군가의 첫사랑 이야기를 들을 때면 그렇게 지루할 수가 없더라고요. 그런데 그게 제 이야기가 되면 절대 진부할 수가 없다는 거예요. 진부함을 떠나 너무나 특별해서, 너무 가슴속 깊이 파고들어서 아무리 뿌리를 빼내려고 해도 그 뿌리가 어디 박혀 있는지조차 찾을 수 없어요. 사라진 것 같다가도 불쑥불쑥 튀어나와 갑자기 확 자라나버리는 거죠. 그때는 어떻게 손쓸 수가 없어요. 커다랗게 자란 그 뿌리는 이제 너무 커져버려서 제 전부를 삼켜버렸고, 저는 그 어두운 그늘에서 한 발자국도 앞으로 나아갈 수 없게 마비가 되어버리는 거죠."

667호는 한참 첫사랑 이야기를 읊어댔다. 그러나 가여운 막내 간호사는 이미 현실과 몽환의 세계를 오가는 중이었고, 그의 이야기가 들릴 리 만무했다. 그들은 그 후로도 한참이나 술을 마셨다. 점점 술잔을 드는 팔에 힘을 잃어갔다. 667호의 눈은 풀려 있었고, 막내 간호사 또한 마찬가지였다. 술을 많이 마셨을 때 완전히 자기 자신을 놓아버리기 직전의 모습이었다. 667호는 힘이 풀린 그녀의 손목을 아무렇지 않게 잡았다. 그러고는 비틀거리며 계산대로 향했다. 봄바람에 취한 건지 옛 향수에 취한 건지 술에 취한 건지 알 길이 없는 667호의 발걸음은 네온사인 불빛이 점점 줄어드는 골목으로 향하고 있었다. 힘 잃은 그녀와 무엇에 홀린 듯한 그는 어두운 한 건물로 들어섰다. 그는 마침내 이성의 끈을 놓아버린 것이다.

어두운 골목 속으로 사라져버린 비틀대는 둘을 뒤로하고, 영상은 또다시 빠르게 전환하기 시작했다. 병원이었다. 병원 대기실에는 많은 사람으로 북적였다. 환자로 보이지는 않았다. 병원 입구에는 'J교수 개인적인 업무로 7층 휴진. 3층 안내센터에서 예약 변경해드리겠습니다. 이용하시는 데 불편을 끼쳐 죄송합니다. 진료는 00.00.00일부터 다시 시작합니다. 양해 부탁드립니다'라는 문구가 적혀 있었다.

대기실 안에서는 667호와 남자 몇 명들이 심각한 얼굴로 서서 대화를 나누고 있었다. 자세히 들어보니 내용은 이와 같았다.

"그쪽에서 전혀 선처를 해주실 것 같지 않은데요. 이대로 가면 병원 생활을 접고 수감되는 건 시간문제입니다."

667호는 며칠째 씻지 않은 모습이었다. 머리는 제멋대로 까치집을 짓고 있었으며 얼굴에는 수염이 자라 수더분했다. 그는 경찰로 보이는 사람 앞에서 내내 고개만 숙이고 있었다. 자신의 죄를 인정하는 것인지, 자신에 대한 부끄러움이 큰 것인지는 모르지만 그는 단 한 번도 고개를 들지 않았다. 경찰은 계속해서 말을 이어나갔다.

"그래도 계속 일은 이어서 해야 하지 않겠습니까. 좀 무리가 가더라도 합의금을 훨씬 많이 올려서 선처를 부탁해보는 건 어떨까요? 지금 돈 조금 나가는 게 교수님께 그렇게 큰 무리는 아니지 않습니까. 영원히 일을 접는 것보다는 낫지요."

여전히 그는 고개를 들지 않았다. 모든 걸 포기한 얼굴이었다. 그때였다. 굳게 닫힌 병원 문이 열렸다. 40대 초반의 여성 한 명이 뚜벅뚜벅 그들 앞으로 다가왔다. 그녀는 매우 냉정한 인상을 풍겼다. 키는 160대 중반 정도로 보였으며 약간 통통했다. 머리는 밝은 갈색이었고, 그녀가 눈을 깜빡일 때마다 기다란 가짜 속눈썹이 파르르 하며 떨렸다. 베이지색 트렌치코트를 걸치고 청바지를 입고 있었다. 귀에 달린 진주 귀걸이는 하얗고 붉은 기가 도는 그녀의 얼굴에 잘 어울렸다. 입술은 웃지도, 밑으로 내려가 있지도 않았다. 그녀의 입술은 얇았으며, 짙은 색의 립스틱을 바르고 있었다. 아무 감정이 느껴지지 않는 무표정이었다.

그녀가 대리석 병원 바닥을 걸어올 때마다 낮은 구두 굽이 또각또각 소리를 냈다. 그러고는 별 관심 없다는 듯 대기실에 놓인 소파에 다리를 꼬고 앉았다.

"무슨 일인데, 아침부터 사람을 이까지 오라 마라야. 또 시작이야? 그

병 또 도졌냐고."

667호의 손이 가늘게 떨렸다. 그러고는 코트 속에 손을 집어넣어 담뱃갑을 꺼냈다. 익숙한 손놀림으로 라이터를 탁탁 하며 켜더니 이내 담배에 불이 붙었다. 갑자기 나타난 여자를 보며 경찰은 어리둥절한 표정으로 물었다.

"혹시 교수님과 어떤 관계이십니까?"

"이 사람 부인이요. 뭐 좀 더 쉽게 설명하자면 쇼윈도부부라고나 할까요. 서류상으로만 부인인 거죠. 뭐."

경찰은 이런 일을 한두 번 겪은 반응이 아니었다. 그들이 쇼윈도 부부건 간에 아무 상관이 없는 태도였다. 우리나라뿐 아니라 세계에서 이런 일을 겪지 않는 나라가 얼마나 될까. 경찰은 말을 계속했다.

"사모님도 이미 들어서 아시겠지만, 이선주 씨 부모님께서 절대 고소를 취하하지 않으시겠다고 하십니다."

이선주 씨는 새로 들어온 직원 이름인 듯했다. 어둠 속으로 끌려 들어가던 그 여인.

"합의금 얼마가 필요하다던가요?"

667호의 부인은 경찰의 말을 가로막은 채 되물었다.

"그게, 아무리 많이 줘도 합의를 절대 해주지 않을 거라네요."

"그분들과 잠깐 통화 가능할까요?"

"잠시만 계십시오. 조금 긴장하셔야 할 듯해요. 화가 많이 나신지라."

"자주 겪어봐서 알아요. 통화 연결되면 바꿔주세요."

경찰은 전화기를 들어 번호를 꾹꾹 누르더니 이내 부인에게 건네주었다. 부인은 소파에서 일어나 멀찌감치 떨어져서 통화했다. 통화는 생각보다 짧게 끝났다. 여전히 무표정인 그녀를 보며 어떤 결과가 났는지 도통 알 수 없었다.

"합의하겠다네요. 그럼 전 이만 가볼게요."

그녀는 자신이 상관할 바 아니라는 듯 얼른 핸드폰을 건네주고서는 문밖으로 나가버렸다. 667호에게 그 어떤 눈길조차 주지 않았다. 말을 나누는 것조차 사치라고 여기는 것처럼 보였다. 경찰은 놀란 눈으로 그녀를 바라보다 이내 무표정으로 돌아왔다. 합의가 너무 쉽게 끝난 탓이리라. 얼마나 자주 있었던 일인 걸까. 그녀가 이렇게 빠른 속도로 상황을 해결하는 걸 보니 결코 한두 번 겪은 일은 아님이 분명했다. 여전히 667호는 고개를 숙이고 있었으며, 술이 덜 깬 사람처럼 몽롱했다. 눈은 퉁퉁 불어 있었으며, 수척한 그는 일주일 정도 잠을 못 잔 모습이었다.

"아무쪼록 합의되어서 다행입니다. 곧 원활한 진료 재개하시기를 바랍니다. 그럼 이만."

경찰은 다시 세상에 일어나는 사건들을 해결하려 문밖을 나섰다. 어떤 사건이든 당사자에게는 괴로운 일일지라도 사건을 해결하는 자는 해결하면 그뿐이다. 사건 뒤에 남겨진 사람들의 마음을 헤아려보는 일은 경찰들에게 너무 벅찬 일일지도 모른다. 사건과 문제는 하루에 수도 없이 일어나기 때문이다.

멀어져가는 경찰의 뒤꽁무니를 바라보며 667호는 망연자실한 얼굴로 소파에 앉았다. 그는 당장 함께 일할 사람이 없었다. 그의 곁에는 아무도 없었다. 홀로 남겨진 멍한 그의 눈에 환자 한 명이 쿵쾅쿵쾅 걸어오는 모습이 비쳤다. 50대 남짓으로 보이는 그는 단단히 화가 난 모양이었다.

"한 달에 두 번 쉬는 거 수술하려고 날짜 맞춰서 왔더니 갑자기 진료 중단이라는 게 말이 됩니까?"

인상을 잔뜩 찌푸린 환자는 667호를 노려보며 소리를 질렀지만, 그는 대답할 기력조차 없어 보였다. 감았던 눈을 치켜뜨며 귀찮은 듯 대꾸했다.

"정말 죄송합니다. 다음번에 예약 잡고 들러주십시오."

드디어 환자는 고개를 들어 그를 정면으로 마주 본다. 넋이 나간 채로 헝클어진 머리에 술 냄새를 풍기는 그를 보며 할 말을 잃는다. 환자는 몇 마디 중얼거리며 애꿎은 엘리베이터 버튼을 부서지게 누른다. 667호는 그를 아랑곳하지 않는다. 남겨진 그는 머리를 한 손으로 쥐어 잡으며 고뇌에 빠진 표정을 짓는다. 그는 온몸으로 괴로움을 표출해보지만, 그의 곁에는 여전히 아무도 없다.

넋이 나간 상태로 천천히 자신의 방으로 발걸음을 옮겼다. 그는 한 시간여를 책상 위에 엎드려 있었다. 책상 위에 놓인 핸드폰의 진동이 울렸다. 지이잉 지이잉. 메시지가 온 모양이었다. 그는 천천히 고개를 들어 옆에 있던 핸드폰의 화면을 톡 하고 건드렸다. 오동통한 손가락으로 잠겨 있던 패턴을 해제하자 메시지 2통이 보였다. 하나는 부인한테 온 것이었고, 하나는 간호사들이 보낸 메시지였다.

'김 실장 : 저희 모두 갑자기 그만두게 되어서 죄송합니다. 책임감 있게 마무리하고 나왔어야 하는데 유감입니다. 새로운 직원들이 오고, 모든 것들이 새롭게 변화하기를 바랄게요. 그동안 잘해주셔서 감사했습니다. 마지막을 이렇게 메시지로 마무리하게 되어 너무나도 아쉽습니다. 아무쪼록 건강 유의하시고, 모든 게 잘 해결되기를 바라요. 안녕히 계세요.'

한참을 들여다보던 그는 답장을 수도 없이 썼다 지우기를 반복했다.

그러나 마지막에는 보내지 않기로 다짐한 듯 대화창을 나갔다. 문득, 자신에게 문자를 하지 않은 사람이 생각났다. 임선이 간호사였다. 그녀는 왜 그만둔다는 말을 하지 않는 건지 의아했지만 곧바로 의문이 풀렸다. 667호가 생각했을 때 그녀는 절대로 그만둘 사람이 아니었다. 실제로 임선이 간호사, 즉 1003호는 일을 잘하는 사람이었다. 같은 업계에서 그녀는 높은 월급을 받는 상태였고, 그저 돈만 많이 쥐여주면 언제라도 자신의 곁에 있어 줄 사람이라는 것을 667호는 누구보다 잘 알았다. 그는 그녀에게 곧바로 문자 메시지를 보냈다.

'임선이 선생님. 불미스러운 일로 신경 쓰이게 해드린 점에 대해 진심으로 사과드립니다. 잠깐 통화할 수 있을까요?'

곧바로 답장이 왔다.

'네. 교수님.'

그는 당장 그녀에게 전화를 걸었고, 그녀는 신호음이 채 가기도 전에 받았다.

"다름이 아니라, 제가 혼자 일을 할 수는 없는 노릇이지 않습니까."

667호는 뜸 들이는 척을 했다. 나름 고민하는 듯한 인상을 주기 위해서였다.

"네. 말씀하세요."

"다름이 아니라, 지금 드리는 월급에서 원하시는 만큼 더 드릴 테니 저와 함께 가시는 게 어떻겠습니까. 선생님 실력은 늘 말씀드렸듯이 업계 최고라는 걸 충분히 알고 있습니다. 긴말하지 않겠습니다. 저와 함께하신다면 추후 보상도 섭섭지 않게 해드릴 자신 있습니다. 어떠신가요?"

1003호 역시 뜸 들이는 척을 했지만, 거의 곧바로 대답한 것과 마찬가지였다.

"그럼요. 제가 아니면 누가 교수님 옆을 지키겠어요. 저는 남아 있겠습니다."

그렇게 1003호는 667호와 계속 일하겠다는 계약을 맺었다. 1003호는 처음부터 끝까지 667호와 함께해온 것이다. 새로 온 직원들이 667호에 관해 수군거릴 때도 그녀는 알고 있었지만, 모르는 척하느라 애를 써야 했다. 상처로 얼룩진 삶을 산 둘은 결이 비슷했다. 어쩌면 서로 끌리는 것도 당연했다. 둘은 결국에는 함께 파란 고양이의 세계로 끌려왔다. 마치 약속이나 한 듯이.

667호는 왠지 편안해진 마음으로 두 번째로 온 메시지를 확인했다. 그의 미간은 심각하게 찌푸려졌다. 마치 읽기도 전에 메시지를 보낸 사람 자체가 너무나도 싫어 그 감정이 바로 표정으로 드러나는 것처럼.

'애들 엄마: 한 번만 더 이딴 일로 경찰 오고 나까지 거기로 부르면 아예 끝날 줄 알아. 네가 그러니까 사랑을 못 받는 거야. 제대로 좀 살아좀. 공부만 잘하면 뭐하냐. 인성이 바닥인데. 저번에도 이런 일 있었을 때 난 분명히 기회를 줬어. 그런데 너는 또 여러 사람한테 피해를 줬지. 네 엄마가 나보고 너랑 제발 결혼해달라고 했을 때 난 네가 이런 인간일지 몰랐다. 물론 네 엄마도 나랑 결혼하길 원한 게 아니라 우리 집안이 목적이었겠지만. 밤마다 깨서 네 첫사랑 이야기하는 것도 이제 정말 질려. 그 이야기는 도대체 언제까지 할 작정인 거니? 죽을 때까지? 지금이라도 돌아가. 절대 안 말려. 나도 너를 진짜 사랑해서 결혼한 게 아니니까. 하기야, 그 여자애도 어릴 때 멋모르고 순수한 마음으로 널 좋아한 거지. 이런 모습 보면 그 애가 얼마나 학을 뗄까 생각 안 해봤니? 철 좀 들어. 언제까지 과거에 살 거냐고. 꼴도 보기 싫으니까 들어와도 아는 척하지 마. 나랑 애들은 오늘 저녁 먹고 늦게 들어갈 거야. 애들한테 창피한 줄 좀 알아. 애들이 네가 하고 다니는 짓 모를 거라는 착각은 그만해. 제발 인간 좀 돼 주라. 마지막이야.'

두 번째로 확인한 부인 메시지는 누군가의 말투와 꼭 닮아 있었다. 667호의 어머니였다. 가장 그와 가까운 사람인 동시에, 가장 그를 못마땅하게 여기는 사람. 그의 어머니와 부인은 모습이 많이 닮아 있었다. 옛말에 아들은 자신의 엄마와 닮은 아내를 만난다는 말이 떠올랐다. 667호만큼은 반대였어야만 했다. 그러나 너무나도 옛말과 일치하는 결과를 얻은 것이다. 그는 메시지를 확인한 뒤 핸드폰을 저 멀리 던졌다. 바닥에 떨어진 핸드폰은 액정 한 귀퉁이가 깨져버렸다. 대수롭지 않다는 듯 667호는 다시 컴퓨터 화면을 보기 시작했다. 그에게 물건이란 또다시 사버리면 되는 것이니까. 그러나 사랑은 마음대로 살 수가 없다는 사실이 667호를 미치도록 괴롭게 만들었다.

시간이 지날수록 죄의식으로 가득해 보였던 아침 모습과는 사뭇 달라졌다. 사람은 적응력이 빠르다. 어떤 습관과 행동이든 반복되면 처음에는 어떤 죄책감이나 감정으로 힘들어할지 몰라도, 나중에는 무뎌져버리는 것이다. 그게 가장 무섭다. 그는 점점 무뎌지고 있었다. 자신의 죄가 아무렇지 않게 느껴질 즈음에 사람은 이미 자신을 잃어버린지도 모른 채 그냥 살아가는 것이다.

* * *

갑작스레 눈이 떠졌다. 영상은 어느새 소멸해버렸다. 시원하게 쏟아지는 폭포수가 보였고, 폭포 위에는 쌍무지개가 선명하게 보였다. 연두색 들판이 넓게 펼쳐져 있었고, 어제와는 또 다른 모습의 꽃들이 펼쳐져 있었다. 들판 한가운데 근엄한 그가 보였다. 파란 고양이였다. 2m 돼 보이는 그는 양옆에 부하들을 두고 무표정을 한 채 서 있었다. 푸른 바다 색깔을 지닌 털이 바람이 불 때마다 가늘게 휘날렸다. 양옆 부하들은 창을 오른쪽 손에 쥔 채로 한 치의 미동도 없이 서 있었다. 꿈에서 막 깬 것처럼 몽롱했다. 이곳은 파란 고양이의 세계였다. 얼마나인지는 모르지만 667호의 삶에서 살다 온 나는 내가 누구인지도 잊을 뻔했다. 그만큼 그의 감정과 삶에 동화되어 있던 터였다. 마치 오랫동안 어두컴컴한 터널 속에 있다가 아주 오랜만에 밖으로 나와 빛을 마주하는 기분이 들었다.

파란 고양이는 자신 앞에 무릎을 꿇은 채 고개 숙인 털북숭이 요괴를 가리키며 말했다.

"이자가 자신을 잃어가는 과정을 잘 보았겠지. 자신이 사랑을 받지 못했다 하여 자신의 가치를 끊임없이 낮추고, 방치하는 것은 옳지 않아. 외부에서 채워지지 않는 무엇을 찾으려 할수록 내부는 더욱 공허해져만 가지. 내부가 공허하면 겉으로 드러나는 삶도 무조건 그와 같이 공허하게 되어 있어! 불행한 일이 연속으로 일어나고 자꾸만 싫은 일이 생기고 너무나도 부정적인 삶의 연속이라면 그자의 내면이 그렇기 때문이네. 삶은 자신의 거울과 같지. 삶은 그 누구의 책임도 아니야. 오로지 내 책임이지. 물론 이자의 부모 또한 자신을 잃고 사는 사람이었네. 남편을 잃은 슬픔 속에 자신을 꽁꽁 가두어버린 거야! 그 속에 숨어 날카로운 가시가 달린 고치를 스스로 만들었지. 그 껍질에 조금만 다가가기만 해도 사람들은 이내 찔려버려. 가장 가까이 있는 이 자가 가장 많이 찔릴 수밖에 없었지. 당연한 결과였던 거야. 어떻게 보면 이자도 피해자 중 하나이지만, 자기 삶 또한 내팽개쳐버린 것은 분명한 죄네. 자신의 깊은 마음속에서 외치는 소리를 이 자는 무시해버린 거야. 모든 사람에게서 버려졌다는 믿음과 증오가 너무 커 마음이 내는 소리를 묻어버린 거지. 나중에는 죄책감마저 느끼지 못하는 인간으로 전락해버렸네. 처음에는 아주 강렬한 신호로 느껴졌으나 날이 갈수록 무뎌져만 가지. 나중에는 아예 느낄 수 없게 돼 버려. 다시 내 안의 소리를 찾으려면 많은 시간이 필요해. 예를 들어 지구에서 강 하나가 더러워지면 많은 생물이 피해를 받지. 다시 강을 깨끗하게 되돌리려면 수많은 사람의 노력이 필요해. 쓰레기를 버리지 않으려 의식적으로 노력해야만 하지. 오염 물질을 되도록 강에 버리지 않으려 애쓰고, 자연 친화적인 세제를 쓰는 등 여러 노력이 모이고 오랜 시간이 지난 끝에야 비로소 강은 깨끗해질 수 있어. 이와 마찬가지야. 이자 또한 주변 사람들의 도움이 어느 정도 필요하고, 가장 먼저는 자신이 변할 의지가 강해야만 해. 강은 본디 스스로 정화하는 능력이 뛰어나지. 모든 자연이 마찬가지야. 인간 또한 그렇지. 우리는 생각보다 강한 힘, 즉 잠재의식을 지니고 있어. 잠재의식을 깨우려면 이때까지 겹겹이 쌓아온 오염 물질들을 조금씩 걷어내야만 해. 사람들의 도움도 어느 정도 필요하겠지만, 나를 변화시킬 가장 중요한 인물은 바로 나 자신이라는 걸 잊으면 안 돼. 매일매일 인식해야만 하네. 이런 사실들을."

　털북숭이 요괴는 가만히 듣고만 있었다. 난리법석을 떨던 아까 모습과는 사뭇 달랐다. 그러나 겉모습은 그대로였다. 1003호의 경우 날이 갈수록 조금씩 겉모습이 바뀌었다. 해괴망측하던 요괴의 모습에서 점점 보기 좋을 정도의 모습으로 바뀌어 갔다. 그러나 털북숭이 요괴는 전혀 그렇지가 않았다. 여기 온 대부분 요괴는 변화가 눈에 보일 만큼 겉모습이 변하고 있었다. 털북숭이 요괴. 오로지 한 요괴만이 처음 온 모습 그대로였다. 얼마나 강력한 그의 슬픔과 고정관념들, 부정적인 것들이 그를 감싸고 있는 걸까. 그리하여 이렇게 깨끗하고 선한, 강렬한 에너지마저도 그를 변화시키지 못하는 걸까. 불길한 예감이 스쳤다.

파란 고양이의 부하들은 무릎 꿇은 그를 세워 또다시 어디론가 데려갔다. 앞쪽에 앉아 있었던 나는 분홍빛을 띠는 고양이 말이 미세하게 들렸다.

"아마도 최후의 방법이 아닐까."

그는 바로 옆에 있던 주홍빛 고양이에게 속삭이고 있었다.

"그렇겠지. 이 방법까지 통하지 않는다면 아마도 어둠의 행성으로……."

섬섬 숲속 너머로 멀어져가는 그들의 말이 들리지 않게 되었다. 어둠의 행성이라고 했다. 어둠의 행성에 대해서 들은 바로는 무시무시한 곳이었다. 매일같이 마스크를 쓰지 않으면 안 됐다. 독가스로 가득 메워진 별이라고 했다. 빛이 전혀 들지 않는 곳. 어둠 속에서 아무런 희망 없이 하루하루를 사는 행성이 바로 어둠의 행성이었다. 그리고 지구는 어둠의 행성으로 변하기 바로 직전의 상태라고. 상상만 해도 끔찍했다. 내가 사는 이 지구가 더 이상 병들지 않기를 간절히 바라고 또 바랐다. 그런 별에서 태어나지 않았다는 것 자체가 이미 엄청난 행운이었다. 그런 별에서는 직업이며, 돈이며, 명예며 아무런 것도 소용이 없을 터였다. 건

강도 마찬가지였다. 모두가 똑같이 골골대며 살아가는 행성은 '건강'이라는 자체를 모르고 살아가지 않겠는가. 어쩌면 나는 지구에서도 그럴지 몰랐다. 매일 겪어오던 아픔과 통증에 익숙해져 나중에는 내가 아픈지조차 모르는. 그래서 더 나은 삶을 살기 위해 전혀 노력하지 않는 하루들이 쌓여가는 일들이 반복된 건지도. 이제 와 생각하니 무서웠다. 스스로 삶을 얼마나 아픔 속에 버려두었는지를 새삼 느끼게 됐다.

667호가 끌려간 뒤 요괴들은 아무런 소리도 내지 않았다. 그저 새들이 노래하는 소리와 꿀벌들이 날갯짓하는 것 같은 소리가 이따금 들릴 뿐이었다. 골똘히 생각에 잠겨 있는데 귀에서 붕붕거리는 소리가 났다. 놀란 나는 손을 귓가에 휘저었다. 자세히 보니 무릎에 요정 한 마리가 느닷없이 앉아 있었다. 요정은 접힌 다리 사이에 앉아 물끄러미 올려다보았다. 기분이 좋은지 날개를 파르르 떨며 고개를 좌우로 갸웃거렸다. 날개가 떨릴 때마다 색깔이 달라졌다. 보이는 각도에 따라 투명해지기도 했고, 오색찬란하게 바뀌기도 했다. 요정이 앉은 뒤, 갑작스레 깊은 향수가 느껴졌다. 살던 고향이 난데없이 떠오른 것이다. 태어난 지역은 광역시인 만큼 도시였지만, 서울이나 부산만큼 발달된 곳은 아니었다. 특히 내가 살던 곳은 시내가 아닌 교외였다. 어릴 때는 자주 아빠와 곤충을 잡고 논밭을 뛰어다녔다. 설날에는 아빠가 직접 만들어준 연으로 하늘 높이 연을 날렸다. 오랫동안 실타래를 움켜쥐고 연을 날리다 보면 마치 내가 연이 되어 둥둥 나는 것만 같았다.

여름밤에는 반딧불을 자주 잡으러 다녔다. 지금은 단 한 마리도 볼 수 없게 되었지만, 그 시절 반딧불과 만남은 흔한 것이었다. 가로등이 드문드문한 어두운 산골 속에서 반딧불은 더욱 빛을 발했다. 엄마는 저녁밥을 짓고, 나와 아빠는 반딧불 사냥을 자주 다녔다. 각자 손에는 커다란 잼 통이 들려 있었다. 조금 무거워도 반딧불을 담을 수 있는 최고의 통이었다. 병을 열면 채 사라지지 않은 딸기향이 솔솔 풍겼다. 풀잎 위에서 빛을 왕왕 내는 반딧불을 잡는 건 어려운 일은 아니었다. 조막만 한 양손으로 폭 감싼 후 유리병 안으로 직행했다. 반딧불은 모기처럼 피를 빨거나 귓가에서 잉잉대며 사람을 약 올리지도 않았다. 파리처럼 더러운 곳, 음식 위를 왔다 갔다 하며 세균을 옮기는 짓도 하지 않았다. 그저 어둠을 밝힐 뿐이었다. 아무 조건도 없이. 그런데 이제 그들을 전혀 볼 수가 없다. 성인이 되어 만난 이들과 대화할 때면 반딧불을 단 한 번도 본 적이 없다는 이들이 생각보다 많았다. 같은 땅이지만 완전히 다른 환경에서 자란 우리는 서로를 신기하게 바라보았다.

"반딧불은 태국이나 발리, 해외에서나 볼 수 있는 곤충 아니었나요? 저한테는 상상 속의 곤충일 뿐이에요."

도시에서만 살아온 사람들과 이야기를 나누면 대부분 이런 대답이 돌아왔다. 유리병에 한가득 반딧불을 모아놓은 채 가만히 병을 놓아두면 요즘 무드등과 전혀 다를 바가 없다. 다만 빛이 일정하게 빈찍이지는 않았지만, 그래서 더 아름다웠다. 크리스마스 전구가 깜빡이는 것과 비슷했다. 그렇게 한참 반딧불에 대한 향수가 깊어질 즈음, 나는 직감적으로 알게 되었다. 내 무릎에 앉아 있는 이 요정이 바로 어렸을 적 만난 반딧불 중 하나라는 것을.

놀라 토끼 눈을 한 채 자신을 알아보았다는 걸 느꼈는지 요정은 신나서 날개를 파닥이기 시작했다. 그리고 무릎에서 일어나 빙빙 주위를 돌았다. 요정이 날개를 파닥일 때마다 형광물질로 보이는 것들이 선율을 그리며 뿜어져 나왔다. 그러고는 귓가에서 알 수 없는 언어로 속삭였다.

알아들을 수 없는 반딧불이의 언어는 듣고만 있어도 안온한 느낌이 들었다. 작고 여린 손으로 내 머리칼을 부드럽게 쓸어 넘기기도 했고, 내 귓불을 마치 신기한 무엇인 양 만지작거렸다.

파란 고양이는 다시 이야기를 이어갔다. 들판 멀리 서 있던 그는 어느새 내 앞까지 다가와 있었다.

"지금 여기 있는 요정들은 지구에서 온 반딧불들이야. 그들은 아주 깨끗한 청정지역에서만 살아갈 수 있어. 30여 년 전만 해도 쉽게 반딧불을 볼 수 있었지. 그러나 지금은 보기가 하늘의 별 따기야. 아주 깊은 산골짜기를 가도 볼까 말까 한 존재가 되어버렸지. 이들 영혼은 너무나도 순수하고 맑아서 주는 것밖에는 몰라. 조건 없이 어둠을 밝히고 사람들 영혼 또한 밝혀주었지. 그러나 인간이 만든 공해는 서서히 반딧불을 죽여가고 끝내는 없애버리기에 이르렀어. 이들은 이곳을 끊임없이 정화시키는 중요한 존재들이야. 날아다닐 때마다 생성되는 금가루들은 몸에 닿으면 저절로 치유 작용을 일으키지. 그러나 667호만이 유일하게 정화 작용이 들질 않고 있어. 매우 강력한 어둠이야."

파란 고양이는 이내 심각해진 표정이었다. 미간을 찌푸린 채 허공을 바라보았다. 그는 진심으로 지구를 걱정하고 있었다. 우주의 수호자, 파란 고양이. 그는 얼마나 많은 별을 수호하며 지내왔을까.

"나는 지난 세월 많은 별을 잃었어. 어둠의 행성 또한 완전히 가망이 없는 것은 아니지만, 다시 빛을 찾기까지는 상상을 초월할 정도로 노력을 기울여야 해. 마치 인간이 담배나 음식에 중독되고 난 후에는 그것을 이전 상태로 돌리기가 매우 어려운 것처럼 말이야. 그게 아니라면 아예 행성 자체가 폭발해 자신을 사라져버리게 만드는 거지. 아주 새로운 별로 태어나기 위해서. 그렇게 잃어간 별들이 벌써 수만 개야. 나는 그 과정들을 그저 지켜보았을 뿐이고. 그러나 포기하지는 말게나. 지구는 지금껏 사라져간 별과는 확실히 다른 별이야. 그 어떤 별보다 인내심이 강하고, 협심력 있으며 상상력 또한 뛰어난 자들이 사는 곳이지. 어둠의 행성으로 변해가는 별 중에서도 희망을 되찾은 별들이 있네. 많지는 않지만. 다행인 건 지구는 분명 그와 가까운 별이라는 것이지. 어둠을 지닌 자들이 늘어나긴 하지만, 반대로 자신으로 살아가기로 결심한 자들이 늘었다는 거야. 침묵과 고요함 속에서 자신을 찾고, 영혼을 맑게 다스리는 사람들 또한 늘기 시작했지."

 침묵과 고요. 한참 심신이 아팠을 때 나는 소음이 소음인 줄을 몰랐다. 머리맡에는 늘 핸드폰을 틀어두었으며, 핸드폰과 동시에 TV를 틀어놓고 사는 게 일상이었다. 마음은 복잡하고 소음 가득한 세상 속에서 어떻게 나아가야 할지 갈피를 잡지 못했다. 어른이 될수록 점점 혼란스러워졌다. 지구라는 행성은 마음에 잡동사니를 안고 사는 사람들로 가득하다. 그러나 그 잡동사니를 어떻게 내려놓아야 할지 전혀 알지 못한다. 침묵과 고요에 익숙하지 못했던 나는 조금이라도 가만히 있을라치면 너무 불안했다. 이 불안이 어디서 나오는 건지 도통 알 수 없었다. 그것의 원인은 쌓이고 쌓여 온 과거의 관념 찌꺼기들이었다. 변화를 갈망하고 있던 차에 우연히 침묵을 마주하는 계기가 있었다. 불안과 절망의 소용돌이에서 빠져나올 수 있었던 것은 다름 아닌 침묵의 시간이었다. 그렇게 침묵을 정면으로 맞이하고 받아들이자 어느새 침묵과 고요는 습관이 됐다. 그렇게 잃어버렸던 나를 차츰 되찾을 수 있었다.

 영혼이 맑아지기 시작하니 사람 관계 또한 변하는 게 눈에 보였다. 오랫동안 지냈고, 무척 가깝다고 생각했던 누군가가 갑작스레 멀어지는가

하면 새로운 누군가와 무척 가까워지기도 했다. 오랜 기간 친밀했던 누군가와 이별하는 과정에서 가슴이 쓰렸지만, 앓던 이가 빠진 듯 시원한 기분이 들기도 했다. 사랑니로 고생하는 사람이 더러 있다. 음식을 먹을 때마다 이와 잇몸 사이에 음식물이 껴 붓기도 하고, 조금만 피곤해도 붓는다. 어떨 때는 이유 없는 통증을 일으킨다. 미루고 미뤄왔던 발치를 결심한 날. 통증에 관한 두려움으로 가득하다. 차라리 그냥 둘까, 수백 번 고민해왔던 일이지만 더 이상 미룰 수는 없다. 용기를 내 사랑니를 뽑은 후 3일간은 남아 있는 통증과 아릿함으로 괜히 뽑았나 싶지만, 뽑은 자리가 아물고 단단해지면 왜 진작 뽑지 않았을까 생각이 든다. 사람 관계도 이와 같지 않을까. 아무리 나와 한 몸같이 가까웠던 누군가라 하더라도, 나를 불편하게 만들고 이유 없이 통증을 주는 누군가를 계속 놔둘 필요는 없다. 만약 뽑지 않고 그냥 둔다면, 나중에는 더 심한 통증과 부기로 찾아올 뿐. 뽑고 난 뒤에는 아물 시간이 필요하다. 그 기간은 고통스러울 수밖에 없다. 오랜 기간 있던 것을 떠나보낼 때 모든 이가 그러하듯이. 그러나 떠나보낸 후에야 알게 된다. 진작 떠나보내지 못했던 그 시절이 얼마나 나를 괴롭혔던 시간이었는가를.

　이기적인 사람, 불평하는 사람, 무기력하며 삶에 대한 회의로 가득한 사람이 많았던 내 주변에는 어느새 긍정적이고 열정이 넘치는 사람들로 바뀌어갔다. 그렇게 갑작스레 바뀐 인간관계에서도 굳건히 옆자리를 지켜주는 사람들도 몇몇 있었다. 그러한 과정을 통해 누가 진짜 소중한 인연이고, 아니었는지를 가려낼 수 있었다. 아마 마음을 깨끗이 하는 과정이 없었더라면 나는 아마 전혀 나아지지 않는 매일을 살아갔을 것이다. 하루가 전혀 기대되지 않는 나날들을. 죽을 때까지. 매일.

　그나저나 667호는 어떻게 정화의 영향을 전혀 받지 않는 것일까. 그가 스스로 만든 괴로움은 도대체 얼마만큼인 걸까. 얼마나 세상에 대한 마음의 문을 걸어 잠근 걸까. 그 문을 뚫기 위해서는 얼마만큼의 밝음과 순수함이 필요한 것일까. 아무도 대신해주지 못할 거라는 생각이 들었다. 신은 우리에게 말한다. 우리가 필요로 하는 모든 답은 자신 안에 있다고.

이제야 알게 됐다. 다른 요괴들과 달리 내 몸은 왜 반은 요괴이며, 반은 인간인 모습으로 이곳에 오게 되었는지. 자신으로 살아가기 위해 노력한 2년의 결과였다. 그전까지는 '남이 보는 나'로 살아왔고, 가짜 행복에 집착했다. 나 자신으로 살아가기 시작한 것은 처음으로 내면의 누군가와 대화하기 시작한 순간부터였다. 그때부터 진정으로 원하는 삶이 어떤 건지 처음으로 깨달은 것이다.

완전히 변화하지 못했던 것은 최근 일 때문이었다. 최근에 일어난 힘든 일로 몸서리를 치고 있었다. 모든 게 마음대로 되지 않았다. 인생이란 원래 그런 면이 대부분을 차지 않지만, 언제나 기대감은 컸고 기대감에서 비롯한 절망감은 스스로를 무너뜨렸다. 다시 예전의 모습으로 살아가고 있는 기분이었다. 애써 만들고 지켜온 중심이 다시 무너지기 시작했다. 이상한 점은 가장 최근의 일이지만 아예 기억이 나지 않는다는 점이다. 나는 최근에 어떤 일이 있었던 걸까. 이곳에 도착한 지 얼마 되지 않았을 때만 해도 기억이 났는데 희한하게도 전혀 떠오르지 않았다.

고통

667호는 꽤 오랫동안 광장으로 돌아오지 못할 거라는 예감이 스쳤다. 파란 고양이와 그의 부하들은 동그랗게 모여 작당 회의라도 하는 것처럼 보였다. 작게 속삭여 어떤 말을 하는지 알아들을 수는 없었다. 분위기를 보아 그렇게 심각한 이야기처럼 보이지는 않았다.

"667호는 강력한 정화를 위해 잠시 자리를 비울 것이야. 오늘은 '고통'에 대한 경험을 하려고 하네. 다들 따라오게나."

고통. 단어를 듣는 순간 불안함이 몸 전체를 뒤덮었다. 고통에 관한 어떤 기억이 자동으로 몸에 반응을 일으키는 모양이었다. 마음은 이곳에서 지구에서보다 항상 강하게 반응했다. 어떤 종류의 고통이든 인간은 기본적으로 고통을 두려워한다. 지나가고 나면 고통이 신물이 된 경험도 자주 했지만, 고통 속을 지날 때는 힘겨울 뿐이다. 여전히 나는 고통에 관한 두려움을 떠안고 있었다. 그렇지 않다면 고통이란 단어를 듣고서도 몸은 아무 반응도 하지 않았을 것이다. 이 세계에서의 고통이란 무엇을 의미할까. 지구에서의 행실들이 쌓여 결국 이곳에서 무서운 벌을 받게 된 것인가 별의별 생각이 들었다. 두려워도 어찌하겠는가. 이곳의 주인인 파란 고양이를 따를 수밖에는 없었다.

"어떤 고통을 준다는 건가요? 이제야 저희를 벌하려는 건가요?"

누군가가 벌떡 일어나 큰 소리로 물었다. 거무죽죽한 입술 색을 하고 이마에 주름이 가득한 그 요괴는 사시나무 떨듯 몸을 벌벌 떨었다.

"어떤 고통이든 다 의미가 있는 법이지."

"어쩐지. 이상하다고 했어. 분명 죄인으로 왔다고 했는데. 지금까지 너무 편하게만 있었잖아. 어디 지옥 불구덩이 같은 데라도 가는 거 아니야? 생각지도 못한 괴물이 사는 곳에 우리를 데려간다든가. 아. 아뿔싸."

그러잖아도 거무죽죽한 그의 입술은 더욱 시커멓게 변했다. 마치 추운 물에서 몸을 떠는 사람의 입술 색 같았다. 파란 고양이는 대수롭지 않은 표정을 지으며 자신을 따라오라는 시늉을 했다. 땅에 앉아 있던 요괴들은 털에 묻은 흙을 툭툭 털며 하나둘씩 일어났다. 드디어 우리가 제대로 된 벌을 받겠구나 하는 생각이 들었다. 아무도 무어라 말하지는 않았지만, 나와 같이 불안감이 얼굴에 스치는 요괴들이 많았다. 어떤 요괴는 아무렇지 않은 표정이었다. 마치 지구에서 모든 고통이란 고통은 다 받아 고통은 자신에게 아무런 의미가 없다는 느낌이었다. 신은 인간이 감내할 수 있는 만큼의 고통만 준다고 했다. 돌이켜 보면 감내하지 못했던 고통은 없었다. 지나가면 고통은 과거에만 남았을 뿐, 바라던 현실이 찾아오고는 했다. 단지 고통의 크기에 따라 많이 아팠다가 오래 지속되다 사라져갈 뿐이었다.

이상하게 두려움과 동시에 점점 가슴속 깊은 곳에서는 미묘한 설렘이 일었다. 여기가 지구가 아닌 다른 곳이기 때문일까? 지구였더라면 두려움에 휩싸였을 상황이 이곳에서는 설렘을 수반한 일이기도 했다. 마치 어린아이들이 위험한 모험을 그토록 좋아하는 것처럼.

파란 고양이와 부하들은 우리를 이끌었다. 부하 몇 명은 요괴 무리의 가장 뒤에 따라붙어서 걸었다. 667호와 같이 돌발상황이 일어나는 것을 방지하기 위함이리라. 뒤를 돌아보니 주홍빛 고양이가 요괴들 세 줄쯤 뒤에 따라오고 있었다. 나는 가장 뒤에서 네 번째 줄쯤 되는 곳에서 걷고 있었다. 그와 눈을 마주친 나는 슬그머니 미소를 지었다. 그도 함께 미소를 지었다. 사실 생김새로 치면 주홍빛 고양이가 가장 미묘(美猫)에 속했다. 인간으로 치자면 마치 아이돌 같은 느낌을 풍기는 고양이였다. 고양이에게 인간이 설렐 수도 있다는 사실을 안 순간 조금 부끄러웠다. 그도 내게 슬쩍 미소를 보였다. 비록 위험 가득한 모험일지라도, 좋은 누군가 함께한다 생각하니 무엇도 두렵지 않았다.

고양이와 우리 요괴들은 지금까지 갔던 방향과는 또 다른 방향으로 떠났다. 비록 이번 여행은 '고통'을 모티브로 하여 떠나는 여행이었지만, 한편으로는 기대가 됐다. 여기 와서 보낸 여정 중 만족하지 않았던 여정은 단 한 번도 없었기 때문이다. 지하철에서 이들을 만났을 때 처음 보는 광경에 익숙지 않아 겁이 났지만, 진짜 마음은 오히려 반기고 있다는 느낌을 받았다. 두려움과 반가움이 마구잡이로 섞여 혼란스러웠을 뿐. 진짜 나는 이들과의 여정을 손꼽아 기다리고 있었는지도 모른다.

인간에게는 익숙이 있다. 일어나지 않은 일들을 상상해서 지레 겁부터 먹는 습관. 그 습관은 평생 이어지기도 하고, 어떤 이는 스릴감을 즐기기도 한다. 여기에서도 습관은 고스란히 드러났다. 파란 고양이가 고통에 관한 여행을 할 것이라고는 했지만, 줄 것이라고는 하지 않았다. 대부분 인간은 미리 불안해하고 스스로 고통받는 탓에 새로운 것을 전혀 시도하지 않으려 든다. 그것을 인식하고 깨부수고 나가는 인간들만이 진정한 고통의 의미를 깨닫고, 더 나은 지구를 만드는 데 기여한다. 그들은 소수에 불과하다. 그렇게 하는 게 쉬운 일만은 아니기 때문이다. 그러나 소수인 그들은 지구에 강력한 영향을 미친다. 수많은 사람을 구원하고 이끌어갈 만한 사기를 충분히 갖춘 그들은 이미 깨어난 자들이다. 삶에서 일어나는 모든 일에 대해서.

우리는 또다시 숲으로 갔다. 이전에 온천으로 향하던 길과는 사뭇 다른 숲길이었다. 음산한 기운이 여기저기 맴돌았다. 하늘을 바라보니 잔뜩 성이 난 구름 덩어리가 빠르게 이동하고 있었다. 거뭇거뭇한 연탄을 솜뭉치에 아무렇게나 발라놓은 것처럼 보였다. 거대한 솜뭉치에서는 금방이라도 큰비를 후두둑 떨어뜨릴 것만 같았다. 그러나 이곳에서는 우산이 필요치 않았다. 우리는 모두 요괴의 모습이었기 때문이다. 털만 약간 젖을 뿐, 누구의 눈치도 볼 필요가 없었다.

길은 갈수록 험해졌다. 부드러운 흙길을 지나 자갈밭이 나왔다. 자갈은 크고 작은 것들로 이루어져 있었으며 크지도 작지도 않은 중간 크기의 자갈을 밟았을 때는 나도 모르게 악 소리가 나왔다. 점점 자갈들은 둥근 모습을 잃고 모서리가 뾰족해지기 시작했다. 길을 가면 갈수록 전혀 다듬어지지 않은 돌들이 모습을 드러냈다. 덕분에 나는 소리를 더 자주 낼 수밖에 없었다. 다행인 것은 함께 가는 요괴들마저 소리를 질러대느라 내 소리는 그냥 그대로 묻히고 말았다는 것이다. 뾰족한 돌에 긁힌 발에서는 진물이 나왔고, 쓰렸다.

돌도 모자라 이제는 식물들마저 말썽이었다. 잎이 무성하고 풍성하던 식물들은 이제 앙상한 모습만이 드러나 있었다. 그뿐 아니라 가시가 달린 식물들도 있었다. 작고 뾰족한 가시들, 길쭉하고 두툼한 가시들, 여러 모양의 가시들을 자칫 피하지 못했을 때는 팔에 상처가 났다. 상처 자국이 난 팔에는 조금씩 초록색 피가 흘러내렸다. 아래로도 위로도 모두 고통을 겪으니 미칠 지경이었다. 나빠진 환경에 전혀 영향을 받지 않는 건 고양이들뿐이었다. 눈으로 보기에도 잽싼 그들은 가시 달린 식물들을 요리조리 잘도 피해 다녔다. 그들은 자갈밭 위를 지날 때도 정확히 평평한 곳만 골라 꼬리로 중심을 잡으며 잽싸게 건넜다. 과연 지구의 고양이와 크게 다를 바가 없었다. 고양이는 역시 고양이였다.

 가시가 달린 식물들은 점점 개수가 늘어났다. 급기야는 가시덤불로 변했다. 곧 비를 흩뿌릴 것 같던 하늘은 얼마 지나지 않아 세차게 비를 뿌려댔다. 빗방울이 어찌나 굵고 세찼던지 앞을 분간할 수가 없었다. 눈물인지 빗물인지 분간할 수 없는 물이 계속해서 흘러내렸다. 눈을 뜰 수가 없자 가시덤불은 더욱 위협적이었다. 이리 찔리고 저리 찔린 내 몸 전체에 초록색 피가 흐르기 시작했다. 상처투성이인 몸을 이끌고 잘 보이지도 않는 파란 고양이 무리를 느린 걸음으로 쫓아갔다. 그동안 똬리를 틀고 내면에 가만히 잠들었던 불만이라는 감정이 서서히 고개를 들기 시작했다. 파란 고양이의 별에서 나는 내 안에 남아 있던 잔감정에 대해서는 완전히 잊고 있었다. 평온한 날들을 보내는 와중에도 불쑥 튀어 오르는 감정으로 힘든 적이 여러 번이지 않았던가. 조용히 잠들어 있던 감정은 인간의 삶에 이따금 튀어 올라 며칠씩 아무것도 할 수 없게 만든다.

 파란 고양이와 그의 부하들은 무정했다. 날렵하게 이리저리 뛰어가는 모습에 분노가 치밀었다. 뒤를 따르는 우리는 어떻게 되든 상관이 없단 것인가. 뒤를 돌아보니 주홍빛 고양이는 여전히 우리 뒤에 따라오고 있었다. 그는 여유 있고 천진난만했다. 하얗고 긴 송곳니를 살짝 드러내며 엷은 미소를 보냈다. 나는 웃음에 답해줄 여유가 없었다. 주홍빛 고양이에게 설레던 마음은 자취를 감춘 지 오래였다. 짜증이 솟구쳤다. 어서 이 가시덤불이 끝나기만을 바랐다. 비도 제발 그만 좀 흩뿌려댔으면 했

고통

다. 그렇게 생각할수록 비는 더 거세게 쏟아져 내렸다. 거기다 바람까지 가세해 시야를 완전히 가렸다. 도대체 목적지라도 알고 가면 짜증이라도 덜 났겠지만, 예민함은 더해만 갔다. 돌을 발로 차고 가시덤불을 꺾어봐도 다치는 건 나 자신이었다. 얼굴에서도 피가 났고, 가려진 시야에서 분간할 수 있는 건 바로 앞 요괴의 뒷모습뿐이었다. 그의 상처 입은 팔에서도 초록색 피가 계속해서 흐르고 있었다. 단지 피가 흐르고 난 뒤에는 빗물로 재빨리 씻겨나가기는 했지만.

  한참을 걸었다. 비는 살짝 그쳤지만, 뾰족한 자갈밭과 가시덤불은 계속되었다. 고통은 왜 이렇게 한 번에 끝나지 않는 걸까. 지구에서도 마찬가지였다. 고통받던 순간들은 늘 길게 느껴졌다. 어서 나를 구해달라며 애원하고 애원하다 지쳤을 때, 모든 것을 놓아버렸을 때야 비로소 고통에서 벗어날 수 있었다. 지금의 가시밭길도 언제 끝날지 몰랐다. 끝을 알 수 없는 불안감 때문에 나는 더 불행해졌다. 구름은 쉴 새 없이 모양을 바꾸었다. 이제는 비가 그쳤고, 하늘에는 구름 한 점 찾아보기가 어려워졌다. 순식간에 일어난 일이었다. 10초도 지나지 않은 순간에 붉은 태양이 모습을 드러냈다. 태양은 지구에서 보던 것보다 열 배는 더 컸다. 하늘 절반을 덮을 듯한 기세로 태양은 이글이글 타오르기 시작했다. 가시덤불밖에 없는 숲속에서 끓어오르는 태양 빛을 온전히 받아들이기란 쉽지 않았다. 붉게 타오르는 태양 빛에 상처 부위는 몇 배로 따가웠다. 상처 부위는 쓰라림을 넘어 바늘 수십 개로 계속해서 찌르는 느낌이었다. 흘러내리던 초록색 피는 이내 진득해져 마치 나무에서 흘러내리는 수액 같았다. 숨이 찼다. 헐떡이는 숨소리는 요괴들의 신음에 묻혀 내 귀에만 들렸다. 조금 전 세차게 내리던 비가 미친 듯이 그리웠다. 시야를 가려도 좋으니 한 번만 다시 내려주었으면 좋겠다고 생각했다. 역시 인간은 그때그때 주어진 것에 감사할 줄 모르는 개체 아니던가.

파란 고양이 무리는 훨씬 우리를 앞질러 갔는지 모습이 잘 보이지 않았다. 뒤에서 네 번째 줄에서 걷고 있던 나는 어느새 가장 뒤처져 있었다. 뒤를 돌아보니 주홍빛 고양이는 내 뒤를 여전히 지키며 걷고 있었다. 그는 계속해서 그 자리 그대로였다. 나는 그가 앞으로 가버린 줄로만 알았다. 그러나 그는 묵묵히 나를 지켜주고 있던 것이다. 아까만 해도 미운 감정으로 주홍빛 고양이를 바라보지 않았던가. 찰나의 순간이 떠올랐고, 미안한 감정이 들었다. 동시에 그가 내 감정을 읽어버렸을까 부끄러웠다. 이런 일은 지구에서도 마찬가지였다. 동생과 그렇게 다투고도 세월 지나 떠올려보면 그만큼 나를 응원해준 사람도 없었다. 사랑에 실패하고, 숱한 고난 속에서도 언제나 내 편이 되어준 건 묵묵히 곁을 지켜주던 동생이었다. 진짜 내 사람들은 굳이 증명하려 애쓰지 않아도 된다. 바람처럼, 숨결처럼 고요히 존재함으로써 나와 하나인 것이다. 그러나 가짜는 다르다. 누군가에게 증명하려 애쓰게 된다. 나와 이 사람이 가까운 존재라는 것을 드러내야만 관계가 유지되기 때문이다. 나는 주홍빛 고양이를 통해 다시금 인생을 배워가고 있었다.

강렬한 태양은 내리쬐기를 멈추지 않았다. 태양은 어느 순간부터 사라졌으면 하는 존재가 되었다. 흘러내리던 진액 같은 피는 이제 딱딱하게 굳어 있었다. 초록색 딱지가 단단하게 만들어져 있었다. 온몸이 상처투성이였다. 아마 어린아이들이 보았다면 '딱지 요괴다!'라며 소리쳤을 것이다. 파란 고양이 무리는 시야에서 벗어나 보이지도 않았다. 그저 저 앞에 있겠거니 하며 예상할 뿐이었다. 주홍빛 고양이가 계속해서 내 뒤에 있으니 완전 혼자 남겨질 리는 없겠구나 하며 안심했다. 커다란 안심이 됐다. 그저 내 곁에서 따라와 주기만 하는데도 그 존재는 무한히 크게 느껴졌다. 감사한 마음이 어둠 속을 뚫고 나오는 한 줄기 빛처럼 조금씩 새어 나왔다. 이 마음은 고통의 숲을 지나고서는 더욱 커지리라는 것을 나는 알고 있었다. 고통이 끝난 순간에는 많은 것들을 깨닫게 된다. 지나온 순간 내 곁에 있어주었던 누군가에게 깊은 감사와 애정을 느끼는 경험을 숱하게 해오지 않았던가.

이제는 자갈과 흙이 섞인 땅이 조금씩 사라져 갔다. 알알이 굵고 거친 흙들은 부드러운 모래로 변했다. 가시덤불로 덮인 숲도 함께 사라졌다. 가시가 많이 달린 식물들을 뒤로하고, 또 다른 가시가 달린 식물인 선인장이 모습을 드러냈다. 둥글고 공같이 생긴 선인장과 길쭉한 미역 같은 선인장이 우뚝 서서 우리를 맞이했다. 초록색뿐인 지구의 선인장과는 달리 은색, 금색, 노란색, 다홍색과 더불어 처음 본 색깔로 다양한 모습을 하고 있었다. 우리가 걷는 길은 광대한 사막으로 변해가고 있었다.

우리는 걷고 또 걸었다. 체감상 10시간은 족히 걸은 느낌이었다. 손목에 찼던 시계는 지구의 시간에서 멈춰 있었다. 시간이 흐르지 않는 세계. 시간은 인간이 부여한 관념에 불과했다. 시간은 흐르지도, 과거로 돌아가지도 않았으며 우리와 함께 있었다. 눈앞이 캄캄해지기 시작했다. 수분을 전혀 섭취하지 않은 탓이었다. 물 한 방울과 내 손가락 중 하나를 바꾸자고 한다면 기꺼이 내줄 요량이 되었다. 고개를 겨우 들어 앞서가던 요괴들을 보았다. 그들도 하나같이 매우 지쳐 보였다. 꼬리가 달린 몇 요괴의 꼬리들은 힘없이 축 처져 억지로 몸을 끌고 가다시피 했다. 어떤 요괴는 사막 바닥에 드러누워 헥헥거리기도 했다. 그러다 뜨거운 모래에 상처가 쓰렸던지 얼른 일어나 느린 걸음을 옮겼다.

드디어 보이지 않던 파란 고양이 무리가 당당하게 앞서 나가는 모습이 보였다. 뒤처져 있던 나는 꽤 앞으로 온 모양이었다. 육체도 힘들거니와 말을 한마디도 하지 못한 고통이 더 컸다. 인간세계에서도 마찬가지 아니었던가. 힘든 순간에 주변에 말할 사람이 없다는 이유로 스스로 고통 속에 가두다 삶을 마감한 이가 더러 있지 않았던가. 견디다 못한 나는 주홍빛 고양이에게 말을 건네기로 마음먹었다.

"언제까지 이 넓은 사막 길을 가야 하나요?"

주홍빛 고양이는 그저 나를 쳐다보기만 할 뿐이었다. 그의 눈빛에서는 아무것도 읽을 수 없었다. 지그시 바라볼 뿐이었다.

"제발 대답이라도 해주세요. 이렇게 누군가랑 오랫동안 대화하지 못한 건 처음이란 말이에요."

나는 거의 매달리다시피 말했다. 돌아온 건 침묵뿐이었다. 사실 그렇게 오랫동안 대화를 나눠보지 않았다는 건 거짓말이었다. 집에 혼자 있을 때는 단 한마디도 하지 않고 멍하게 TV를 보거나, 음악을 듣기도 했다. 단지 누군가와 이 감정을 나눌 수 없다는 게 견디기 힘들 뿐이었다. 지구에서 다행이있던 짐은 내 곁에는 늘 누군가가 있었다. 힘들고 이려울 때마다 내 이야기를 들어줄 누군가가 항상 있었다. 전화기를 들고 펑펑 울기도 했고, 직접 만나 술 한 잔에 모든 것을 털어내기도 했다. 시작은 눈물이었으나 끝은 늘 웃음이었다. 누군가가 있었기에 가능한 일들이었다. 그리움이라는 감정이 순식간에 내 마음을 물들여놓았다. 처음이었다. 이곳에 온 뒤 나는 다시 돌아가고 싶지 않았다. 처음 겪어보는 세계의 평온함과 아름다움에 취해 있었다. 그러나 내 진짜 영혼은 쭉 내가 살아온 거기에 있었다. 내가 살아왔던 삶, 공간들, 시간, 시간이 지남에 따라 달라지는 사람들, 아무리 많은 사람이 왔다 갔어도 끝까지 내

고통 191

곁을 지켜주는 사람들, 모든 게 그리웠다. 나는 이제 초록색 피 대신 투명한 눈물을 연신 쏟아내고 있었다. 눈물은 멈출 생각을 하지 않았다. 흐르고, 흐르고 또 흘렀다. 나는 이제 앞으로 걸어갈 수가 없었다. 아예 무릎을 꿇고 앉아버렸다. 편하게 목놓아 울고 싶었다. 내 안에 만들어진 그리움과 감정 앞에서 태양은 나를 더 이상 힘들게 하지 못했다. 육체적 고통은 아무것도 아니었다. 눈물만이 계속해서 흘러내렸다.

 눈물은 그리움과 살아온 날들에 대한 사무침의 산물이었다. 눈물은 점점 굵기가 더해져 마치 거센 소나기처럼 빠르고 굵게 떨어지기 시작했다. 주변을 돌아보니 요괴들이 같은 모습을 하고 있었다. 모두가 모래 위에 쭈그리고 앉은 채 그대로 눈물을 흘리고 있던 것이다. 그 광경은 참 기이하면서도 묘했다. 요괴들이 모두 자리에 앉아 눈물을 쏟는 동안 파란 고양이와 무리는 앞으로 나아가지 않고 그대로 멈춰선 채 우리를 보고 있었다. 요괴들과 내가 흘린 눈물은 점차 고이기 시작했다. 물웅덩이가 생기는 듯 보이더니, 그것은 더욱 넓고 깊게 형성되었다. 옛날에 자주 하던 생각이 있었다. 어린 나는 얼룩진 상처들로 자주 눈물을 흘렸다. 그럴 때마다 '살아온 날 동안 흘린 눈물들을 모아본다면 아마 바다를 이루고도 남을 거야'라는 생각을 여러 번 했다. 생각은 눈앞에서 현실이 되고 있었다. 아무래도 사막이라 바다까지는 무리였지만, 눈물들이 모인 물웅덩이는 제법 커져서 작은 호수만 한 크기가 됐다. 눈물이 멈추지 않는 내 모습에 놀라기는 했지만, 무서운 건 아니었다. 흐르는 대로 내버려 두었다. 늘 그래왔듯이. 억지로 삼키려고 해도 삼켜지지 않는 것이 눈물 아니던가. 마음을 건드린 눈물이라면, 참아왔던 그리고 쌓아왔던 눈물이라면 더욱 말이다. 요괴들과 내가 만든 작은 눈물 호수는 마치 사막의 오아시스를 방불케 했다. 눈물의 오아시스는 바닥이 다

보일 정도로 무척이나 맑았다. 강렬한 햇빛을 받아 반짝이는 오아시스 수면 위에는 이제 막 눈물을 그친 내 모습이 비쳤다. 여전히 요괴의 모습이 반 정도는 남아 있었으나 처음 모습과는 눈에 띄게 달라진 모습이었다. 음울했던 기운은 이제 거의 남지 않은 듯 보였다. 수면에 비친 내 모습을 보며 슬그머니 웃어 보였다. 울고 난 뒤의 미소는 훨씬 아름답게 보였다. 마치 태풍이 지나간 뒤 하늘이 가장 푸르고 높듯이.

* * *

눈물 오아시스 옆에는 빠른 속도로 식물들이 자라기 시작했다. 사막을 한 번도 가보지 않은 내게 지구의 오아시스도 이와 비슷한 느낌일까, 라는 생각이 스쳤다. 조금 다른 것이 있다면 사진으로 본 지구 오아시스에는 여러 집이 있었고, 작은 마을이 보였다. 그러나 이곳은 고양이들의 소굴, 아니 세계였다. 고양이들은 따로 집이 있거나 하지는 않았다. 자연 속에서 자고 먹고 생활했다. 오아시스 주변에는 단 몇 분 만에 다양한 식물들로 들어찼다. 초록색 풀뿐만 아니라 분홍색 선인장, 하늘색을 띤 가시나무, 갈색 줄무늬와 노란색 줄무늬가 섞인 야자수도 여러 그루도 서 있었다. 마치 야자수는 어릴 적 먹던 캐러멜 같았다. 혀끝을 나무에다 대면 금방이라도 단맛이 날 것 같았다. 발꿈치 뒤가 간지러운 느낌이 들었다. 모래 속에서 금방 올라온 녹색 전갈이었다. 흠칫 놀라 뒤꽁무니를 보니 독침이 없었다. 전갈은 그런 내게 별 관심이 없는 듯 유유히 집게를 딱딱 부딪으며 저 멀리 사라져갔다. 오아시스 건너편을 보니 못 보던 생물들이 보였다. 귀가 커다랗고 입은 길쭉하며 수염이 길게 난 동물이 보였다. 지구에 있는 사막여우와 많이 닮은 모습이었다. 단지 몸통이 보라색이었다는 것만 빼면 말이다. 사막여우를 안으면 진한 포도향이 날 것만 같았다. 그리고 도톰하고 풍성한 꼬리털 대신 돼지 꼬리처럼 용수철 모양의 꼬리가 달린 것도. 이곳의 사막여우로 보이는 그들은 야자수 아래를 빙빙 돌거나 몇 마리는 그늘에 누워 있기도 했다. 부드러운 모래 위에 흥겹게 누워 등을 마구 비벼댔다. 오아시스가 만들어진 지 순식간에 식물과 생물들이 주변을 둘러쌌다.

파란 고양이는 여느 때와 같이 우리를 정렬시켰다. 어떤 중요한 말을 시작하기 전에 파란 고양이는 늘 우리를 정렬시키고는 했다.

"지금 만들어진 오아시스는 생명의 샘이야. 눈물은 곧 생명이지. 삶과 같아. 삶이 없으면 감정도 없지. 겪어왔던 모든 과정이 한꺼번에 다가왔을 거야. 그 과정들은 자네들 마음속의 눈물샘을 깊은 곳에서부터 건드려 마치 폭발하듯 나오게 된 거고. 아마 지구에선 마음 편히 울어본 적이 없을 테지. 그곳에서는 우는 일이 마치 죄라도 되는 양 창피해하기 일쑤니까. 울고 난 뒤의 마음은 그 어느 때보다 상쾌할 수밖에 없어. 쌓여있던 염증들을 모두 씻어내 밖으로 내보내 버리니까 말이야. 고통의 길에는 눈물이 항상 따르네. 눈물은 아주 가치 있고 의미 있는 행위야. 어쩌면 웃음보다도 더 그렇지. 인간에게 없어서는 안 될 중요한 요소라네."

입술을 씰룩이며 파란 고양이는 잠시 말을 쉬었다. 그의 큰 눈망울이 보였다. 그 또한 눈물을 흘린 적이 있을까. 겉으로 보기에는 전혀 그럴 것 같지는 않았다. 순간 나 자신에 관한 깨달음이 일었다. 또 고정관념을 가시고 누군가를 보는 셋이었나. 오히려 강하게 보이는 사람이 뒤에서 가장 많은 눈물을 흘리는 경우가 많다. 파란 고양이도 저토록 눈물을 강조하는 데에는 자신도 많이 울어보았기 때문에 이야기해줄 수 있을 터였다.

순간 의문이 일었다. 이토록 아름다운 별에서도 눈물 흘릴 일이 있을까. 무엇 때문에 눈물을 흘렸을까. 저토록 강인해 보이는 파란 고양이마저도 눈물 흘리게 할 일은 도대체 무엇이란 말인가. 파란 고양이는 내 생각에 친절히 답해주었다.

"나는 슬퍼서 흘리는 눈물보다는 기뻐서 흘린 눈물이 더욱 많았네.

누군가와 깔깔거리며 웃을 때, 너무 기쁘거나 배가 아파 눈물이 날 때가 있지. 그럴 때 흘리는 눈물은 슬플 때 흘리는 눈물의 정화와는 비교도 안 될 만큼 뛰어난 정화 작업의 일종이지. 바로 그게 행복이 넘쳐흐른다는 증거야. 나는 이 별에서 자주 웃고, 감사를 느꼈어. 지구를 비롯한 여러 행성을 만나기까지는. 즉, 내게 주어진 임무를 수행하기까지는 나는 감사의 눈물밖에는 흘릴 줄 몰랐지. 그러나 어둠의 행성으로 변해가는 별들을 보며 안타까움에 눈물을 흘릴 수밖에는 없었어. 지구도 어둠의 행성으로 타락하기 직전의 별이었지. 원시 시대의 지구는 너무나도 아름다웠네. 최초의 인간들은 그 모습 그대로 보기 좋았지. 물론 발전한 지금도 사랑으로 가득한 사람들은 차고 넘치지만, 극명하게 반대되는 인간들도 매우 많지. 정말 신기한 것은 저번에도 말했지만, 지구는 '희망'이라는 게 존재한다는 거야. 다른 별들에는 없는 유일한 '희망'이라는 것이."

희망이라는 단어를 듣는 순간 내 안에 빛이 번쩍하는 모습이 머릿속에 그려졌다. 분명한 빛이었다. 아주 작지만, 강렬한 힘을 지닌 빛. 그 빛은 한순간에 확 하고 밝혀져 내 육신을 가득 채웠다. 그리고 다시 촛불이 서서히 꺼져가듯 잠잠해졌다. 희망이라는 단어가 이토록 강한 힘을 지닌 단어일 줄은 몰랐다. 내 삶에 희망이란 없다고 단정 지으며 살아왔으니까. 희망은 상상 속에나 존재하는 것일 뿐, 내 인생에는 죽을 때까지 찾아오지 않는 무엇으로 알았다. 파란 고양이의 별로 와서 나는 지구 태초의 인간으로 돌아간 것 같다는 생각을 했다. 누구와도 비교하지 않으며 내 앞에 주어진 것들에만 집중했던 태초의 인간들. 나는 샤워를 하면서도 내가 샤워를 하고 있다는 생각조차 하지 못했다. 몇 시간 전에 들은 꾸중을 상기시키며 끊임없이 나를 괴롭혔다. 누군가가 잘

됐다는 소식을 들으면 온종일 나 자신을 비참하게 만들었다. 음식을 먹을 때도 주어진 음식에 감사하지 못한 채 틀어놓은 화면 속 음식을 부러워했다. 스스로가 삶을 초라하게 만들었다. 내가 가진 직업을 미워하고, 삶을 미워했다. 태초의 인간들은 아마도 지금 현대에 태어났더라면 정신병에 걸렸을지도 모른다.

눈물로 만든 오아시스에는 태양 빛이 반사되어 금색 물결이 일렁이고 있었다. 어느새 보라색 사막여우가 내 곁으로 와 몸을 둥글게 말았다. 실제로 사막여우한테 포도 향이 났다. 가만히 쓰다듬어주자 기분이 좋은 듯 끼융! 끼융! 하는 소리를 냈다. 몸을 마구 비틀던 사막여우는 등을 모래땅 위로 이리저리 비비며 즐거워했다. 가장 순수한 자연과 동물이 내는 즐거움은 오롯이 나에게로 전달되었다. 이토록 순수하고 고귀한 생명을 아무렇지도 않게 짓밟는 자들이 있다. 그들의 고통과 어둠은 그대로 삶이 되어버렸고, 생명을 죽이는 것쯤 아무렇지 않게 되어버린 것이다. 순간 내가 떠나온 날의 날짜가 선명하게 떠올랐다. 정확하게 6월 5일이었다. 핸드폰 화면 속 검색 포털 메인에는 이렇게 적혀 있있다. '매년 6월 5일, 세계환경의 날.' 별다른 의미를 두지 않은 채 나는 웹툰 페이지로 손가락을 옮겼다. 그러나 분명, 그날은 내 삶을 크게 변화시킬 가장 의미 있는 날이 틀림없었다. 파란 고양이가 환경의 날에 내게 나타난 이유도 절대 상관없지 않을 터였다. 모든 생명은 소중하다는 사실을 파란 고양이는 알려주려 했다. 우리의 생명뿐 아니라, 지구, 동물, 자연, 모든 아름다운 것들의 생명 말이다.

"자. 이제는 눈물의 오아시스 속으로 들어갈 거야. 깊이는 그렇게 깊지 않으니 걱정하지 않아도 되네."

파란 고양이는 우리에게 오아시스로 들어갈 것을 권했다. 요괴들은 모두 자리에서 일어나 눈물의 오아시스로 다가갔다. 무척 차가워 보이는 물이었지만, 뜨겁게 타오르는 태양 덕분에 망설이지 않고 들어갈 수 있었다. 천천히 발부터 집어넣었다. 서서히 발끝이 차가워지기 시작했다. 두 발 모두 집어넣자 시원함에 온몸이 짜릿했다. 이글거리는 태양빛 아래 느껴지는 시원함을 나는 최대한 느끼고 싶었다. 물은 말 그대로 깊지 않았다. 조금 더 걸어 들어갔다. 물은 허리춤까지 차올랐으며 몸을 움직일 때마다 찰랑댔다. 이제는 막 수영하고 싶은 욕구가 치솟았다. 맑고 투명한 물에 얼른 고개를 박고 물속을 들여다보고 싶은 마음이 간절했다. 주변을 돌아보니 이미 다른 요괴들은 헤엄을 치고 있었다. 나도 얼른 따라 물속으로 잠수했다. 지구에서는 물속에서 눈을 뜨는 게 무서웠다. 지금은 무서운 것보다 당연하게 느껴졌다. 약간 시야가 흐리긴 했으나 오아시스가 얼마나 깨끗한지는 느낄 수 있었다. 물고기가 있으리라 기대했지만, 그건 아니었다. 즐겁게 수영하는 요괴들만 보일 뿐.

　신나게 물속을 헤집고 다녔다. 물속에서는 아무런 잡념이 없어진다. 그저 떠다닐 뿐이다. 우주에서 유영한다면 이런 기분이지 않을까. 어쩌면 나는 이미 우주에 와 있는지도 모른다. 파란 고양이의 별은 절대로 지구 속에 있을 만한 크기가 아니었다. 이토록 큰 사막과 바다, 그리고 얼마 전에 갔었던 숲길, 산, 하늘 이 모든 걸 품으려면 적어도 지구 크기만큼은 되어야 하지 않을까.

　계속해서 발장구를 치며 유유히 떠다녔다. 이 오아시스가 내가 흘린 눈물로 이루어진 사실은 까맣게 잊은 지 오래였다. 눈물은 항상 짠맛이 났는데, 눈물 오아시스에서는 전혀 짠맛을 느낄 수 없었다. 그렇게 나는 나와 다른 이들의 눈물 속에서 기쁨에 겨운 물놀이를 한참이나 멈출 수 없었다.

물속에서 얼마나 시간이 흘렀는지 알 수가 없었다. 꽤 오랜 시간을 보낸 듯 보였다. 수면 밖으로 나와 보니 파란 고양이가 우리를 보며 흐뭇한 표정을 짓고 있었다. 나는 약간 부끄러움을 느꼈다. 저들 앞에서는 내가 얼마나 어리고, 미숙한 존재로 여겨질까. 태초의 인간을 보았다는 파란 고양이의 세월 앞에서 나는 숙연해졌다.

갑자기 몸이 간지러운 기분이 들었다. 놀란 나는 몸으로 시선을 돌려보니 초록색 피로 흥건했던 상처에 무언가 올라와 있었다. 딱지가 떨어져 나가고 그 자리에는 다른 게 자리했다. 자세히 보니 아주 작은 이파리였다. 식물이었다! 그것은 새싹이 분명했다. 상처에서 새싹이 돋다니. 놀라지 않을 수 없었다. 신기해서 이리저리 여리고 푸른 이파리를 관찰했다. 그러고는 살짝 손가락을 갖다 대보았다. 만져보니 생생히 살아 있는 잎이었다. 조금은 흉측하다고 할 수 있는 지금 요괴의 몸에 새싹이라니. 조금은 어색했지만, 상처 곳곳에 돋은 새싹 이파리들은 아랑곳하지 않는 듯 씩씩하게 돋아나 있었다. 오아시스의 맑고 순수한 기운을 받아서인지 새싹은 싱싱하고 생기가 넘쳐흘렀다. 금방이라도 자라나 마치 《잭과 콩나무》에 나오는 콩나무처럼 급속도로 자란 후 나를 덮치기라도 할 것 같았다. 물론 그런 일은 일어나지 않았다. 아무리 파란 고양이의 별이라 해도 내 상상이 지나친 탓이리라. 상처 위에 돋아난 새싹은 무엇을 의미하는 걸까. 새싹을 바라보자니 모든 과거를 잊고 새로 시작할 수 있다는 자신감이 생겼다. 몇 시간 전에 겪은 고통은 이제 기쁨이었다. 이미 고통은 지나가버린 뒤였다. 지금은 지금일 뿐이었다.

그토록 나를 힘들게 하던 강렬한 태양도, 시원한 오아시스 안에 있으니 오히려 따스하게 느껴졌다. 이제 상처가 아물고 새싹이 자리한 곳은 전에 있던 따갑고 쓰라린 느낌 대신 간질간질한 느낌이 들었다. 나는 몸을 다시 한번 물속에 푹 담갔다. 머리까지 잠길 정도로 몸을 둥글게 하고 오아시스 바닥에 가라앉아 그 상태를 즐겼다. 눈을 떠서 바라보니 새싹이 물속에서 물방울을 만들어내고 있었다. 숨을 쉬고 있다는 증거였다. 살아 숨 쉬는 새싹을 보며 나 또한 살아 숨 쉬고 있다는 사실을 알았다. 나는 살아 있었다.

뽀글뽀글하며 숨을 내쉴 때마다 물방울이 피어올랐다. 물 밖에서 익숙한 파란 고양이의 목소리가 들려왔다. 이제 다시 돌아가야 한다는 신호라는 것을 알았다. 물기를 털고 일어났다. 파란 고양이는 우리에게 말했다.

"사실 이곳에서의 고통은 지구에서 겪는 고통보다 별거 아니라 느껴질 수 있어. 정신적 고통과 육체적 고통 모두 괴롭지만, 심적으로 겪는 고통이 몇 배나 크다는 것을 겪어본 이들은 알고 있을 테지. 다만 사실을 다시 한번 일깨워주려고 한 것뿐이네. 고통은 이미 지나가고 없지. 지금은 찾아볼 수 없어. 상처가 아물고 새파란 새싹이 상처 위에 돋은 것이 보일 거야. 고통과 시련은 새로운 시작의 전 단계라네. 그것을 겪을 때는 그저 괴롭다고 생각하지만, 지나고 나면 훨씬 더 단단해진, 자신감 넘치는 자신을 만날 수 있지. 고통을 통해 깨달을 수 있는 사실과 변화는 생각보다 많아. 우리는 고통이 끝나는 것 같은데 또 다른 고통을 맞이하는 것 같은 환경을 느낄 때가 있어. 아까 가시덤불을 지나면 끝이 난 줄 알았지만, 강렬한 태양과 사막이라는 환경을 만난 것처럼 말이야. 고통이 끝났다고 생각하면 또 다른 고통이 이어지지. 그러나 그것은 단지 단단해지기 위한 일련의 단계일 뿐이라네. 중요한 건 혼자가 아니라는 것을 깨달아야 해. 그 순간 속에서도 감사할 것들을 찾아 감사하는 것. 그게 바로 고통에서 벗어날 수 있는 가장 빠른 길이지. 고통받는 와중에도 항상 내 곁에 있어주는 무엇, 사람들을 떠올려야 해. 아까 눈물이 흐른 이유. 생각이 날 거야. 내가 어떤 행동을 해도 옆에 있어주는 가족과 친구들. 실수를 저질러도 그럴 수 있다며 담담하게 이해해주는 직장 동료들. 누구에게나 공평하게 자신을 내어주는 태양과 달, 식물, 꽃들과 같은 자연. 그리고 마지막으로 가장 중요한 나 자신. 언제나 나는 내 곁에 있었네. 태어나서부터 지금까지 줄곧 나는 나와 함께 있어 주었어. '혼자'라고 생각한다는 것은 자기 자신을 잃었다는 가장 큰 증거야! 지구에서 성공한 많은 이들, 작가, 화가, 지구를 위해 가치 있는 일을 하는 자들의 공통점은 자신들은 결코 혼자라 생각지 않네. 자기 자신에 대한 믿음이 완고하기 때문이지. 어떤 고통이나 시련에도 자신에 대한 믿음을 놓지 않아. 아파하는 것과 자신에 대한 믿음을 놓지 않는 것은 다르네. 아파하는 것조차 살아가는 과정의 소중한 부분이라는 것을 일찍이 깨달은 자들이지. 아픔은 영원하지 않다네. '어둠이 깊을수록 새벽이 가깝다'라는 말이 있지. 힘들어 죽을 것만 같은 시련이 평생 내내 지속되는 사람을 보았나? 세상은 오히려 자네들에게 훨씬 더 좋은 세상을 보여주기 위해 잠깐의 따끔함을 선사하는 걸세. 이 세상은 음과 양으로 이루어져 있어. 어느 한쪽만 있어서는 결코 반대되는 것의 소중함을 느낄 수 없지. 현실 속에 사는 나는 알지 못해도, 진짜 내 안의 나는 그 사실을 알고 있는 거야. 시련 속에서도 버텨낼 수 있는 건, 새벽이 가까워졌다는 걸 직감으로 알고 있는 진짜 '나' 자신 덕분이라네. '이러다 죽겠구나' 싶다가도 '아니야. 내가 살아 있다는 건 분명 이유가 있을 거야. 나는 반드시 해내고 말겠어!'와 같이 변하는 순간을 겪어본 적이 있을 거야. 그게 바로 진짜 자신의 마음이지. 우리에게 주어진 운명은 해낼 수 있고, 넘어설 수 있으므로 존재하는 것이지. 우리는 그 어떤 고통과 한계도 뛰어넘을 수 있어. 자신에게 한계를 짓는 건 오로지 자신뿐이야."

파란 고양이는 세차게 꼬리를 흔들었다. 근엄한 그의 표정은 자못 진지했다. 그는 얼마나 많은 인간에게 이러한 진실을 알려주었던 걸까. 숱한 세월 속에서 그는, 인간들을 위해 얼마나 숱한 노력을 쏟아부은 걸까. 그 사랑의 크기를 감히 가늠할 수 없었다. 사랑이었다. 진실로 사랑이었다. 아무 조건 없이 누군가를 위해 일하고 경험하게 하고, 베풀어주는 것. 사랑이라는 단어 외에는 아무리 생각해도 적합한 단어가 떠오르지 않았다.

파란 고양이는 처음 봤을 때의 모습과 달라져 있었다. 처음에는 강하고 두려운 느낌이 강했지만, 지금은 오히려 부드러운 인상에 가까웠다. 그는 인간들을 만날 때마다 점점 부드럽게 변해버리는 걸까. 우리가 본연의 모습을 찾아가듯이. 그는 결국에 너무 부드러워진 나머지 은하수로 변해 우주를 흘러 다니는 게 아닐까 상상했다. 파린색 털에 섞인, 은빛으로 반짝이는 털들은 더욱 부드럽게 휘날렸다. 마치 파란색 실과 금색 실이 한데 엮여 춤추듯 그의 몸 위에서 넘실거렸다. 바람이 강하게 불 때마다 물결치는 파도 같았다.

파란 고양이는 잠시 말없이 서 있었다. 그는 사막 한가운데를 응시하기 시작했다. 먼 곳을 뚫어지게 바라보았다. 자세히 보니 구름이었다. 구름은 서서히 우리 쪽으로 내려오기 시작했다. 오늘 겪었던 무시무시한 먹구름 떼가 아니었다. 양처럼 생긴 구름들은 뭉쳐 있지 않았다. 각자 떨어져 있어 진짜 양처럼 보이기도 했다. 양 여러 마리가 하늘에서 우리에게로 달려오는 듯한 형상이었다. 자세히 보니 구름 색이 다양했다. 점점 가까워진 구름은 지상 아래로 내려오기 시작했다. 빨간색, 보라색, 하늘색, 연한 노란색, 살구색, 상아색, 고동색과 같이 자연 모든 색을 담은 구름들이 각자 요괴 앞으로 내려앉았다. 어릴 때 즐겨보던 만화 중 하나인 〈드래곤볼〉이 떠올랐다. 손오공은 늘 근두이라는 구름을 타고 다녔다. 손오공을 보며 나도 근두와 같은 구름이 있다면 얼마나 좋을까 자주 상상했다. 수도 없이 했던 상상은 내 눈앞에서 현실로 나타났다. 내 앞으로 다가온 구름은 살구색 구름이었다. 살구색 솜사탕에 금색 실을 이리저리 흩뿌려놓은 모습이었다. 구름을 뜯어 입 안으로 넣으면 새콤달콤한 맛이 날 것만 같았다. 요괴들도 각자 앞에 놓인 자신만의 근두이 마음에 드는 모양이었다. 파란 고양이는 자신의 색깔과 꼭 닮은 코발트블루 색의 구름 위에 어느새 올라 있었다.

"옛날에는 구름을 탈 수 있던 시절이 존재했네. 전설에도 자주 등장하는 이야기지. 그러나 점점 사람들이 자연보다 물질에 눈을 두기 시작하면서 자연스레 이 능력은 퇴화했지. 발견되지 않은 지구의 청정지역에서는 한두 명쯤 구름을 탈 줄 아는 능력을 갖췄네. 아마 구름을 타는 건 그리 어려운 일이 아닐 거야. 현재 사람들의 뇌는 여전히 과거 사람들의 뇌와도 연결되어 있으니까. 다만 조심해야 해. 멋지게 타려고 일어서서 야단법석을 피우다가는 구름에서 떨어져 크게 다칠 수 있으니까. 구름은 나아갈 뿐 떨어진 누군가를 구할 임무를 가지고 있지는 않아."

그는 단호했다. 말을 끝냄과 동시에 먼저 시범을 보였다. 그는 코발트색 구름에 껑충 하고 뛰어올랐다. 어떤 구호나 명령 없이 구름은 부드럽게 미끄러져 대각선 방향으로 올라가기 시작했다. 순식간에 높이 올라갔다. 파란 고양이를 따라 그의 부하들도 각자의 구름을 타고 속속들이 올라가기 시작했다. 그들은 아래를 내려다보며 똑같이 해보라는 듯 시늉을 했다. 내 앞에 얌전히 서 있는 살구색 구름 위에 살포시 발을 올려보았다. 얌전한 솜뭉치는 내 발을 받아들일 준비가 완벽하게 되어 있었다. 구름은 폭신폭신했다. 솜 뭉치를 그대로 밟는 느낌이었지만, 다행히 솜 속으로 빠져나가지는 않았다. 구름이 나를 거부하지 않았다는 사실에 신이 났다. 나머지 발을 들어 올려 살구색 구름과 나는 하나가 되었다. 어떻게 구름을 날아오르게 할 수 있을지 곰곰이 생각했다. 주변을 둘러보니 다들 나와 같은 생각을 하는지 아무도 구름을 타고 날아오르는 자는 없었다. 고갤 들어 파란 고양이를 보았다. 그들은 그저 바라만 볼 뿐이었다. 알아서 하기를 바라는 눈치였다.

나는 구름과 완전히 하나라고 생각하기 시작했다. 두 눈을 감고 구름과 나는 보이지 않는 강력한 끈으로 연결된 상상을 했다. 그런 다음 내 몸의 일부로 구름이 스며드는 견고한 믿음을 더했다. 다음은 신나게 날아가는 상상을 했다. 상상을 두 번 반복하고, 세 번 반복했을 때 몸이 두둥실 떠오르는 기분이 들었다. 한 번에 눈을 뜨기가 두려워 살짝 눈꺼풀을 들이 올렸다. 구름은 두둥실 떠올라 지상에서 5m 정도는 떨어져 있었다. 숨을 한 번 크게 들이마셨다. 구름에 내 마음을 온전히 맡겼다. 목적지는 파란 고양이와 그의 부하들이 떠 있는 곳이었다. 낯선 느낌에 약간 비틀댔지만 나는 금세 그들이 있는 곳까지 살구색 구름을 타고 올라갔다. 가지각색의 모양과 색을 가진 구름이 하늘 높이 오르기 시작했다. 알록달록한 구름들이 두둥실 떠 있고 구름 위에는 요괴들이 있었다. 그들도 들떠 있음이 분명했다. 몇몇은 구름 위에서 가볍게 발 구르기를 하는 중이었다.

우리는 모두 함께 구름을 타고 날아가기 시작했다. 한여름 태양 같던 강렬한 햇빛은 어느새 따스한 봄볕으로 바뀌었다. 아래를 내려다보니 광대한 사막 대신 수풀이 가득했다. 가시밭길은 어디에도 없었다. 의아하기는 했지만, 파란 고양이의 의도이려니 하고 생각했다. 오는 길은 험난했으나 돌아가는 일은 더없이 행복했다. 구름 위에서 느끼는 기분은 설명할 수 없는 행복감이었다. 어릴 적 상상으로만 타던 구름을 서른 살이 넘은 지금 나는 정말로 타고 있었다. 그러고 보니 파란 고양이를 어디에선가 만나본 적이 있는 것 같았다. 어디서 보았는지 곰곰이 떠올려 보았다.

아주 어린 시절, 아빠와 함께 산길을 걸은 적이 있다. 할머니 집 근처 산길이었던 걸로 기억한다. 어른이 되어서도 신기하리만치 잊히지 않는 어린 시절 기억이 있다. 이 기억은 서른 살이 넘어서도 여전히 생생하다. 길을 걷던 그날 날씨까지 선명했다. 햇살은 맑고 투명했으며 나뭇잎 사이로 햇살이 비치던 기억. 싱그러운 나뭇잎들이 바람결에 맞춰 서로 춤을 췄던 날. 고운 흙길이 굽이굽이 펼쳐져 있던 깊은 산속. 산길을 가다 이상한 소리가 들렸다. 분명 호랑이 소리였다. '어흥'이라고밖에 표현할 수 없는 그 소리를 나는 분명히 기억한다. 아빠에게 천진난만하게 물었다.

"아빠. 이거 호랑이 소리지? 호랑이 같아. 무서워."
"여기는 깊은 산속이라 그럴 수 있지. 호랑이가 많이 사라졌다고들 하는데 그래도 몇 마리쯤 남지 않았을까. 아빠 어렸을 적에는 여우도 보고 늑대도 봤어. 사슴은 자주 봤었고. 호랑이를 봤다는 사람도 여럿 있었지. 지금은 동물원에서나 볼 수 있지만 말이야."

호랑이가 무서웠지만, 또 한편으로는 호랑이를 보고 싶은 마음도 들었다. 무서운 마음은 어른들이 심어준 생각 때문이었다. 호랑이는 맹수이고 맹수는 약한 초식동물들을 잡아먹는다. 호랑이나 사자는 사람을 한 번에 집어삼킨다는 이야기를 자주 들었다. 그러나 반대되는 마음도 있었다. 실제로 산속에서 호랑이를 마주친다면 나를 보호해줄 것 같았다. 동물원에서 가끔 동물이 사람을 해치는 사건, 사고가 일어나는 것은 그들의 순수한 영혼이 병들었기 때문이 아니었을까. 자유롭지 못한 영혼은 병들기 마련이니까. 어릴 적 호랑이에게 가진 마음, 그것은 순수한 사랑의 마음이었다. 지금은 가지려 해도 절대 가질 수 없는 오로지 그 시절에만 가질 수 있었던 마음. 그날은 신비한 꿈을 꾸었다. 꿈에 파란 고양이가 나왔다. 나는 그가 고양인지 호랑인지 잘 분간이 되지 않았다. 고양이라고 하기는 엄청나게 덩치가 컸기 때문이다. 지금 와서 생각해보니 그는 내가 만난 파란 고양이가 아니었나 싶다. 꿈속에서 파란 고양이는 화가 나 있었다. 동시에 슬퍼 보였다. 어떻게 달래주어야 할지 몰랐던 나는 그저 지켜볼 뿐이었다. 그는 나에게 다가와 말을 건넸다.

"사랑스러운 아이야. 언젠가 나를 정말로 만나게 될 날이 올지도 모르겠구나. 오늘 낮에 들은 소리는 호랑이가 아니라, 그와 닮은 나였던다. 사실 나는 네가 나를 만나지 않기를 바란다. 지금의 너 자신을 절대로 잃지 말았으면 좋겠구나. 너는 아주 귀하고 소중한 아이야. 그리고 참 따뜻한 마음을 지닌 인간이지. 눈만 보아도 알 수 있단다. 가끔 네가 지구의 꽃과 식물에 인사를 건네는 것, 나비와 대화를 한다는 사실을 나는 알고 있단다. 그 사실을 부끄럽게 여기지 말아라. 네 사랑이 담긴 인사를 받은 자연들은 엄청난 기쁨에 춤을 추었단다. 어른이 되어서도, 반드시 그 마음을 잃지 말기를 바란다. 만나서 반가웠다."

파란 고양이는 내 볼을 한 번 쓰다듬어주었다. 그러고는 지금 내 앞에 있는 코발트 블루색 구름을 타고 어디론가 떠났다. 깨지 않은 꿈속에서 나는 그의 뒷모습을 가만히 바라보았다. 그가 가지 않았으면 좋겠다고 생각했다. 그리고 삼십 년이 흐른 지금, 그는 다시 내 앞에 나타났다. 그는 나를 다시 보지 않기를 바랐지만, 내가 그를 너무 보고 싶었는지도 모른다. 힘들고 지쳤던, 길을 잃은 내 인생에 파란 고양이가 찾아와주기를 너무나도 간절히 바랐는지도.

그는 내가 한 행동을 모두 알고 있었다. 서른 살이 지난 나는 다행히도 자연과 대화하는 방법을 잊지 않았다. 간절한 그의 바람 덕분이었을까. 동네 하천을 걷다 보면 가끔 식물이 내게 신호를 보내는 것 같은 기분이 든다. 그럴 때 나는 어릴 때와 마찬가지로 인사를 건넸다.

눈물은 볼을 타고 흘러 구름 뒤편으로 사라져갔다. 볼에 닿는 눈물은 바람과 닿아 차가웠다. 그를 다시 만났다는 생각에 뛸 듯이 기뻤다. 동시에 나는 나 자신을 한 번쯤 잃어버린 사실이 감사하기까지 했다. 모든 시련과 고통을 겪은 일들이 떠올랐다. 그렇게 길을 잃은 채 한참을 지내온 나 자신은 어쩌면 파란 고양이를 만나기 위한 과정이 아닐까 하는 생각을 했다. 파란 고양이는 뒤따르는 나를 돌아보았다. 그러더니 노랗고 큰, 수성구 같은 눈으로 나를 지그시 바라보았다. 그는 내 마음을 느끼는 자였다. 처음 이곳에 왔을 때부터, 그리고 지하철에서 만났을 그때부터 그는 이미 알고 있었을 것이다. 파란 고양이는 나를 분명히 기억했다. 그는 어쩌면 내 인생의 전반적인 수호자였는지도 모른다. 수호자는 항상 나를 지켜보고 있었으리라. 늘 나와 함께였다는 사실을 이제야 알 것만 같았다. 나뿐만 아니라 지구에 있는 모두, 아니 우주에 존재하는 모든 생명이 있는 것들의 수호자였는지도.

어렵다고 불평, 불만만 늘어놓고 그 속에 감춰놓은 보석 같은 순간들을 놓쳐버린 순간들이 여러 번이었다. 나를 조금씩 다시 찾으려 결심한 뒤에는 보석 같은 순간들을 용케도 찾아냈다. 아무리 어렵고 힘들어도 곳곳에 숨어 있는 보석들을 발견하자 삶은 나를 위해 존재한다는 생각이 들었다. 그와 더불어 내 안에 있는 '파란 고양이'를 더 자주 만날 수 있었다. 파란 고양이는 지금 내 앞에 있다. 어떠한 형상, 즉 파란 고양이의 모습으로 '보여'질 뿐 그는 항상 내 안에 있었다. 언제나, 어디서나 나를 지켜보고 지켜주었다.

내 눈물은 바람 사이로 흩어졌다. 반짝이는 눈물은 햇빛에 반사되어 황금으로 변했다. 내 눈물과 요괴들의 눈물은 황금비가 내려 땅으로 떨어졌다. 하늘과 땅 온 세상이 황금빛으로 반짝였다. 황금으로 내린 비를 맞은 대지는 온통 황금색으로 물들여졌다. 황홀하고 찬란한 광경에 정신이 아득해진 나는 구름 위에서 정신을 잃어버릴 뻔했다. 금박을 입은 식물들, 동물, 자연, 황금색으로 흐르는 강물, 그리고 우리가 탄 구름마저도 금빛으로 빛났다. 요괴들은 모두 나와 같은 마음이라는 것을 직감으로 느낄 수 있었다. 우리는 모두 연결되어 있었다. '우리는 모두 하나다'라는 문장이 마음속 깊이 새겨졌다. 파란 고양이와 그의 무리, 요괴들과 하나가 된 마음으로 나는 힘차게 나아갔다. 구름은 속도를 높였다.

수행의 별

황홀한 기분에 취해 한참을 날아가던 중이었다. 파란 고양이는 빠르게 달리던 속도를 서서히 늦추었다. 우리도 뒤따라 속도를 늦추고 그가 바라보는 곳을 함께 응시했다. 높은 곳이긴 했지만 내 눈은 망원경이라도 된 듯 모든 게 선명히 보였다. 풍요가 넘치는 대지 속에서 유난히 어두워 보이는 한 지점이 있었다. 사막은 아니었지만, 가뭄을 오래 겪은 듯 땅이 갈라져 있었다. 누군가 심어놓은 작물이 띄엄띄엄 힘없이 자라고 있었다.

작은 헝겊들을 엮어 지은 움막 안에서 누군가 나왔다. 두 발로 걷는 고양이였다. 그러나 파란 고양이와는 확연히 다른 모습이었다. 그들이 풍기는 아우라에는 짙은 슬픔과 공허함이 가득했다. 멈춰 선 우리는 그들이 하는 행동을 주시했다. 고양이는 한 마리가 아니었다. 그 뒤를 따라 좀 더 작은 고양이들이 따라 나왔다. 그들은 메마른 밭으로 가 힘없이 늘어진 작물들을 따기 시작했다. 깡마른 그들은 딴 작물을 입에 넣고서 우적거렸다. 찡그린 표정을 보니 맛이 없는 모양이었다.

"저들은 누구예요? 전혀 행복해 보이지 않아요. 이 세계의 모든 것은 다 행복해 보였는데 말이죠."

한 요괴가 파란 고양이에게 물었다. 그는 돌연 씁쓸한 표정을 지었다.

"저들도 자네들과 마찬가지로 지구에서 온 인간들이었지."

우리는 놀라지 않을 수 없었다. 그들은 왜 고양이의 모습을 하고 저렇게 고통스러운 얼굴을 하고 있을까.

"저들은 어둠의 행성으로 가기 직전의 상태였네. 그나마 이곳에 남는 것으로 타협했지만, 저들에게 주어진 가장 큰 벌이 무엇인 줄 아는가?"

"무엇인가요?"

"지구에서 함께한 소중한 이들을 전혀 기억하지 못한다는 것이네. 자신이 생활해온 모든 것들을 잃은 채 여기서 살고 있지."

가슴이 철렁하고 내려앉았다. 내가 소중히 여긴 내 삶에서의 모든 사람을 잊는 건 상상할 수 없는 일이었다. 그들과 가슴으로 맺고 나누던 기억들이 없어진다는 건, 이 세상에 존재할 이유가 없었다.

"그럼 지구에서는 저들을 죽은 것으로 기억하나요?"

"흠. 아니야. 차라리 그렇게라도 된다면 다행이지. 그들 기억 속, 마음속에나마 영원히 남아 있는 거니까. 저들은 애초부터 지구에 존재하지 않았던 것으로 바뀌어버리지. 그들 기억 속에도 저들이 아예 없는 거야."

심각한 이야기였다. 가족과 친구, 그리고 소중한 이들과 추억이 없어지는 깃도 모자라 그들의 기억 속에서 내가 지워진다는 건 떠올리기만 해도 무섭고 두려운 일이었다. 그들은 어떻게 하다 저 지경까지 가게 되었을까.

"저들은 이곳에 와서까지 욕심을 부린 자들이네. 지구에서의 오랜 습관, 고정관념을 버리지 못한 탓이지. 자신을 완전히 잃어버리고 죄를 인정하지 않은 자들은 어둠의 행성으로 보내지지만, 그 전 단계는 이곳에서 생을 마감할 때까지 머무르는 거야. 인간의 모습으로는 여기에 머물 수 없으니, 우리와 같은 모습으로 힘겹게 사는 거지. 그래도 마지막에는 자신의 욕심과 죄를 인정했네. 그래서 모든 기억을 지우고, 여기서 그럭저럭 사는 게지."

"저들이 부린 욕심이 얼마나 크기에 그렇게 무서운 벌이 내려진 건가요?"
내 물음에 요괴들도 궁금한 듯 귀를 쫑긋 기울이고 있었다.

"저들은 이 세계의 모든 것을 부러워했어. 반딧불 요정을 몰래 훔쳐가려고 한 자도 있었고, 이곳에서만 나는 광물과 보석들에 눈이 멀어 나와 내 부하들을 해치려고 한 자도 있었지. 물론 우리는 기회를 여러 번 그들에게 주었네. 그러나 그들은 변하지 않았어."

이제 그들은 말라버린 과일 하나를 서로 먹으려 다투고 있었다. 저들은 생을 마감할 때까지 저렇게 살아가는 것일까.

"물론 저들이 현재 주어진 것들에게 만족하고 욕심을 내려놓고 살아간다면 그들이 맞이할 다음 세상은 훨씬 좋은 곳이리라 확신한다네. 그 욕심을 내려놓는 게 쉽지만은 않겠지만."

그들을 위한 기도를 했다. 부디 주어진 것에 감사하고, 또 감사하며 다음 세상에서는 좋은 삶을 맞이할 수 있기를. 지구에서 맺은 소중한 인연들을 꼭 한 번 다시 만날 기회가 주어지기를 진심으로 기도했다.

악긴은 무거운 마음으로 횡금빛 대지 위를 다시 날았다. 이느새 우리는 돌아와 있었다. 폭포수가 흐르고, 반딧불이 요정으로 환생하여 이리저리 날아다니는 곳으로. 마치 집으로 돌아온 것 같았다. 고요하고 편안했다.

"다들 수련하느라 수고했어. 육체는 충분히 고단함을 느꼈을 거야. 그대로 침대로 가 휴식을 취하도록 하게."

파란 고양이가 말했다. 즉시 그의 부하들은 우리를 나뭇잎 침대로 이끌었다. 설레는 외모를 갖춘 주홍색 고양이는 나를 안내했다. 고양이에게 설레는 감정을 느낀다는 건 비단 외모뿐만이 아니었다. 그에게서 뿜어져 나오는 아우라 덕분이었다. 파란 고양이의 아우라와는 살짝 다른 느낌이었다. 파란 고양이는 강하고, 근엄하며 말로 표현할 수 없는 커다란 에너지가 그를 완전히 감싸고 있는 느낌이었다면, 주홍색 고양이는 부드럽고, 아름다우며 세련된 아우라를 풍겼다. 자연에 비유하자면 파란 고양이는 거대하고 세차게 몰아치는 파도를 지닌 바다와도 같았고, 주홍색 고양이는 꽃이 만연하여 산들바람이 부는 들판 같은 느낌이었다.
  그는 내게 말했다.
  "고단한 하루였겠구나. 그렇지? 나는 너의 마음을 느낄 수가 있어. 처음에 너는 나에게 설레고 좋은 감정을 가졌지. 그러나 가시밭길을 지나고, 끝없이 이어지는 고통에 힘이 들 때 너는 내게 불만이었지. 내가 밉고, 서운했을 감정 다 알고 있어. 인간은 아무래도 나약한 존재라 고통을 겪는 와중에는 그럴 수 있다고 생각해. 그래도 나는 네가 밉지 않아. 진짜 네 진심은 이미 내 안에 깊숙이 새겨졌으니까. 미워하는 감정, 좋지 않은 감정들은 진짜 네가 아니란 것을 나는 알고 있어."
  말을 마친 주홍색 고양이는 내게 미소 지었다.
  "맞아요. 저는 당신을 처음 볼 때부터 솔직히 겉모습 때문에 설렜어요. 그러나 그건 진짜 이유가 아니었어요. 당신은 마치 스위스에 펼쳐진 들판과 같은 느낌이에요. 함께 있으면 포근하고 따스하고 기분이 좋아져요. 작고 귀여운 들꽃들이 산들바람에 흔들리는 모습을 본 적이 있나요? 저는 그때 느꼈던 감정을 당신을 볼 때랑 똑같이 느껴요."
  "당연히 본 적이 있지. 사실 본 적이 있다기보다 들판 자체가 나 자신이니까. 여기서 우리는 고양이 형상을 하고 있지만, 지구에서는 자연의 모습을 띠기도 해. 이건 우리 대장님에게는 비밀이야. 우리가 지구의 또 다른 자연이라는 사실을 인간들이 알면 안 되거든. 근데 너는 특별하니까. 넌 이미 우리가 지구 자연의 일부라는 사실을 느낌으로 알고 있어."

"저는 어떻게 그런 능력을 가진 거예요?"

"능력은 누구나 갖고 태어나. 어렸을 때는 자주 느끼지. 얼마나 일찍 퇴화하느냐에 따라 달려 있어. 즉, 자신이 얼마나 자신을 믿는가에 따라 달렸지. 퇴화할수록 신비한 일을 사실로 받아들이지 않게 돼. 자신을 사랑하지 않고 업신여기는 자는 퇴화의 속도가 빨라지지."

"그럼 저는 자신을 사랑하려고, 즉 잃지 않으려 잘 노력했다는 뜻인가요?"

"그런 것도 있고."

"또 다른 게 있나요?"

"너는 자주 베란다에 나가 밤마다 밤하늘을 바라보았지?"

"저를 항상 지켜보셨나요?"

"지켜보고 함께했지."

"그런데 그게 어떤 의미가 있나요?"

"밤하늘을 보았을 때, 어떤 생각이나 감정이 가장 많이 들었지?"

"음……."

나는 자주 베란다에 나가 밤하늘을 보았다. 부모님은 발에 먼지가 묻는다며 맨발로 베란다에 올라가지 말라고 주의하셨다. 아랑곳하지 않고 나는 거의 매일 베란다로 나갔다. 비가 오는 날에는 손을 내밀어 그대로 비를 맞았다. 별들은 촉촉하고 달은 시리도록 밝았다. 나는 그때 그리웠다. 그것은 그리움의 감정이었다.

"그리웠어요. 뭔가 모르게 무척 그리웠어요. 자주 달이나 별에 가는 상상을 했어요. 그게 아니면 블랙홀로 들어가는 상상이요. 뒤편에는 지구가 아닌, 내가 진짜 태어난 곳이 있지 않을까 하는 생각을 했어요. 불

수행의 별

현듯 떠오르던 생각은 점점 사라져갔어요. 이제는 별을 보고 달을 보아도 아무렇지 않아요."

"그리움을 느끼는 게 당연해. 지구는 그저 수행하러 온 별이니까. 배움의 별이기도 하지. 우주에 있는 수많은 별은 단계가 있어. 어둠의 행성이 가장 낮은 단계고 지구는 바로 그 위 단계 정도 되는 별이야. 지구도 원래 단계가 높은 별에 속했지. 그러나 전쟁과 환경오염, 인간들의 이기심으로 점점 낮은 별로 타락하고 말았어. 특이한 건 전에도 말했듯이 지구는 희망이라는 게 존재해. 사실 다른 별에는 그런 단어 자체가 존재하지 않아. 어떤 의미인지도 모르고. 희망이라는 건 눈에 보이지 않지만, 엄청나게 강력한 에너지를 가지고 있어. 그래서 높은 단계의 별들에서는 일부러라도 지구에서 수행하고 싶어 해. 각각의 별들에서 선정된 몇 명만이 이곳에서 수행할 수 있지. 그만큼 오기 어려운 별에 너는 선택되어 온 거야. 네가 태어난 곳은 블랙홀을 통해서만 갈 수 있는 BC-304라는 별이야. 별 이름은 '디자이어'라고도 하지. 아주 높은 차원의 별이야. 그곳은 본래 아무 고통도 시련도 좌절과 고난이라는 것을 찾아보기가 힘든 곳이지. 모든 자가 깨어 있는 곳. 따라서 희망이라는 것을 겪어볼 수가 없는 거야. 희망을 가진다는 상황 자체가 존재하지 않으니까. 가장 높은 차원의 별에서 가장 낮은 차원의 별을 여행한다는 것은 영혼으로서 가지는 최고의 경험 중 하나야. 네가 살아가는 대한민국은 잘 사는 나라 중 하나지. 가끔 여행을 떠났지?"

"네. 저는 항상 미국이나 유럽보다는 경제적으로 자유롭지 못한 나라들에 늘 끌렸어요. 도시보다는 자연으로 가득하고 옛 문명이 그대로 살아 움직이는 곳들이요."

"거기서 느낀 감정들은 어땠어?"

"사람들이 진짜 행복을 알고 있는 것 같았어요. 작은 것 하나에 감사할 줄 아는 태도를 가진 걸 보고 나는 정말로 이기적으로 살고 있다는 걸 깨달았어요. 나는 그들에 비해 가진 게 너무나도 많은 사람인데 그보다 훨씬 불행하게 살고 있었어요. 특히 그 커다란 눈망울을 바라볼 때면 마음이 순식간에 정화되고는 했어요. 물질적인 게 결코 다가 아니구나 하는 것을 매번 여행 때마다 느꼈어요. 그러다 한국으로 돌아오면 또다시 잊고 살아가게 됐고요."

"그렇지. 깨달음과 배움을 위해 너는 여행을 떠났던 거야. 재미로 다들 여행을 떠난다고는 하지만, 한층 더 성숙해져서 돌아오는 사람들이 많은 이유지. 지금 삶은 네 영혼이 겪는 커다란 여행의 일부야. 인간세계에서 겪는 여행보다 크고 길게 느껴서 그렇지 별반 다를 게 없어. 이곳을 떠나 너의 일상으로 돌아가게 될 때는 그 사실을 잊을 테지만, 깊게 새겨진 감정과 깨달음, 배움들은 네가 죽을 때까지 함께 하게 될 거야. 어쩌면 이곳에 오게 된 게 인간의 여정 중에는 아주 특별한 일일지도 몰라. 자신을 잃어버린 사람들이 오기는 하지만, 그중 너와 같은 높은 차원의 별들에서 온 생명체에게만 주어지는 특권이기도 하니까. 이 길 들르고 싶어도 오지 못하는 이들이 훨씬 많다는 걸 기억해. 너는 아주 특별한 존재라는 것을."

"네. 고맙습니다."

나는 고개를 끄덕이며 포근하고 아늑한 나뭇잎 침대로 기어 올라갔다. 살짝 추운 기운이 맴돌았다. 그러자 저쪽에서 커다란 솜뭉치 하나가 날아오는 게 보였다. 이곳은 모든 게 내 마음을 읽는 모양이었다. 그래도 나쁘지 않았다. 예전에는 내 마음을 숨기려 전전긍긍하던 나였다. 그런데 그것은 또 다른 신호이기도 했다. 누군가 내 마음을 제발 알아봐주었으면 했던 것이다. 새하얗고 두툼한 깃털은 내 몸 위를 감쌌다. 나는 그대로 잠에 빠졌다. 얼른 아침이 왔으면 했다. 매일 기대되는 날이었다.

  어김없이 기분 좋은 꿈을 꾸었다. 여기 와서는 줄곧 행복한 꿈만 꾼다. 구름을 타고 아름다운 밤하늘 위를 마음껏 날고 있었다. 내가 혼자 살아가는 자취방 옥상이 보였다. 겪었던 추억과 감정들이 순식간에 떠올랐다. 조금 더 가니 부모님이 계신 집이 보였다. 꿈속에서는 없던 능력도 생긴다. 하늘 위였지만 서로를 마주 보며 웃고 있는 부모님이 보였다. 동생도 있었다. 건강하고 생기 넘치는 그들을 보니 마음이 놓였다. 나는 계속 나아갔다. 친구들이 보였고, 직장 동료들이 보였다. 모두 흡족한 표정을 짓고 있었다. 삶에 만족하는 표정들이었다. 그들을 보며 나도 함께 미소 지었다. 나뿐만 아니라 내가 소중히 여기는 그들이 행복하기에 나는 훨씬 더 행복할 수 있었다. 사람은 태어날 때 만날 인연들이 정해져 있다고 한다. 이 얼마나 소중하고 특별한 인연들이었던가. 가깝게 느껴진다는 이유로 나는 자주 투정을 부렸다. 짜증을 내고 상처를 주는 말을 생각 없이 내뱉었다. 그래도 그들은 나와 끝까지 함께했다. 여전히 인생이라는 항해에서 거센 바람과 파도를 만날 때마다 늘 옆에 있어주었다. 기쁜 일이 있으면 몇 배로 기뻐해주었다. '진심'은 그대로 사람 마음에 가서 닿는다. 그들이 함께 울어주고, 웃어주는 마음이 진심이었다는 것을 알고 있었다. 당연한 줄 알았다. 세상에는 당연한 건 하나도 없다. 당연히 여겼던 그들의 마음을 나는 언제쯤 다 갚아줄 수 있을까. 그리움과 기쁨에 사무쳤다. 천천히 눈을 떠보니 깃털 이불은 반쯤 벗겨져 있었다. 그 어느 때보다 활기가 넘쳤다. 그리운 이들을 꿈에서 본 탓일까. 기운이 나면서도, 내가 있는 곳으로 돌아가 얼른 그들을 보고 싶었다.

덮고 있던 깃털이 팽팽하게 펼쳐졌다. 그러더니 자신 위에 올라타라는 시늉을 했다. 알라딘에 나오는 양탄자와 흡사했다. 말은 못하지만 행동으로 무슨 말인지 알아들을 수 있었다. 나는 살포시 깃털 위로 기어올랐다. 깃털은 가볍게 날아오르더니 나를 태우고는 1003호와 아침을 먹었던 곳으로 옮겨주었다. 구름만큼 날아오르지는 않았으나 가볍게 땅 위를 나는 느낌이 꽤 산뜻했다.

다른 요괴들은 이미 도착해 있었다. 벌써 식사를 다 끝낸 요괴들도 있었다. 깊은 잠에 빠져 늦잠을 잔 나는 이왕 늦은 거 여유를 부리기로 했다. 식탁에 앉아 음식을 기다렸다. 간질간질한 느낌이 들어 아래쪽을 바라보니 싹이 났던 상처 부위였다. 새싹이 떨어지면서 상처는 단단하게 아물었다. 아문 곳은 흉터 하나 없이 깨끗했다. 지구에서는 신비롭게 보일 일들이 이곳에서는 자연스러웠다. 이제는 그 어떤 일이 일어나도 그저 경이로울 뿐, 놀라지 않는 것에 너 익숙해졌다.

자리를 잡고 앉아 있으니 음식들이 깔끔하게 차려져 내 앞에 순식간에 나타났다. 누가 가져다주거나 하지는 않았다. 접시와 음식이 눈앞에 나타날 뿐이었다. 깨끗하고 하얀 접시 위에 포슬포슬해 보이는 빵 한 조각이 올라와 있었다. 주변으로는 이곳만의 싱그러운 과일 몇 알과 그 과일들로 만든 잼이 있었고, 바로 옆 찻잔에는 차가 우러나 있었다. 차에서는 향긋한 쑥 향이 났다. 후후 불어 한 모금 들이켰다. 온몸이 따스함이 퍼져나가기 시작했다. 대중목욕탕에 가면 이벤트탕이라고 하여 갖가지 향이 나는 재료들을 넣은 탕이 있다. 로즈마리탕, 라벤더탕, 쑥탕 등과 같이 말이다. 차를 마실 때, 마치 나는 그 이벤트탕에 들어가 있는 기분이 들었다. 포슬포슬한 빵을 한 입 베어 물자 입 안 가득 고소한 풍미가 퍼졌다. 중간중간 씹히는 초콜릿은 식감을 더해주었다. 달달하면서도 고소함이 적절히 아우러진 빵 맛은 방금 깨어난 나를 위해 준비된 최고의 선물이었다. 싱그러운 과일잼을 얹어 베어 무니 그 맛은 배가되었다.

  양은 작지만 호화로운 아침 식사에 반한 나는 허겁지겁 먹고 있었다. 그 사이 누군가 와서 옆자리 의자를 빼내고 있었다. 인기척에 살짝 놀란 나는 고개를 들고 더 놀라지 않을 수 없었다. 667호였다. 그는 수척해진 모습이었다. 다른 요괴들과 반대로 그는 이곳에 와서 생기를 잃어가고 있었다.
  "안녕하세요."
  용기를 내어 그에게 말을 건넸다. 그는 약간 날카로운 눈빛으로 대답했다. 항상 찌푸린 미간, 공허한 눈빛은 변할 생각이 없어 보였다. 어색함을 잘 견디지 못하는 성격 탓인지, 아니면 이 사람 자체가 불편함을 느끼게 만드는 아우라를 가지고 있는 것인지 잘 분간이 되지 않았다. 마음 한편이 자꾸 불편하다고 신호를 보내고 있었다. 지구에서라면 자주 느끼는 신호였지만, 파란 고양이의 이곳에 와서는 한 번도 느껴보지 못한 신호였다. 1003호와 대화할 때도 약간의 짜증과 답답함은 있었지만, 이렇게까지 불편한 감정은 아니었기 때문이다.
  "그동안 어디에 계신 건가요? 한동안 보지 못해서 좀 걱정했거든요."
  "본 지 얼마나 됐다고 그쪽이 날 걱정하는 거요? 그쪽 걱정이나 하시지."
  "네?"

나는 당황스러웠고, 그는 크게 한숨을 내쉬었다.

"그냥 뭐 정화를 시킨다기에 힘없는 나는 그저 끌려갔지. 어느 절벽으로 나를 데려가더군. 절벽 아래에는 거센 풍랑으로 파도는 거칠게 변했지. 먹구름은 어느새 몰려와 천둥과 비를 듬뿍 머금고 있는 모양이었어. 얼마 지나지 않아 미친 듯이 비를 흩뿌리기 시작했지."

나도 모르게 그의 이야기에 귀를 기울였다. 1003호와는 달리 이야기 듣는 게 지겹지만은 않았다. 화술에 능한 사람이라는 생각이 들었다. 주의를 끄는 마성이 있는 사람. 그러나 마음은 계속 불편한 신호를 보내고 있었다.

"그래서요? 그다음에는요?"

"파란 고양이 무리는 내게 절벽 아래로 뛰어들라고 말했지. 내 두려움을 테스트했던 것 같아. 그러나 내게 두려움은 사치요, 아무 의미 없는 감정 그 이상도 이하도 아니야. 나는 곧장 앞으로 뛰어가 나를 향해 시커먼 입을 벌리고 있는 바다로 향했지. 떨어지는 동안 생각보다 절벽과 바다의 거리가 멀구나, 라는 생각까지 할 정도로 여유가 있었어."

"그냥 그렇게 뛰어든 거라고요? 대단하시네요? 서라면 절내 엄두도 못 냈을 것 같아요."

"내게 있어 인생은 두려움 자체였어. 그냥 삶이 되어버린 거지. 너와 같은 요괴들은 평생 느끼지 못할 감정들을 나는 매일 느껴왔단 말이야. 두려움, 절망, 고통, 시련, 불안, 멸시, 패배감, 증오, 셀 수 없이 많은 부정적 감정들을 나는 피하려고도 해봤지만 그건 불가능한 일이야! 애초부터 나 따위가 세상에 태어난 자체가 잘못이었지. 피를 나눈 친어머니까지도 나를 멸시했으니까."

"저도 친어머니가 있었어요. 그녀는 저에게 전혀 관심이 없었어요. 더 많은 남자를 만나길 원했죠. 만나는 남자가 수시로 바뀌었어요. 그녀는 제게 남자들 앞에서 절대 엄마라는 소리를 하지 말라고 하곤 했어요. 엄마의 남자들 앞에서 저보고 이모라고 부르라고 하더군요. 이모라고 부르는 건 제 의무이자 학습된 교육이었죠. 그래도 저는 그녀가 밉지는 않아요. 그녀 또한 엄마가 처음이었고, 미숙한 인간일 뿐이었으니까요. 용서하니까 제가 비로소 행복해질 수 있었어요."

잠자코 듣던 그는 흥 하더니 고개를 파묻고 음식을 먹기 시작했다.

입 안에 음식을 가득 넣은 뒤 그는 우물거리며 말했다.

"자네도 거지 같은 인생을 살았군. 하여튼 부모가 문제야. 제대로 된 부모는 세상에 없어. 그들 덕분에 자식 인생 망친다는 것을 그 인간들은 모르지. 그래서 이 지구가 불행한 거야! 날 태어나게 하고 널 태어나게 한 그 부모라는 작자들이 한데 모인 곳이 지구니까!"

그는 계속 부모 탓을 하고 있었다. 자신 삶이 불행한 이유를 부모 탓으로 돌리는 것이었다. 어떤 책에서 이런 내용을 본 적이 있다. 인간은 누구 탓을 하면 지신의 죄책감을 숨기기 쉬워진다고 한다. 내 삶이 잘못 굴러가고 있는 건 절대 내 탓이 아니라 남 탓이라 생각하면 그 순간 어려운 문제도 쉽게 여겨지기 때문이다. 안타까운 마음이었다. 나 또한 얼마나 남 탓을 하며 살아왔는가. 인생에 대한 책임은 오로지 나에게 있다는 것을 알면서도.

"저는 거지 같은 인생을 살지 않았어요. 완벽한 사람이 없듯 완벽한 부모도 없어요. 단지 노력할 뿐이에요."

"가르치려 드는 거냐? 얼마 살지도 않은 주제에. 너도 영상에서 봤겠지만 내 외모를 봐! 썩어 문드러진 내 얼굴을! 내가 나를 봐도 구역질이 나오는데 남들은 어떻겠어! 망할 부모들이 이렇게 싸질러놓고는 그들 또한 날 보는 걸 힘들어하지. 차라리 요괴가 나아. 여기는 모두가 요괴 모습이니까. 인간일 때 나는 늘 외계인 취급을 받았지. 너 같은 애송이는 절대 이해 못 할 거야. 뭐 같은 외모로 살아본 적이 없을 테니까."

그는 이제 외모 탓을 하고 있었다.

"가르치려 드는 게 아니라……."

"시끄러워. 한마디만 더 해봐."

나를 똑바로 바라보는 그의 눈빛은 혼탁하고 어두웠다. 이곳에서 정화된 다른 요괴들은 점점 눈빛에 생기가 넘치고 투명해졌다. 그러나 그만은 반대였다. 마치 잿빛 소용돌이가 눈 안에서 마구 휘몰아치는 것 같았다. 불안과 두려움, 깊은 절망이 그 안에서 아직 빠져나가지 못하고 있는 것 같았다. 그는 다시 고개를 파묻고 음식을 먹기 시작했다. 그가 쾅 하며 주먹을 내리치는 바람에 접시가 흔들렸다. 나는 놀라긴 했지만, 늘 이렇게 살아왔겠거니 생각하면서 그를 마음속으로나마 위로하였다. 그는 언제쯤 자기 자신을 찾을 수 있을까.

음식을 다 먹은 나는 조금 산책하기로 했다. 오늘은 특별히 파란 고양이가 우리를 부르지 않았다. 자유 시간으로 받아들인 나는 숲길을 따라 걸었다. 식당 주변에는 여러 갈래의 숲길이 있었다. 그중 가장 오색찬란해 보이는 숲길을 택했다. 마치 파스텔로 그린 숲 같았다. 나무 몸통은 갖가지 색깔로 뒤덮여 있었는데 연보라색, 옅은 파란색, 흰색으로 이루어진 삼색 줄무늬로 휘감아져 있었다. 나뭇잎은 꼬마 아이만큼 컸으며, 지나갈 때마다 나뭇잎에서는 휘파람 소리가 났다. 나무는 기분이 좋은지 나뭇잎을 사박사박 흔들었다. 각각의 나뭇잎들은 세차게 몸을 흔들었는데 그럴 때마다 휘파람으로 만든 음악 소리는 점점 커졌다. 걷고 있는 길의 바닥은 촉촉하지만 부드러운 흙길이었는데 지구에 있는 황토보다 밝은색이었다. 막 떠오르는 태양 색깔과 비슷했다. 태양 위를 걷고 있는 기분이었다. 나도 모르게 흥이 나 발을 구르며 뛰듯이 걸었다. 기분이 좋으면 나오는 발걸음이었다. 지그재그로 걷기도 해보고, 일자로 가만히 걷기도 해보았다. 걷다 보면 숲속 동물들이 내게 다가왔다. 다람쥐와 닮은 동물이 나무를 타고 내려와 내 어깨로 앉았다. 그는 황금색 도토리를 손에서 놓지 않은 채 가냘픈 숨소리를 내었다. 한 번 쓰다듬어 주니 풍성하고 커다란 꼬리가 순식간에 펑! 하며 커졌고, 나는 그 모습을 보며 한참을 웃었다.

완벽한 산책을 즐기던 중 길가에 놓인 나무 벤치 하나를 발견했다. 조금 쉬어가기로 한 나는 벤치에 앉아 쏟아지는 햇볕을 가린 나뭇잎 그늘을 바라보았다. 사이사이 비치는 빛줄기들은 모든 생물체를 일정하게 비추었다. 아름답다는 말로 표현하지 못하는 내가 아쉬웠다. 존경하는 시인이라면 이 장면을 어떻게 묘사했을까. 아마 그들은 이곳에 온다면 황홀함에 견디지 못해 죽을지도 모른다는 생각을 했다.

저벅저벅. 갑작스러운 인기척에 놀란 나는 심장이 뛰었다. 돌아온 길을 바라보니 또 다른 산책하는 이가 있었다. 주홍빛 고양이였으면 좋겠다는 기대를 했지만, 다름 아닌 1003호였다. 기분 탓인지 그녀는 자꾸 나를 따라오는 것 같았다. 살짝 귀찮은 기분이 들었다. 혼자만의 시간을 갖고 싶었기 때문이다. 그래도 좋은 마음으로 받아들이기로 했다. 그녀는 점점 가까이 다가오더니 예상대로 벤치에 앉아 수다를 떨기 시작했다.

"혼자만의 시간을 방해해서 미안해요."

그녀는 내 마음을 읽은 것처럼 말했다.

"아니에요. 괜찮아요."

많은 사람들은 그 사람이 원하는 것을 알고 있으면서도 자신이 얻기 원하는 것을 이루려 남의 기분은 아무것도 아니라고 치부하기도 한다.

"그쪽이 좋은 건 사실이에요. 제 이야기를 유일하게 들어준 사람이라서요. 사람을 절대 믿지 않았거든요. 지금까지는."

"왜요?"

"그냥 어릴 때부터 누구도 제게 진정한 관심을 보이는 사람이 없어서였던 것 같아요. 무관심이 결국 사람을 믿지 못하게 만든 거죠."

그녀는 잘못된 믿음을 갖고 있었다. 진정한 관심을 보이는 사람이 없었다는 건 누군가 관심 가져주기를 바라는 외로움에서 비롯된 것이다. 관심을 보이는 사람이 없다면 직접 다가가면 되는 일 아닌가? 그러나 그녀는 다시 세상 탓만 했다.

내가 생각하기에 그 누구도 내게 무관심하다면, 세상이 아닌 나를 돌아보아야 한다. 내 영혼이 맑고 생활 습관이 겸허하다면 사람들은 자연스레 나에게 끌린다. 그러나 탁한 기운을 가지고 있다면, 그와 비슷한 영혼들을 끌어당기거나 보통인 사람은 아예 관심을 꺼버리는 것이다.

"힘든 시간이었겠네요. 그래도 얼마나 행운이 가득한 사람인가요. 이렇게 아름다운 곳에 올 수 있다는 것 자체가 말이에요. 그리고 또 저를 만났고요."

그녀에 대한 내 생각은 드러내지 않기로 했다. 그저 그녀에게도 행운을 누릴 가치가 있다는 것만 알려주고 싶었다.

"그렇죠. 너무나도 감사해요. 지금은요. 지구에 돌아갈 게 처음에는 겁나고 또다시 두려웠는데 이제 그런 게 사라졌어요. 이곳에 와서 잃어버린 나 자신을 많이 찾았다는 생각이 들어요."

그녀는 말을 하며 벤치에 흩뿌려진 나뭇잎들을 모조리 쓸어 바닥으로 떨어뜨렸다. 그러더니 한 번 더 먼지가 없는지 손으로 쓸어보기도 했다.

"여기는 청정지역이라 먼지 같은 게 있을 리가 없는데 아무래도 버릇이라 이렇게 치우게 되네요."

그녀는 그러면서도 벤치를 손으로 계속 쓸어냈다.

"되게 깔끔하실 것 같아요."

"네. 맞아요. 지저분한 걸 두고 못 보죠. 엄마 영향이 가장 컸죠. 엄마는 온종일 청소 아니면 TV 보는 것 외에는 딱히 하는 게 없었어요. 엄마와 내 손에는 늘 물걸레가 들려 있었죠. 엄마는 청소라도 해서 자신의 무기력함을 억지로 이겨내려고 했던 모양이에요. 끊임없이 방을 닦고 또 닦았어요. 얼마나 닦았는지 방바닥 장판이 자주 해어졌다니까요. 저도 자연스레 닦을 수밖에 없었어요. 가끔 물걸레로 엄마랑 누가 빨리 방 끝까지 닦나 시합도 했지만, 시합이랄 게 없었죠. 방이 너무 작았으니까. 아무튼, 청소하는 버릇은 어른이 되어서도 계속됐어요. 세 살 버릇 여든까지 간다는 게 절대 틀린 말은 아닌 것 같아요."

"사람은 살아온 환경의 지배를 많이 받아요. 우리가 생각하는 것보다 더요. 저희 엄마는 깔끔하시긴 했지만 한 번에 몰아서 청소하는 편이었어요. 청소 전후가 극명한 차이가 났죠. 덕분에 보고 자란 저도 몰아서 청소하는 게 버릇이 되어버렸어요."

"사실 살아오면서 청소하는 버릇이 꼭 나빴던 것만은 아니었어요. 실제로 저는 병원에서 일하다 보니 환자분들은 깨끗하다고 엄청 좋아해주셨죠. 원장님도 마찬가지였어요. 항상 쉬지 않고 무언가를 닦아대니 열심히 하는 직원이라 생각해주셨어요. 문제는 따로 있었지만요."

"문제라니요?"

"겉으로 보이는 청소는 잘했을지 몰라도, 마음 청소는 외면하며 살아왔어요."

"대부분 사람이 그렇지 않을까요?"

그녀는 내 말에 고개를 좌우로 힘차게 저었다.

"아니요. 저는 더 심했던 것 같아요. 마음이 항상 불안정하고 깨끗하지 않으니 나 자신한테는 물론 남들에게도 배려할 줄 몰랐어요. 태어날 때부터 항상 제 마음은 잿빛이었겠죠? 단 한 번도 맑다는 생각을 해본 적이 없으니까요."

나는 그녀에게 책에서 읽은 내용을 어떻게 하면 효과적으로 전달할 수 있을까 생각했다.

"혹시 책 좋아하시나요?"

"책이요? 저는 시골에 살아서 그런지 책이나 교육적인 면에서는 항상 동떨어져 있었어요. 책을 읽으려 해도 어떤 책을 읽어야 할지 감도 안 와요."

"그렇군요. 그렇다면 제가 이해하기 쉽게 설명해드려도 될까요? 마음에 관한 이야기를 들려드리고 싶어서요."

"네. 저아 감사하죠. 항상 그쪽은 제게 호의를 베푸시네요. 저는 인제나 징징거리기만 했는데."

"아니에요. 다 제가 좋아서 하는 건데요. 뭘."

그녀는 살며시 미소를 지었다. 웃을 때 톡 튀어나온 광대가 올라갔다. 그녀의 요괴 이전 모습에도 광대가 두드려졌던 게 기억이 났다. 영상에서 본 모습과 지금 모습이 생각보다 닮아 있었다. 아무리 요괴로 변했을지라도 본연의 모습 어느 정도는 간직하고 있는 모양이었다.

그녀는 몸을 내 쪽으로 좀 더 돌려 앉았다. 들을 준비가 되어 있는 자세였다. 누군가에게 도움을 주거나, 내가 알게 된 좋은 것들을 알려주는 건 내가 가장 좋아하는 일 중 하나였다. 누군가에게 도움이 되었다는 건 살아 있는 느낌을 그 어느 때보다 생생하게 느낄 수 있었다.

본래 인간의 마음은 푸른 하늘이라고 했다. 그러나 살아오면서 겪는 환경이나 가장 먼저 만나는 부모님의 영향으로 '고정관념'들이 형성된다. 고정관념뿐 아니라 가지각색의 생각과 개념들이 머릿속에 자라난다. 생각들은 여러 색깔을 지녔다. 때로는 밝은색일 때도 있지만 때로는 어두운 먹구름과 같을 때도 있다. 아이들은 보통 푸른 하늘 그대로를 지니고 있다. 그러나 시간이 지날수록 어른들 마음에는 먹구름이 끼는 날들이 많다. 불안한 상태로 자주 지낸다. 특히 도시에 사는 사람들이 훨씬 많이 그런 날들을 겪는다. 갖가지 소음, 오염된 환경, 넘쳐나는 음식들, 술, 폭력과 같이 본연의 인간을 해하는 것들이 차고 넘치기 때문이다. 먹구름 낀 상태를 유지하지 않기 위해 우리가 할 수 있는 건 나로 살아가는 방법뿐이다. 먹구름이 낀 상태가 오래 지속되면 나는 본연의 나를 잃어버리게 된다. 그렇다고 걱정할 건 없다. 다시 찾으면 된다. 그래서 혼자 있는 시간이 정말로 필요하다. 도시에 있는 사람이라면 이 시간은 반드시 필수다. 오히려 도시에 있으면 외로움을 크게 느끼게 된다. 화려하게 반짝이는 것들 속에서 정작 빛을 잃어가는 건 자기 자신이다. 그래서 사람들은 자꾸 밖으로 나돈다. 술로 해결하고, 이성에게 자꾸만 의지하고, 새벽까지 몸을 버려가며 놀기도 한다. 남는 건 공허함뿐이다. 더욱 공허해지는 걸 알면서도 인간들은 행동을 반복한다. 혼자만의 시간을 가지고, 나와 대화할 시간을 늘려가는 것은 나를 찾는 방법인 동시에 나 자신을 가득 채우는 방법이다. SNS를 잠시 끊고, 밖으로만 돌렸던 시선을 나에게로 돌리는 것. 1003호는 늘 자신이 아닌 '타인이 바라보는 나'로 살아왔다. 그러나 본래 1003호 마음은 푸른 하늘이다. 이것은 변함없는 사실이다. 누구나 본래 영혼은 푸르다. 단지, 내가 만든 먹구름에 가려져 있을 뿐. 나는 이 사실을 최대한 그녀가 알기 쉽도록 이야기 형식으로 말해주었다. 그녀는 듣는 내내 진지했다. 이곳에 와서 그녀는 자주 울었다. 파란 고양이가 어떤 말을 할 때도, 정화를 겪는 동안에도 눈물을 흘렸다. 살아오며 쌓아온 감정들이 여기서 모두 폭발한 듯했다. 실제로 그녀는 지구에서는 아주 어릴 때 이후로는 한 번도 운 적이 없다고 했다. 참고 참아온 것이다. 누군가는 그녀를 보며 '지 애비가 죽어도 눈물 한 방울 안 흘릴 년!'이라며 욕을 했을 때 그녀는 동의할 수밖에 없었다. 그녀를 가장 힘들게 했던 '지 애비'라는 사람이 차라리 없어졌으면 좋겠다고 생각하며 매일같이 살아온 것이다. 그녀의 아버지는 어떻게 되었을까. 궁금하지만 묻지 않기로 했다. 그녀의 과거는 그녀만의 것이므로. 또다시 슬픔을 겪게 하고 싶지 않았다. 떠올리는 것만으로 고통이 되살아나는 과거를 가진 사람은 아마도 지구의 절반 이상일 테다.

또다시 눈물을 흘릴 거라 예상했지만 그녀는 담담한 표정이었다. 그렇다. 그녀는 이곳에 와 실로 단단해져버린 것이다. 그녀는 내게 진심으로 고마워했다.

"그쪽을 만난 건 제가 태어난 이후 최고의 행운이에요. 물론 파란 고양이와 그의 부하들에게도 감사하지만, 저는 그쪽에게 특히나 고맙네요. 처음 이곳에 도착할 때부터 지금까지 제게 귀인이 되어주셔서 진심으로 감사드려요."

그녀가 나에게 깊숙이 고개를 숙이며 인사를 하는 모습에 조금 당황스러웠다. 그러나 그 마음을 충분히 알기에 내버려 두었다.

"아니에요. 저 또한 누군가에게 조금이나마 힘이 되었다는 사실만으로 무척 기쁘네요. 우리 돌아가서도 어디에선가 꼭 만났으면 좋겠어요.

파란 고양이의 별에서도 인연이 닿았으니, 지구에서도 인연이 닿을 가능성이 높지 않을까요? 분명 만남은 다 의미가 있는 법이니까요. 그때는 저희가 저희 자신으로 꼭 살고 있기를 바라요."

그녀는 쑥스러운 듯 내 손 위에 자신의 손을 감쌌다. 따뜻함이었다. 감사와 사랑, 희망과 같은 감정들이 물결치듯 내 안으로 쏟아져 들어왔다. 행복에 겨운 나는 그 순간을 즐겼다. 감정들은 꽤 오랜 시간 동안 고운 색깔로 내 마음을 물들여놓았다. 1003호도 마찬가지인 것 같았다.

기쁨을 제대로 만끽했던 순간이었다. 진정한 친구를 한 명 얻은 것 같았다. 내게 있어 친구란 어떤 관념으로 한정된 존재였다. 오랜 시간 함께해야만 친구가 될 수 있다고 생각했고 꼭 무언가를 주고받아야 친구가 될 수 있다고 단정 지었다. 같은 학교, 같은 고향, 같은 무언가를 꼭 공유해야만 친구가 될 수 있다고 믿어왔다. 그러나 친구란 마음을 내가 얼마만큼 여느냐에 따라 달린 것이었다. 서로의 마음을 열었을 때, 살아온 모든 것은 친구가 되는 데 아무런 제약이 되지 못했다. 나이가 많건 적건, 어디서 만났긴, 얼마나 민났건 중요하지 않았다. 중요한 건 서로를 향해 열린 마음이었다. 그녀를 적대적으로 대했던 건 내 마음이 열리지 않아서였다. 그녀의 과거를 보고서도, 조금도 이해해보려 하지 않았던 나의 이기심으로 내게 다가서는 그녀를 부담스럽게만 여긴 것이다.

한참 기쁨에 취해 있던 중, 조금 전 길에서 만났던 다람쥐 한 마리가 내 무릎에 앉아 있는 걸 발견했다. 다람쥐는 풍성한 꼬리로 내가 돌아온 길을 가리키고 있었다. 느낌으로 돌아가야 할 시간이라는 걸 알 수 있었다. 파란 고양이와 그의 부하들이 있는 곳으로. 생각보다 산책을 오래 하게 되었다. 혼자 걷는 시간도 좋았지만, 누군가와 함께 기쁨을 나누기에 충분했던 시간이기도 했다.

우리는 천천히 숲길을 따라 걸었다. 다시 파란 고양이가 있는 곳으로 돌아가며 우리는 그에 관한 이야기를 나누었다.

"저는 파란 고양이가 정말이지 못되고 무서운 고양인 줄 알았어요. 갑자기 지하철에 들이닥쳐서는 노란 눈으로 빛을 발사하는데 꼼짝도 못하겠더라고요. 그렇게 강한 기운은 처음 느꼈어요. 왜 〈어벤져스〉 같은 데 보면 나오는 악당들 같은 그런 이미지요. 그런데 그와 정반대더라고요. 파란 고양이는 지구에서 외로움에 사무쳐 살던 제게, 외로움은 극복해야 할 감정이 아니라는 것을 알려주었어요. 그저 감정일 뿐이라는 것을요. 건강하게 사는 방법을 그 누구보다 친절히 알려주었어요."

1003호가 말했다. 이어서 나는 대답했다.

"정말 좋은 분이죠. 사실 처음에 지하철에서 그를 보았을 때, 낯익은 느낌이 들었어요. 고양이가 두 발로 서서 말을 한다는 것 자체에 놀라지 않을 순 없었지만, 이상하게 편하더라고요. 알고 보니 예전에 제 꿈속에서 그를 한 번 만난 적이 있어요. 실은 그날 실제로도 그의 울음소리를 듣기는 했지만요. 다시 한번 그를 만나게 돼서 너무나도 기뻤어요."

"징말요? 저 실찍 질투 나려 하는데요? 저는 저만 특별히 챙겨주고 위로해준 줄 알았는데, 역시나 그는 모든 이들에게 위로가 되는 존재였군요. 아마 우리 말고도 여기 온 다수 요괴들에게도 그런 존재가 아닐까 싶어요."

"맞아요."

우리는 쿡쿡하며 웃었다. 파란 고양이에 관한 이야기를 나누며 웃음이 끊이질 않았다. 이곳에 온 지 얼마 되지는 않았지만, 그는 우리에게 많은 영향을 끼치고 있었다. 현실에서든 마음속에서든 그는 늘 우리 곁에 있었다. 왠지 나와 파란 고양이가 한 몸이 된 것만 같았다. 그러나 이제 곧 지구로 돌아가야 한다는 생각에 아쉬운 마음이 커지기 시작했다. 1003호의 표정을 보니 그녀도 밝지만은 않았다. 아마도 나와 같은 생각을 하는 것이리라.

우리는 식당을 지나 광장으로 도착했다. 폭포 떨어지는 소리가 기분 좋게 들렸다. 오늘은 폭포 옆에 쌍무지개가 양쪽으로 떴다. 오래전 무지개 미끄럼틀을 타면 얼마나 재밌을까 하며 상상했던 기억이 났다. 이곳에서라면 그건 얼마든지 가능할 일이었지만, 나는 바라보는 것에 그치기로 했다.

* * *

파란 고양이와 그의 부하들은 우리를 기다리고 있었다. 그들은 오늘 아주 편안해 보였다. 지금까지는 위엄 있는 모습이 대부분이었지만, 오늘은 마치 지구의 고양이들처럼 휴식을 취하고 있는 것처럼 보였다. 그들은 실제로 푸른 잔디밭 위에 둘러앉아 쉬고 있었다. 그들도 참 고단하리란 생각이 들었다. 누군가에게 모든 에너지를 쏟는다는 건, 쉬운 일만은 아닐 테다.

나와 그녀는 나란히 앉았다. 요괴들도 각자 마음에 맞는 요괴들을 만난 것 같았다. 누군가와 함께 앉아 이야기를 나누는 모습들이 이곳저곳에서 보였다. 나와 같이 진정한 친구 한 명씩을 얻은 것이리라. 그 무엇과도 바꿀 수 없는 값진 존재를. 가장 구석 자리 나무 아래 인기척이 느껴졌다. 그림자 아래 가려 처음에는 잘 분간이 가지 않았지만, 느낌으로 알 수 있었다. 667호였다. 그는 이곳에 전혀 관심이 없는 것처럼 보였다. 넋이 나갔다고 하기에는 그의 미간이 심각하게 찌그러져 있었다. 멍한 상태가 아니라 무언가 복잡한 생각으로 가득해 보였다. 그를 보면 항상 안타까웠다. 어쩌면 저토록 자신을 힘겹게 하는 걸까.

고개를 돌려 앞을 보니 파란 고양이 또한 그를 바라보고 있었다. 생각해보면 그는 누구 하나 놓치지 않고 늘 주시해왔다. 그만큼 우리에게 조건 없는 관심과 애정을 베푼 것이다. 파란 고양이의 눈에 깊은 수심이 가득했다. 느낌이 별로 좋지 않았다. 늘 그의 눈에서는 행운과 희망 같은 것들만 엿볼 수 있었기 때문이다. 이토록 불편한 기운이 그의 눈에 깊게 서렸다는 것은 좋은 의미는 결코 아닐 것이다.

파란 고양이는 천천히 일어섰다.

"이제 여기에서 머물 날이 얼마 남지 않았어. 다들 직감으로 알았을걸세."

요괴들은 일제히 웅성웅성하기 시작했다. 그들은 옆에 있는 누군가와 함께 지금 느끼는 아쉬운 감정을 나누는 중이리라.

"보통 이렇게 대표적으로 지구에서 인간들을 데려오는 건 지구 시간으로 1년에 한 번, 많으면 두 번꼴이지. 어느 날 갑자기라고 느꼈을 테지만 우리에게는 늘 정해진 날이 있네. 지구뿐만 아니라 정화시켜야 할 별들이 꽤 있어. 지구에만 완전히 신경을 쏟을 수는 없지만, 나는 지구의 인간들을 특별히 여기는 편이야. 이유라고 하면, 그냥 내 마음이 그렇더군. 왜 그렇지 않나. 어떤 사람이나 동물, 그게 아니라면 특정 물건을 볼 때 이상하게 마음이 가는 것들 있지 않나. 마음이 가는 건 말로 설명할 수가 없네. 내 영혼이 선택한 거니까."

그의 말을 듣는 순간 욱하며 코끝이 시큰거렸다. 나약하고 부정적으로 살아가는 우리를 그저 사랑으로 안아주는 그를 나 또한 사랑할 수밖에 없었다. 우리에게 느끼는 조건 없는 사랑의 감정. 지구에서 살아가는 우리 전부가 가져야 할 바로 그 마음이었다.

"지구에서 사느라 고생들 많네. 벚꽃이 아름다운 이유는 모습이 화려한 이유도 있지만, 꼭 그것뿐만은 아니라네. 눈에 보이는 것보다 보이지 않는 것들이 훨씬 중요한 법이지. 삶의 대부분 것들이 그러하다네. 벚나무는 길면 2주 동안에만 꽃을 피우지. 바람이 불거나 비가 오면 금방 떨어져버리고 말아. 사람들은 4월만 되면 말로 표현 못 할 벚꽃의 아름다움을 보기 위해 인산인해를 이루지. 소중함을 아는 덕분이야. 그때만 딱 볼 수 있다는 특별함이지. 우리 내 인생도 그와 같다네. 특별하지 않은 인생은 없어. 벚나무에 달리는 꽃의 운명을 생각해보게나. 꽃들이 느끼는 2주는 우리가 느끼는 평생과 다름이 없네. 나무는 꽃을 피우기 위해 겨우내 혹독한 시련과 추위를 견디고, 해충들과 끊임없이 싸우며 상처로 진액을 흘리기도 하지. 모든 것을 겪어낸 꽃은 표현할 수 없을 만큼 황홀하지. 자네들이 겪는 고통도 자네들 인생의 꽃을 피우기 위한 과정 중 일부일 뿐이라는 것을 잊지 말게나."

파란 고양이는 말을 멈추고 코로 흠하고 숨을 크게 쉬었다. 쉬지 않고 말을 이어가느라 힘든 모양이었다.

지구에서 나는 벚꽃 구경을 해마다 다녔다. 경주 보문단지는 벚꽃으로 유명한 명소 중 하나였다. 4월 초만 되면 아빠는 우리 가족을 차에 태우고 경주로 떠났다. 차가 많이 밀렸다. 너무 밀려서 벚꽃 거리가 주차장이 되기도 했다. 그렇게 차들은 도로에 차를 세우고, 벚꽃 거리에서 사진을 찍었다. 스마트폰이 없던 시절 우리는 자주 필름 카메라를 사용했다. 당시 벚꽃 거리에는 필름 카메라를 노상으로 팔던 곳이 많았다. 촌스러운 자세와 순수한 웃음을 지으며 우리 가족은 사진에 봄을 담았다. 사진을 찍고 난 다음 날이면 엄마는 사진관에 다녀오라며 심부름을 보냈다. 설레는 마음으로 필름 카메라를 맡긴 뒤 찾으러 가는 것도 나 아니면 동생의 몫이었다. 우리는 찾아온 사진을 보며 즐거워했다. 눈을 감은 사진도 더러 있었다. 그 순간을 온전히 느낄 수 있는 게 필름 카메라의 매력이었다. 인화한 사진은 삭제가 불가능하다. 의도적으로 버리거나 잃어버리지 않는 이상 말이다. 터치 한 번으로 삭제가 되는 스마트폰 사진과는 확연히 다른 느낌이다. 그래서 더 소중히 느껴졌는지도 모른다. 그 사진들을 지금까지 엄마는 보관 중이다. 버리지 못하는 것이다. 스마트폰이 생긴 뒤로 사진들은 넘쳐나지만 그만큼 특별함은 사라지고 있다. 언제든 다시 찍을 수 있기 때문이다. 그러나 필름 카메라와 벚꽃은 다르다. 그때뿐이다. 한시적이기에 더욱 소중함을 느낄 수 있다. 마치 우리 인생처럼.

그때였다. 나무 그림자 밑에 가려져 있던 그가 벌떡 일어난 것이다.

"개소리 집어치워! 인생이 소중해? 너네 인생이야 그렇겠지. 너네들은 이기적이야. 고통이랑 시련이 있기에 삶이 소중하다고? 그건 개소리에 불과해. 시련이 뭔지나 아냐? 그게 맨날 이어지는 게 얼마나 사람 뭐같이 만드는지 알고 하는 말이냐고!"

그의 몸이 부르르 떨렸다. 그의 온몸에 분노가 서려 있었다. 순간적으로 그의 몸에서는 분노의 열기가 뿜어져 나왔다. 그가 만들어낸 분노의 열기는 탁하고 흉측하기까지 했다. 흥분을 주체하지 못하는 그를 말리러 형광색을 띠는 파란 고양이의 부하가 달려가기 시작했다. 형광 고양이는 잽싼 몸놀림으로 그의 무릎을 꿇렸다. 형광 고양이가 움직일 때마다 마치 야광봉이 이리저리 휘둘리는 것처럼 보였다. 형광 고양이가 가진 아우라가 어찌나 강한지 667호가 가진 분노 이우리는 순식간에 꺼져버렸다.

"놔! 당장 놓으라고!"

"닥쳐. 네가 선택한 삶에 책임도 못 지는 한심한 새끼야. 대장께서 너한테 기회를 몇 번이나 줬는지 너 자신이 가장 잘 알 거야. 너는 성의도, 진심도, 모든 것을 무시한 거야. 주어진 기회는 3번이었다. 그러나 너는 주어진 기회에 단 한 번도 감사히 여긴 적 없었지."

"내가 선택한 삶이었다고? 내가? 너도 봤으면 알 거 아냐! 내 영상을 보고서도 그런 말이 나와? 이딴 삶을 선택할 영혼이 있겠느냐고!"

"바로 그게 네 영혼이었지. 너보다 더한 삶을 선택한 영혼도 얼마든지 있어. 그만큼 고통받는 삶을 선택했던 건, 네가 바로 그 고통에서 깨어나 훨씬 나은 인간으로 성장할 가능성이 엄청나게 컸기 때문이야! 네 영혼은 이미 그 사실을 오래전에 알고 있었어. 그러나 너는 부정하고 또 부정했지. 과거에 붙들려서 현재를 잃어버리기로 선택한 것도 너 자신이야. 오래전 대학 시절에 너를 사랑해주던 여자는 지금, 현재의 네 삶에는 없어! 지나간 사람일 뿐이지. 과거에 얽매여 있는 사람은 현실을 직시 못 하지. 그래도 너는 과거에 붙들려 있기를 선택했어. 잠깐의 달콤한 상상에 빠져 서서히 현재를 갉아먹고 있던 거야. 어리석은 자여."

667호는 성이 난 얼굴로 씩씩거렸다. 무릎은 꿇은 상태였지만 결코 굴복하지는 않았다. 침울하고 흐렸던 그의 눈빛은 이제 살기로 변해갔다. 좋지 않은 징조였다. 흐렸던 것을 맑게 하는 것은 가능하나 그 이상의 것은 아예 사라지지 않으면 안 됐다. 죽음이라는 단어가 머릿속에 빠르게 스쳐갔다. 온몸에 소름이 돋은 나는 힘이 풀리기 시작했다.

"나는 지구로 돌아가고 싶지 않아! 염병할! 나를 그냥 죽이라고! 나를 죽이면 모든 게 끝날 거 아니야! 살고 싶지 않아! 죽여! 아니면 내가 너를 죽일 테니까."

그는 금방이라도 형광 고양이를 물어뜯을 것 같은 표정으로 노려보고 있었다. 형광 고양이는 제압하고 있던 그를 최대한 강한 힘으로 잡은 뒤 파란 고양이를 바라보았다. 마치 명령을 기다리는 것처럼.

파란 고양이는 무엇인가를 결심한 듯 고개를 끄덕였다. 신호를 받아들인 형광 고양이는 그를 끌다시피 저쪽으로 데려갔다. 요괴들은 모두 놀란 듯 아무 말 없이 그쪽을 바라보기만 했다. 그는 정녕 살고 싶지 않은 걸까.

"그는 삶에 대한 가장 중대한 죄를 지었네. 자신을 잃은 것도 모자라,

가장 중요한 삶을 자신의 손으로 놓아버리려 하다니! 우주에서는 결코 용서 못 할 죄야. 내 삶을 스스로 끊는 것만큼 큰 죄는 없어. 어떤 이는 자살한 자를 보고 안타깝다 여기지. 그러나 자살까지 이어지는 여정은 점점 자신을 잃어가는 과정이 지속되고, 감정에서 지배되어 빠져나오지 못할 때 순식간에 벌어지고는 하지. 나를 소중히 여기지 않는 날들이 오랫동안, 아주 오랫동안 지속되면, 또는 '내가 보는 나'가 아닌 남들 시선에 의한 나로 살아가다 보면 삶에 대한 의지가 점점 약해지게 돼. 인생은 계속해서 불행한 소용돌이에 휘말려 빠져나올 수 없는 굴레같이 느껴지지."

"소용돌이에서 빠져나오는 자와 그렇지 못하는 자의 차이는 무엇인가요?"

요괴 무리 중 한 명의 갑작스러운 질문이 이어졌다. 파란 고양이는 전혀 당황하지 않은 채 대답을 이어갔다.

"그 둘의 차이는 자신을 어떻게 대하는가에 따라 나뉘지."

"자신을 어떻게 대하면 되는데요?"

"남이 무어라 하든 나 자신을 나만큼은 소중히 여겨야 해. 그렇지 않으면 오랫동안 불행의 소용돌이에 휘말려 나중에는 어떻게 빠져나오는지조차 알 수 없게 되어버리지."

나는 아무 말도 할 수가 없었다. 가까스로 불행의 소용돌이에서 빠져나온 나였다. 30년 세월이라는 짧지 않은 세월 동안 나는 얼마나 나를 자주 막 대했던가. 나가는 길을 찾지 않으려 애쓴 것은 나였다. 소중히 여기는 것보다 소중히 여기지 않는 것에 더 익숙해져 있었으니 말이다.

"그럼 저 667호는 이제 어떻게 되는 건가요?"

"죽으려는 자는 죽음에 가까운 곳에서 오랫동안, 깨달음을 얻을 때까지 살게 되어 있어."

"죽음에 가까운 곳이라니요?"

파란 고양이는 심각한 얼굴로 대답했다.

"어둠의 행성이지."

나는 꼼짝할 수 없었다. 듣기만 해도 두려움으로 차오르는 내 마음은 어둠의 행성에 대해 극도로 공포심을 내비치고 있었다. 빛도 희망도 없는 오로지 절망만이 가득한 행성. 지구는 어둠의 행성이 되기 직전 단계라고 했던 것도 생생하게 떠올랐다. 지구는 자신을 잃지 않기 위해 고군분투하는 이들이 늘고 있고, 따라서 희망 또한 커지고 있는 게 다행이라는 점까지도. 문득 궁금해졌다. 그는 지구에서의 기억을 모두 안고 그곳으로 떠나는 것일까.

"저…… 궁금한 게 있는데요."

조심스레 손을 들고서 파란 고양이에게 물은 것은 나였다.

"667호는 지구에서의 기억은 모두 잃은 상태로 다시 태어날 걸세."

파란 고양이는 금세 내 마음을 꿰뚫고서 대답했다. 지금까지 내 마음을 쭉 읽어왔나고 생각하니 살짝 기분이 언짢아진 나는 그에게 되물었다.

"그런데 계속해서 제 생각을 읽으시는 것 같아서요. 여기 온 첫날부터 제가 말로 꺼내지 않아도 이미 제 마음에 대답하셨잖아요? 왜 남의 생각을 함부로 엿보시는 거죠?"

"생각을 들여다보려 한 게 아니네. 느낌으로 아는 거야. 자네가 본래 태어난 지구 사람들도 모두 갖고 있는 기능이지. 남의 생각을 훔쳐 읽으려 하는 생각은 애초부터 없네. 모두가 연결되어 있다는 사실만을 인식할 뿐. 그저 느낄 뿐이지."

파란 고양이의 말에 반박할 말이 떠오르지 않았다. 그는 알 수 없는 표정을 지었다. 무표정에 가까운 표정이었지만, 그의 머릿속에는 내가 이해하기에는 너무나도 벅찬 커다란 무언가가 있을 것 같았다. 그의 생각을 이해하려면 적어도 나는 지구를 비롯해 얼마나 많은 행성에서 배움과 수행을 거쳐야 하는 걸까.

"네. 나쁘게 받아들여서 죄송합니다. 저는 여전히 부정적인 시각을 가지고 있는 것 같아요. 마음공부를 한 뒤로는 많이 나아지긴 했지만, 여전히 누군가를 불신하고 또 마음대로 판단하기도 해요."

"잘못된 게 아니야. 당연한 거야. 누구나 그렇다고 보면 돼. 자네만 그런 게 아니니 절대로 자신을 폄하한다거나 미워해서는 안 돼."

"네. 감사합니다. 정말로요."

파란 고양이는 대답 대신 나의 머리를 한 번 쓰다듬어주었다. 그의 손길은 묵직하지만 부드러웠다. 지구에서는 고양이들을 쓰다듬어주는 나였는데, 이곳 고양이들은 나를 마치 고양이인 것처럼 여겨주었다. 많이 아껴주고, 사랑으로 대했다는 뜻이다.

파란 고양이는 요괴들 앞에 섰다. 667호를 데리고 떠났던 형광 고양이 빼고는 모두가 파란 고양이를 바라보고 있었다.

"667호는 이제 더 이상 667호가 아닐세. 나 자신에게 붙여져 있던 번호 또한 이곳에서 기회가 주어졌다는 징표였어. 그러나 그는 불행의 소용돌이에서 끝내 빠져나오지 못했네. 자신에 대한 혐오감이 무척 컸기 때문이지. 참으로 안타까운 소식이지만, 그는 진짜 고통이 무엇인지 그곳에서 뼈저리게 느끼게 될 거야. 그러나 그 또한 나쁜 것만은 아니네. 때로 인간은 고통이 고통인 줄 알면서도 회피하지 않으려 할 때가 있지 않나? 더 큰 고통은 더 큰 깨달음을 가져다주기 마련이니까. 그의 진짜 영혼은 아마도 그걸 바랐는지도 몰라."

우리 전부는 숙연한 자세로 그의 말을 경청하였다. 그는 667호를 기리는 뜻으로 부하들과 함께 한쪽 무릎은 바닥에 두고 한쪽 무릎은 세운 채 오른쪽 손에 들린 창으로 바닥을 세 번 정도 내리쳤다. 그러고서는 눈을 감았다. 우리도 함께 눈을 감았다. 눈을 감은 뒤에는 얼마 전 본 그의 영상이 어렴풋이 보였다. 원장실에 앉아 있던 그의 모습은 점점 작아지더니 이내 어린아이로 변했다. 그는 울고 있었다. 아무도 그를 달래주지 않았다. 그는 외로움을 극심하게 느꼈던지 더 크게 울기 시작했다. 어린아이에서 아기로 돌아간 그는 생글생글 웃고 있었다. 아무것도 모른 채 아기는 그저 웃고만 있었다. 그를 안은 어머니는 그를 사랑스러운 눈으로 바라보고 있었다. 그녀의 옆에는 그녀의 전부였던 667호의 아버지가 든든하게 지키고 서 있었다. 그들은 아주 행복한 모습이었다. 세상에서 가장 행복한 667호의 가족은 웃으며 점점 내 시야에서 사라져 갔다.

30분 정도 눈을 감고 앉아 있었던 것 같다. 여기 온 뒤로는 시간을 전혀 알 수가 없으니 어림짐작만 할 뿐이었다. 눈을 뜨고 일어나니 파란 고양이와 그의 부하들은 언제 일어섰는지 일어서서 우리를 바라보고 있었다.
"그는 어둠의 행성에서 더 큰 깨달음을 얻고 자신의 영혼이 원하는 별로 가게 될 거라네. 우리 전부가 힘을 합쳐 바란다면, 그가 거기서조차 길을 잃는 일은 없을 거야."
여기저기서 고개를 끄덕이는 게 보였다. 나도 마찬가지였다. 그가 어른이 된 후로 감정을 제어하지 못해 일으킨 사건은 분명 잘못됐다. 어린 직원에게 술을 먹인 뒤, 원하지 않는 곳으로 끌다시피 데리고 간 그의 행적은 벌을 받아 마땅했다. 그러나 큰 시선으로, 전체적인 그의 삶에서 그를 바라보니 연민이 일었다. 부모의 영향은 자녀의 미래에 아주 큰 영향을 끼친다는 것을 다시금 깨달았다. 그와 반대로 누가 뭐라 해도 내 인생을 만들고, 살아가는 것은 오로지 내 선택이라는 것 또한 크게 느꼈다.

 진심으로 그의 영혼이 진실로 바라는 길을 따라가기를 염원했다. 여기 모인 모두의 마음은 그에게 깊숙이 전달되었을 것이다. 그는 비록 어둠의 행성에서 태어나겠지만, 그가 얻은 커다란 깨달음은 어둠의 행성을 밝힐 만큼의 힘을 지닐 것이다. 여러 마음이 모이면 그보다 더 큰 힘을 발휘하는 것은 없으므로. 어둠의 행성 또한 희망을 지닌 별이라는 것을 그곳 생명체들에게 전해줄 중대한 업무를 지닌 사람이 그이기를, 간절히 바라고 또 바랐다.

 "우리는 이제 어떻게 되는 겁니까?"

 갈비뼈가 휑하니 드러날 정도로 마른 요괴 하나가 파란 고양이를 향해 물었다.

 "자네들은 이제 서서히 지구로 돌아가야지. 진짜 자네들을 기다리는 그곳으로."

 "우리가 떠나온 동안 지구에는 무슨 일들이 있었나요?"

 "아무 일도 없었네. 돌아가면 똑같은 일상이 기다릴 거야. 다만, 변한 것이 있다면 자네들은 좀 더 성숙한 영혼으로 세상을 맞이하겠지. 여전히 자네들은 지하철을 타고 오던 그 순간이 이어지고 있는 것뿐이야. 그 순간이 멈추어 있다고 생각하면 되네. 자네들 주변 사람들은 자네들이 이렇게 겪고 있는 순간들을 전혀 알지 못하지. 지구로 돌아간다고 해도 전혀 어색할 것 없으니 걱정하지 말게나."

 "네."

대답하는 그의 표정은 아쉬움이 엿보였다. 지구로 돌아가고 싶으면서도, 여기에서 느낀 편안함을 잊고 다시금 소란스러운 환경으로 되돌아가려 하니 아쉬운 것이다. 나 또한 마찬가지였다. 요정들이 날아다니고, 모든 게 풍부하고 편안한 이곳을 떠나 지구의 생활을 시작하려고 하니 살짝은 겁이 났다. 그러나 돌아가고 싶은 마음이 더 컸다. 지구에는 내가 소중히 여기는, 나를 소중히 여기는 사람들이 있다. 그게 가장 큰 차이점이었다. 이 세계와 지구의.

"출근길 커피 한 잔이 살짝 그리워지기는 하네요."

마른 요괴 옆에 앉아 있던, 늙은 호박형 얼굴을 한 요괴가 말했다. 출근길 커피 한 잔. 하루를 시작하기 전 가장 좋아하는 순간이었다. 그것은 의식과도 같았다. 구수하고 향기로운 커피 향을 맡으면 부자가 된 기분이었다. 이렇게 커피 한 잔이라도 사 먹을 수 있는 나는 참 복이 많은 사람이구나 하는 생각을 자주 했었다. 엄마 몰래 어릴 적 한 모금 마셔 보았던 믹스커피는 퍽 맛있었다. 엄마가 부엌에 올려둔 커피 향을 맡을 때면 나는 행복해지곤 했다. 엄마 몰래 두세 모금 마셨을 때는 늦게까지 잠이 오지 않을 때도 있었다. 밀똥밀똥한 눈으로 많은 생각에 잠 못 이루던 밤이 있었다. 그러다 대학생이 된 후, 나는 커피를 더 자주 마시게 됐다. 처음에는 시험 기간 전 잠을 깨기 위해 마셨던 커피는 이제 내게 떼어놓을 수 없는 존재와도 같았다. 커피 없는 하루는 생각할 수 없었다. 누군가는 침울한 기분으로 커피를 마신다고 한다. 커피라도 마셔야 하루를 억지로 시작할 수 있다고. 적어도 내게는 아니었다. 커피는 하루 중 내게 주는 가장 큰 선물 중 하나였다. 아침의 커피는 내게 자신감과 편안함을 선사해주었으며, 동료들과 함께 마신 점심 커피 한 잔은 살아 있다는 기분을 느끼게 해주었다. 누군가와 공감할 수 있어 기뻤다. 커피

한 잔에는 많은 것들이 담겨 있었다. 무엇과도 맞바꿀 수 없는 추억이었다.

호박 요괴의 말에 깊이 공감하는 바였다. 싫기만 하던 출근길은 내게 다시 그리움으로 와닿았다. 이제는 삶의 모든 것들이 내게 의미 있게 다가왔다. 모든 것이 소중하였다. 소중하지 않은 것들은 없었다. 적 또한 마찬가지였다. 적으로 여겼던 것들이 있었기에 나는 성장할 수 있었고, 단단해질 수 있었다. 적이 없었다면 나는 무기력한 모습으로 살아갔을 것이다. 그렇다. 모든 것이 나를 살아 있게 만드는 것들이었다. 적이든, 귀인이든 내게 적절한 균형으로 항상 왔다가 사라지고는 했다. 균형이 잘 어우러졌을 때, 어느 한쪽으로 치우지지 않았을 때 나는 가장 행복한 감정을 느꼈다. 그 감정은 내 몸과 마음이 건강할 때 느끼는 신호와도 비슷했다.

파란 고양이는 호박 요괴의 말에 대답했다.

"모든 것들이 그리워졌다는 것은 그만큼 자신을 찾았다는 증거네. 이제 자네들은 돌아가도 좋겠어."

"여기서 나가면 이곳에서의 모든 기억을 영원히 잃게 되나요?"

파란 고양이는 잠자코 있었다. 대답을 잠시 망설이는 듯 보였다. 눈을 한 번 감았다 뜬 후 천천히 다시 입을 열었다.

"아마도. 영원히 기억하지 못한다. 라는 말은 맞지만, 오감은 결코 잊히지 않을 거야."

"그게 무슨 말인가요?"

"감각 말이네. 기억이 아닌, 감각."

"감각이 정확히 무엇을 잊지 않는다는 건가요?"

"우리는 지구에서 자연이기도 하다는 말을 했지. 나는 자네들의 하늘과 바다이기도 하다네. 들판인 고양이도 있고, 숲의 역할을 하는 고양이도 있지. 우리는 하나지만, 여럿이기도 해. 지구의 위, 아래, 옆 모든 곳에서 자네들을 느끼고 있지. 우리가 전하는 메시지들은 자연을 통해 전해질 거야. 이곳을 거쳐간 인간들은 디지털화로 변해버린 세상 속에서 가장 민감하게 자연을 느낄 수 있게 돼. 자연은 인간의 마음 가장 내밀한 곳과 연결되어 있어. 그래서 나 자신을 잃지 않고 마음의 소리를 들으며 가장 나답게 살아갈 수 있지. 삶에서 실패하고, 고통이 반복되는 날들이 있겠지만 그 전과는 확실히 다를 거야. 자연으로부터, 온 우주로부터 우리가 전하는 메시지들이 자네들에게 그대로 전해질 테니까 말이야. 온 감각을 통해서."

"우리는 결국 함께하는 거로군요."

"그렇다네."

말을 마친 파란 고양이는 미소를 지어 보였다. 그의 하얗고 투명한 송곳니가 살짝 드러났다. 그는 졸려 보였다. 피곤함에 지쳐 잠이 쏟아지는 모습이 아니었다. 반대였다. 우리가 하루를 알차게 보낸 뒤, 하루를 만속스럽게 보냈을 때 아무 걱정도 불안도 없이, 스르르 잠드는 그런 하루를 보낸 것 같은 모습이었다. 정확히 말하면 기분 좋은 피곤함이었다.

그에게 쉬는 시간은 있는 걸까. 쉼이라는 것을 그는 알까? 책임감만으로는 이런 일을 매일같이 하기란 불가능한 것처럼 보였다. 어쩌면 그는 신과 같은 존재일 것이다. 하나인 동시에 여러 모습으로 우리 곁에 존재한다고 하였다. 나는 신과 가장 가까운 곳에서 시간을 보낸 요괴이며, 인간인지도 몰랐다. 그가 신인 동시에 자연 만물이라는 생각은 확신에 가까워졌다.

지구로 돌아간 나는 어떻게 내 인생을 이끌어나갈까. 그건 아마 고양이들 말대로 자연이 이끄는 대로, 내 가슴이 이끄는 대로 살아나가게 되지 않을까.

나는 그토록 지구에 오길 원했던 영혼 중 하나다. 본래 살던 별에서는 지구에서의 배움을 얻기 위해 서로 오고자 하는 이들이 많다고 했다. 그토록 소중한 경험을, 나는 부정하고 회피하고 있던 것이다. 그 어느 때보다 소중히 여겨져야 할 내 삶이었다. 하루, 일 분 일 초가 소중하지 않은 날들은 없었다. 나를 방치한 것은 나 자신뿐이었다.

돌아가야 할 시간

파란 고양이는 마지막으로 우리를 데려갈 곳이 남았다고 했다. 바다, 숲, 지구와는 다른, 눈이 부시게 아름다운 이곳에서 또 다른 곳으로 가본다는 건 설렘을 느끼기 충분했다. 이 세계는 무한이란 생각이 들었다. 파란 고양이가 마음만 먹으면 뭐든지 창조할 수 있는 그런 곳 말이다.

파란 고양이 무리는 가장 항상 그랬듯 가장 앞에 서서 힘찬 걸음으로 걸어갔고, 요괴들을 이끌었다. 그의 부하들은 양쪽에서 그를 경호하듯 펼쳐져 걸었다. 걸을 때마다 그들의 꼬리가 이따금 말아 올라가기도 했으며, 이리저리 홰치듯 춤을 추기도 했다. 꼬리만 보았을 때는 영락없는 지구 고양이들과 같았다.

우리는 또 다른 숲길로 걸이 들어갔다. 이제는 가시덤불도, 작열하는 태양도 없었다. 고요할 뿐이었다. 침묵 속에서 반딧불 요정들의 날갯소리만 붕붕 하고 들릴 뿐이었다. 나뭇잎들이 서로 스치며 내는 박수 소리는 기분을 한층 들뜨게 했다. 저절로 휘파람이 나왔다. 나뿐만 아니라 주변 요괴들도 즐기고 있었다. 껑충껑충 뛰는 요괴도 있었고, 아예 노래를 부르는 요괴도 있었다. 처음에 지하철에 실려 이곳으로 온 우리의 음울한 표정들은 잊힌 지 오래였다.

포근하면서도 차가운 흙바닥은 발바닥의 피로를 풀어주었다. 꽁지가 긴 새 한 마리가 영롱한 색으로 이루어진 꽁지를 우아하게 늘어뜨리며

돌아가야 할 시간

나뭇가지 위에 앉아 있었다. 새가 지저귈 때마다 실로폰을 두드리는 것 같은 소리가 났다. 작고 여린 종을 두드리는 맑은 음색이었다. 향기로운 소리였다.

"나뭇가지 위의 새는 자네들 별에서는 전설로 전해지는 '봉황'이라네."

파란 고양이는 얌전히 앉아 노래를 부르는 새를 가리키며 말했다.

"봉황은 상서로운 동물의 모습을 모두 지닌 만큼, 모든 능력 또한 지니고 있지."

"어떤 능력을 지니고 있나요?"

"닭처럼 새벽을 깨우는 능력, 즉 아침이랑 연관된 능력이 있어. 모든 만물을 깨우고 활기에 넘쳐나게 하지. 기러기의 모습은 신의를 지키고, 기린은 어진 성품을 상징하지. 제비는 비를 내리게 만들고, 부귀를 가져다주며 이 밖에 지닌 동물의 모습들은 장수, 풍년, 예지력, 다산, 여러 가지의 상징성을 지니고 있어. 제왕이 가져야 할 모든 덕목을 지니고 있다고 할 수 있지. 본래 봉황은 모든 인간이 곁에 두고 볼 수 있는 새였네."

"그런데 왜 저희는 한 번도 보지 못한 걸까요?"

"실제로 본 자들이 몇 있기는 하지만, 인간은 본디 푸른 하늘 같던 마음을 먹구름 속에 가두어버린 뒤부터는 보기가 어려워졌지. 봉황은 아주 깨끗하고 청명한 마음으로만 볼 수 있어. 평온함의 경지에 이른 상태에서만 볼 수 있네. 아주 작은 티끌 같은 오염된 마음이 조금이라도 남아 있으면 결코 저 새를 볼 수 없지. 그러나 지구에서는 안타깝게도 봉황을 볼 수 있는 자가 거의 없네. 봉황 또한 오염되고 어지러운 지구에서 도저히 살 수 없는 지경에 이르러 우리가 이곳으로 데리고 왔지. 봉황이 보이는 것은 현재 자네들 마음이 깨끗하기 때문이야. 더불어 여기도 마찬가지로 오염이 전혀 되지 않은 곳이라서 보는 게 가능한 법이지."

 전설 속으로만 보던 봉황이 내 눈앞에 있었다. 믿기지 않았다. 그의 자태는 우아하면서도 강렬했다. 머리 위로 솟은 황금빛 깃털은 그의 위상을 한층 더 돋보여주었다. 봉황은 노래를 부르다가 자신을 보고 멈춰 선 우리를 고개를 갸웃거리며 보고 있었다. 이윽고 퍼덕이는 소리가 나더니, 크기가 좀 더 크고 깊은 바다 색깔을 지닌 파란 봉황이 본래 있던 봉황 옆에 앉았다. 나뭇가지가 휘청거렸다. 본래 있던 봉황은 붉은색을 띠었다. 마주 앉은 두 봉황을 바라보니 대한민국 국기가 떠올랐다.

 그들은 서로를 마주 보며 노래를 불렀다. 붉은 봉황은 높은 음색을 가진 실로폰 소리가 났다면, 푸른 봉황은 그보다는 조금 묵직한 오르간과 같은 소리를 내었다. 무슨 노래인지는 모르지만, 편안하고 아름다운 노래였다. 둘의 노랫소리는 한데 어우러졌고, 영혼을 울리는 노래가 되어 숲속 가득 퍼져나갔다. 우리 모두 귀 기울여 노래를 들었고, 모두 심취해 있었다. 노랫소리는 온몸으로 전달되는 것처럼 느껴졌다. 선율이 몸을 타고 흐르는 느낌이었다. 우리는 한참을 서서 봉황이 부르는 노래를 들었다. 천국이었나. 이미 나는 천국에 와 있는 게 틀림없었다. 시시히 노랫소리가 잦아들더니, 이내 무지개색을 띤 긴 꽁지를 펄럭이며 세차게 날아올랐다. 그들이 날아갈 때마다 날개에서 황금빛 가루가 사방에 흩뿌려졌다. 덕분에 온 숲이 반짝반짝 빛났다. 우리는 황홀감에 취해 다시 걸을 때까지 시간이 좀 걸렸다. 봉황을 스스로 잃은 것은 우리 자신이라는 생각에 조금 화가 나기도 했지만, 어쩌면 다시 볼 날이 올 수 있지 않을까 하는 희망이 차올랐다.

 평온한 마음으로 우리는 숲길을 산책했다. 목적지에 닿을 때까지 우리는 천천히 풍경을 즐겼다. 마지막이라는 생각에 자꾸만 그리움, 서운

한 감정이 불쑥 올라오고는 했다. 그러나 겪는 과정 또한 끝이 있기에 더 아름답다는 사실을 나는 이미 깨닫고 있었다. 마침내 목적지에 도달한 것 같았다. 파란 고양이와 그의 무리가 저 앞에서 걸음을 멈추었다. 걸음을 멈춘 곳에는 커다란 동굴이 입을 벌리고 있었다. 동굴은 무엇이 있을까 궁금함을 주면서 동시에 두렵기도 했다.

"자. 이제 동굴로 들어갈 거야. 동굴 안은 알다시피 어둡네. 걷는 길을 조심해서 오도록 하게."

파란 고양이와 부하들을 따라 걸어 들어갔다. 동굴은 오랜만이었다. 오래전 가족들과 여름에 강원도로 여행을 간 이후로 처음이었다. 동굴답게 무척 시원했다. 춥지 않았다. 기분 좋을 정도로 시원하게 느껴졌다. 곧 어둠에 적응한 눈은 시야가 조금씩 밝아졌고, 주위를 둘러볼 수 있었다. 은은한 광채가 감도는 원석으로 이루어진 동굴이었다. 벽 전체가 원석으로 이루어져 있었는데, 자수정과 같은 보라색이 아닌 검은색이었다. 만지면 매끄러울 듯한 느낌으로 빛나고 있었다. 마치 옥과 같은 표면을 지닌 원석이었다.

파란 고양이는 박물관 안내원처럼 우리에게 설명을 해주었다.

"이 동굴의 벽은 오닉스라는 '파워스톤'으로 이루어져 있네. 파워스톤은 지구에서도 널리 이용되고 있지. 특히 여성들은 원석으로 이루어진 팔찌라든가 장신구를 착용하고 다니는 경우가 많아. 오닉스의 특징은 '새로움'을 추구한다는 거야. 잊을 수 없는 괴로운 과거나 추억을 가진 이에게 생각의 고리를 끊고, 새로운 만남의 기회를 주기도 하지. 낡은 껍데기에 갇혀 산 '나'를 깨고, 새롭게 태어날 기회를 주지. 악한 기운을 차단하는 역할도 하지."

"오닉스 동굴이군요."

내가 그의 말에 동의하듯 대답했다.

"벽의 90%가 오닉스 원석으로 이루어져 있으니, 틀린 말은 아니야. 그러나 다른 원석들, 즉 수정들도 10% 정도를 차지하고 있네. 이 동굴이야말로 가장 정화된 곳이라고 말할 수 있지. 전혀 오염되지 않은 곳."

동굴은 계속해서 신비로운 분위기를 자아냈다. 발에서 느껴지는 촉감이 마치 지압 돌을 밟고 지나가는 것 같아 아래를 내려다보았다. 투명한 구슬이 바닥에 넓게 깔려 있었다. 걸을 때마다 잘그락잘그락 소리가 났다. 소리와 동시에 발이 건강해지는 기분이 들었다. 자극이 올 때마다 살짝 아프긴 했어도, 시원한 느낌에 더 가까웠다.

"발아래에 밟히는 구슬 같은 것도 원석인가요?"

파란 고양이에게 물었다.

"맞아. 그건 바로 백수정이지. 말 그대로 투명하고 맑은 게 백수정이 가진 가장 큰 매력이야. 에너지의 흐름을 향상시키고 신체의 기를 원활하게 만들어 균형을 잡아주지. 이 수정은 다른 천연석과 있을 때 그 존재가 더욱 빛을 발한다네. 어떤 원석과도 잘 어울리고, 마치 자신을 희생해서 누군가를 빛내주는 느낌이지."

"정말 아름답네요."

파란 고양이의 바로 뒤에 서 있던 1003호가 말했다. 그녀는 이 동굴이 썩 맘에 들어 보였다. 벽면을 쓰다듬고, 발아래에 있는 백수정을 한 움큼 잡아 가만히 들여다보기도 했다.

"그러나 심신이 약해져 있을 때는 스톤이 거부를 하는 일이 있어. 그럴 때는 왠지 팔찌가 차기 싫다거나, 집에 인테리어로 놓아둔 스톤이 왠지 집과 어울리지 않아 보일 때가 있어."

"그 이후부터는 절대 스톤을 곁에 놓아두면 안 되는 건가요?"

"아니. 그건 아니야. 상황이나 나의 상태에 맞게 놓아두면 돼. 그게 아니면 충분히 정화를 시켜도 좋고. 달빛에 자연스럽게 놓아두어도 좋고, 식물 곁에 두어도 충분한 정화가 돼. 햇볕에 말려도 좋지만, 태양은 엄청나게 강한 에너지를 내뿜는다네. 태양 정화는 30분 정도면 충분해."

박물관 안내원 같은 그의 설명을 들으며 동굴을 걸어가니, 지루함이 없었다. 원석 이야기는 내게 흥미롭게 다가왔다. 우리는 계속해서 깊숙한 곳으로 걸어갔다. 이 동굴의 끝은 있는 걸까. 여기 와서는 모든 것이 길고 느렸으며 고요했다. 아니 어쩌면 내가 너무 빠른 세상에 중독된 건지도 몰랐다.

중독에서 완전하게 벗어나 있는 기분이었다. 다시 내가 있는 곳으로 간다면, 나는 또다시 중독으로 인한 생활을 하지 않을까 염려되었다. 이 순간을 최대한 즐기기 위해 발에서 느껴지는 감촉, 눈에 비치는 오닉스의 광채, 잘그락거리는 소리, 모든 오감을 곤두세웠다. 끝없이 펼쳐진 동굴이 두 갈래로 갈라졌다. 왼쪽과 오른쪽 두 가지 길이었다.

"각자 직관을 따르도록 하게. 마음이 원하는 길로 들어서면 돼."

나는 가만히 마음에 귀를 기울였다. 왼쪽, 오른쪽 모두를 가리키고 있었다. 약간의 혼란이 왔다. 그럴수록 깊이 더 내면에 집중했다. 갈팡질팡하던 마음은 한참이나 계속되다가, 마침내 오른쪽이라는 결과에 다다랐다. 왼쪽으로 가도 나쁠 것 없다는 생각이 들었지만, 오른쪽이 조금 더 끌렸던 건 사실이다.

"이제 마음이 정해준 길로 들어서면 되네. 우리는 갈라지는 이 길에서 기다리고 있을 거야. 그럼 다들 잘 다녀오도록 하게."

파란 고양이와 부하들은 손을 흔들며 우리를 배웅하였다. 주홍빛 고양이는 내게 미소를 지었다. 귀여운 그의 송곳니가 보였다. 나는 환해진 마음으로 오른쪽 길로 들어섰다. 깜깜한 동굴 내부가 이어졌다. 나를 포함한 세, 네 명 정도의 요괴가 오른쪽으로 들어왔다. 1003호는 아마도 왼쪽으로 간 것 같았다. 계속해서 들어가니, 사방이 막힌 넓은 공간이 나타났다. 공간의 한가운데에는 지구와 비슷하게 생긴 둥근 수정 하나가 빛을 내뿜고 있었다. 크기는 농구공만 했다. 수정은 한가운데에 솟은 바위 위에 가지런히 놓여 있었다.

"저게 뭘까요?"

내 옆의 요괴가 내게 물었다.

"글쎄요. 수정 같아 보이지 않아요?"

"흠. 저 수정에 뭔가 답이 있을 것 같아요. 한 번 가까이 가보도록 해요."

나와 요괴들은 조심스레 수정 곁으로 다가섰다. 수정은 어마어마한 기를 내뿜고 있었다. 선함과 강함, 성스러운 기운을 한데 뭉쳐놓은 것 같았다. 수정은 우리를 기다리고 있었다는 듯, 밝은 빛을 다시 한번 내뿜었다.

우리는 약속이라도 한 듯 오른손을 수정 위에 가만히 올려다 두었다. 무의식은 위대했다. 아무것도 생각하지 않았는데 모두가 같은 행동을 한 것이다. 손을 올린 뒤, 가만히 눈을 감았다. 이 또한 모두가 같게 행동했다. 온전히 그의 의도를 느끼려 집중하였다. 숨을 크게 들이마시고, 입으로 후 하고 내뱉었다. 순식간에 평화가 몰려왔다.

수정은 말을 건넸다. 말소리는 머리 전체로 울려 퍼졌다. 수정이 직접 소리를 내는 게 아니라 각자의 마음으로 전달하는 것 같았다. 소리가 귀로 들린다기보다, 머릿속에서 울리는 것과 더 가까웠다.

'그저 믿으면 돼. 그 믿음이 너의 인생에 가장 큰 풍요를 부를 거야.'

'무엇을 믿으라는 거죠?'

나는 마음으로 수정에게 말했다.

'너 자신.'

'그러고서는 어떻게 살아가야 할까요?'

'진리를 따르면서 살아야지. 한 번 길을 잘못 들면 다시 빠져나오기가 무척 어려워. 그리고 인연을 늘 소중히 해야 하고. 만나는 인연 중에 소중하지 않은 인연은 하나도 없어.'

'악연조차도요?'

'음. 악연 또한 분명 뜻이 있어 존재하는 것이니, 인생 전체를 통틀어 보면 꼭 필요한 것이지.'

'악연 때문에 너무 힘들었는데, 소중히 여긴다면 악연을 계속 이어나가야 한다는 뜻인가요?'

'아니. 그것은 절대 아니야. 저절로 떠나가도록 만들어야지. 악연이 내게 알려준 배움을 깨달은 뒤에는 악연을 서서히 끊어내는 거야. 방법은 용서야. 용서하고, 나 자신을 위해 또 용서해야만 해. 미운 마음으로 악연에 똑같이 상처를 준다면, 반드시 내 마음에도 자국이 남을 거야. 그 상처 자국을 완전히 지우기란 쉽지 않지. 용서하고, 내려놓는다면 알아서 악연은 사라지고, 네 곁에 더욱 귀한 인연이 다가와 자리를 채우게 될 거야. 그게 바로 인생에서 만나게 되는 귀인이지.'

'네. 늘 힘들 때는 책으로든, 직접적인 만남으로든 누군가 항상 나타나고는 했어요.'

'그럼. 귀인은 언제나 네 곁에 있고, 또 필요하면 반드시 나타날 거야. 마음을 항상 열고 있어야 해. 어리석은 잠에서 깨어나야 해. 지혜의 눈으로 세상을 바라보도록 해.

나는 가슴 깊이 수정의 말을 새겼다. 순간 크고 영적인 에너지가 가슴을 훑고 지나가는 게 느껴졌다. 내 가슴은 환하고 커다란 에너지로 빛이 나는 것 같았다. 뜨겁고 강렬한 기운이었다. 나는 수정이 내게 전해주는 큰 힘을 온몸과 마음으로 받았다. 무엇이든 할 수 있을 것 같았다. 마치 〈알라딘〉에 나오는 지니를 만난 기분이었다. 내가 원하던 모든 것이 이미 이루어졌다는 걸 수정이 주는 에너지를 통해 알 수 있었다.

 '나는 솔직히 내가 어떤 모습으로 살아가야 하는지 헷갈려요. 혼자 있는 시간을 원하면서도, 많은 사람과 대화하기를 즐기죠. 그리고 글을 쓰고 그림을 그리는 것과 같은 정적인 행동을 좋아함과 동시에 춤추고 노래하는 활동적인 것 또한 좋아해요. 누군가를 위해 마음을 쓰고 희생하는 일이 좋으면서도, 동시에 지치는 일이기도 해요. 마치 균형을 잃고 살아가는 기분이랄까. 나는 누구일까요? 나와 어울리는 모습은 도대체 어떤 모습인지 당최 모르겠어요.'

 나는 답답한 기분으로 수정에게 물었다. 수정은 잠시 아무런 답을 주지 않았다. 그러다 결정한 듯 내게 대답했다.

 '너를 단정 지으려 해서는 안 돼. 외부 모습들은 네 안에 모두 포함된 모습들이지. 타인들이 변덕스러운 모습을 보이듯, 너 자신 또한 변덕스러운 누군가임을 기억해. 다만 상황에 맞는, 환경에 맞는 그 자신으로 살아가면 돼. 그 답은 마음만이 알고 있지. 마음이 옳다고 느끼는 그 상태로 행동하면 되는 거야. 꼭 나 자신을 단정 지을 필요는 없어. '나'는 누구도 될 수 있지만, 또 누구나 될 수 없지. 하나이면서 여럿일 수 있는 거야. 즉, 조용하고 사색하는 모습도 너 자신이고, 남들 앞에서 나서고 싶어 하는 모습도 너 자신이야. 어렵게 들리겠지만, 그게 바로 진실이란다.'

 '네. 귀한 말씀 정말 감사합니다. 수정님.'

수정은 그에 답하듯 나를 따스함으로 가득 채워주었다. 그의 말이 완전히 이해하기 어려운 것은 사실이었다. 어렴풋이 이해할 뿐이었지만, 수정이 전하는 진심만큼은 온전히 전해졌다. 30년간 찾아 헤맸던, 나 자신에 관한 해답을 나는 이제야 찾을 수 있었다. 나는 나 자신을 늘 단정 지으려 했다. 그럴수록 나는 더 헤맸다. 어려운 상황에 놓였을 때도 한정된 모습으로 길을 찾으려 하니, 길을 찾지 못하는 건 당연한 일이었다. 나는 어디에도 갈 수 있고, 어떻게든 살 수 있는 자유로운 누군가였음을 잊고 살았다. 오랜 시간 동안.

막혀 있던 가슴이 뻥 하며 순식간에 뚫렸다. 나를 찾는 일이 이렇게 쉬운 일인 줄 상상도 하지 못했다. 항상 답답했고, 불안했다. 내 과거도, 현재도, 미래도 모두 구름 낀 하늘과 같이 흐릿했다. 드디어 푸르고 맑은, 본래의 하늘을 찾았다. 파란 고양이는 30년 동안 찾지 못했던 나를, 단지 사랑과 정화를 통해 찾게 해주었다.

'이제야 찾았구나. 본래의 순수한 상태인 너를. 너는 무엇이든 할 수 있고, 될 수 있다는 사실을 명심해. 그것을 믿지 않고 살아왔을 뿐이야. 그저 믿으면 돼. 그러면 어느새 네가 원하던 현실 속에 사는 너를 발견할 테니까. 그 이상 두려워하지 않아도 돼. 마지막으로 할 말이 있어. 진짜 나로 살면 돈을 비롯해 내가 원하는 모든 것이 저절로 끌려올 거야. 하기 싫은 일은 억지로 하지 말되, 내게 주어진 일을 즐거운 마음으로 해야 해. 힘을 빼고, 자연스럽게. 긴장되지 않은 상태로, 내 속도로 주어진 일을 해나가다 보면 부, 풍요, 행복과 같은 것들은 자연스레 내 곁에 다가와 있을 거야. 근거 없는 이야기가 아니라, 이것을 실제로 겪는 자들이 많이 있어. 원하는 모든 것들을 누리기 위해서는 진짜 나 자신을 찾고, 나 자신으로부터 살아가는 데에 답이 있지. 복잡하고 혼란스러운 세상에서 잃어버린 나를 찾는 데에는 어쩌면 시간이 걸릴지도 모르지만, 그것은 삶에 있어 필수적인 과정이야. 한 달이든 일 년이든 그 시간을 투자할 가치는 충분해.'

수정은 이 말을 마지막으로 서서히 빛을 줄여갔다. 마치 불에 탄 장작이 서서히 꺼져가듯, 수정이 내던 강렬한 빛과 에너지도 조금씩 줄어들었다. 동시에 나와 요괴들은 눈을 떴다. 우리는 서로의 모습을 보며 놀라지 않을 수 없었다. 팔에 듬성듬성 나 있던 털들은 모두 사라지고 없었다. 다시 매끈한 피부로 돌아온 것이다! 얼굴에 손을 대고 쓰다듬으니, 얼굴 전체에 있던 수염과 털도 모두 사라진 상태였다. 발을 내려다보았다. 출근 날 신고 있었던 운동화였다. 귀에는 출근 날 아침 꼈던 귀걸이가 그대로 달려 있었다. 함께 있던 요괴들도 모두 지하철에서 본 모습과 똑같았다. 우리는 모두 그날의 모습으로 돌아가 있었다. 우리 자신의 모습을, 수정을 통해 완전히 되찾은 것이다. 돌아갈 때가 임박했다는 사실이 반가웠다. 동시에 이곳을 떠나야 한다는 사실에 무척 서운했다. 아쉬운 마음은 나뿐만 아니라 이들도 마찬가지로 느끼고 있었다. 우리 본연의 모습을 되찾았다는 사실에 기뻤던 우리는 치아를 드러내며 미소를 지었다. 동시에 눈에는 살짝 눈물이 고였다. 다시는 이곳으로 돌아올 수 없다는 사실을 우리는 알고 있기 때문이었다. 다시는. 절대로.

빛이 꺼진 수정을 뒤로한 채 우리는 파란 고양이 무리가 기다리는 통로로 다시 걸어갔다. 여전히 그들은 두 갈래의 길 가운데 서 있었다. 그들도 우리와 같은 마음이라는 걸 직감으로 느낄 수 있었다. '나'를 찾은 우리의 모습에 기꺼이 기뻐하는 모습이었다. 동시에 서운한 감정은 가슴으로 전해졌다. 함께 한 시간 동안 진실로 서로를 믿고, 연결되었기 때문이리라. 태어나 이렇게 깊고 큰 사랑은 거의 처음 느껴보는 기분이었다.

"인생에서 갈림길 앞에 놓일 때도, 지금과 같이 직관에 따라 향하면 되네. 늘 마음의 말을 잘 듣고 따라가는 자네들이 되길 바라. 마음은 답을 이미 알고 있으니까. 그러나 아주 쉽지만은 않을 거야. 외부적인 요소에 따라, 즉 눈에 보이는 것들로 인해 마음에 혼란을 느낄 수가 있어. 명심해야 해. 눈에 보이는 것보다 보이지 않는 것이 훨씬 중요하다는 것을."

"네. 알겠습니다. 그런데 왼쪽으로 갔던 이들은 왜 아직 돌아오지 않죠?"

"그들은 말이야."

파란 고양이는 잠시 말을 멈췄다. 그리고는 결심한 듯 덧붙여 이야기했다.

"여전히 혼란에 빠져 있네. 여기에 와서 정화 작업을 반복해서 받았지만, 어렸을 때부터 자리 잡아온 고정관념을 완전히 깨부순다는 건 어려운 일이지."

나는 순식간에 불안해졌다. 왼쪽으로 들어가는 1003호의 모습을 보았기 때문이었다. 그녀는 과연 돌아올 수 있는 걸까?

"그들이 혹여, 동굴 속에 갇히는 건 아니겠지요?"

"그건 아니네. 걱정 마. 동굴에 갇히는 경우는 거의 없어. 수백 년에 한 번 정도 있을까 말까지."

"갇힌 사람이 있기는 있단 말이네요?"

나는 심각해진 얼굴로 다시 물었다. 1003호가 또 떠올랐기 때문이다.

"한두 번 보기는 했어."

"그들은 왜 갇힌 거죠?"

"다시 돌아가고 싶지 않은 마음이 너무나도 컸던 거야. 두려움이 순식간에 그들을 잠식시켰지. 두려움은 점점 크고 강해져 강력한 힘이 되어버렸어. 그 힘은 그들을 동굴 안 깊숙이 가두어버렸지. 동굴은 그들이 새로운 세계를 경험하고 싶지 않다는 뜻으로 받아들인 거야. 예를 들면 이런 거네. 수정은 내 마음이 가장 원하는 이상을 알려주는 역할을 해. 수정은 사람에 따라 다르게 길을 알려준다네. 자네는 명상이나 요가, 책을 통해 평소에도 마음 관리를 잘해온 사람이지. 그래서 비교적 빨리 답을 찾을 수 있었어. 자네들과 함께 간 이들도 마찬가지야. 평소에 마음공부에 관심이 많고 일찍이 삶과 인생을 어느 정도 깨달은 자들이지. 온전한 자신으로 살아가기 위해 노력한 자들이야."

"그러면 왼쪽으로 간 자들은 그런 경험이 거의 없다는 건가요?"

"안타깝게도 그렇지. 사실은 희생자들이기도 해. 주변 사람들에 의한. 그러나 그것도 모두 본인의 선택이지. 마음은 늘 신호를 보내지만, 애써 무시했던 건 그들이니까."

나는 1003호가 다시 한번 떠올랐다. 대부분의 일생을 돈과 일에 바친 그녀의 삶에서 영혼은 끊임없이 신호를 보냈으리라. 그러나 그녀는 영혼의 신호를 모른 체했다. 그녀가 가진 고정관념은 뿌리가 굵고 튼튼했다. 자신은 항상 불행하며 가난하다는 생각을 버리지 못한 채로 40년 가까이 살아온 것이다. 그 뿌리를 완전히 뽑기란 어려움이 당연하다. 뿌리를 뽑으려면, 아주 강력하고도 더 큰 에너지가 필요하기 때문이다. 그러기 위해서는 결심을 단단히 해야만 한다.

"그들이 얼른 돌아왔으면 좋겠네요."

나는 초조한 마음으로 그에게 전했다.

"그건 나도 마찬가지야. 시간이 걸리더라도, 돌아와주기만 한다면 문제가 될 건 없지."

우리는 한참이나 길이 갈라지는 곳 중간에서 기다렸다. 동굴 속에서 시간은 한없이 느리게 갔다. 왼쪽에서 사람들이 하나둘씩 나오기 시작했다. 그들은 피곤한 기색이 역력했지만, 밝은 얼굴을 하고 있었다. 힘들고 긴 시간이었지만, 마침내 자신을 찾은 자들이었다. 그러나 1003호의 모습은 여전히 보이지 않았다. 그녀가 동굴에 갇힌 상상을 했다. 어두운 동굴 속에 갇힌 그녀의 모습을. 그녀는 완전히 자신을 가두어버린 것이다. 지구에서의 생활도, 이곳 생활도 아무런 의미가 없어진 그녀는 오직 죽음만을 기다린다. 그녀는 자신을 찾는 게 너무나도 두려웠다. 나이에 한계를 둔 그녀는 자신이 아무것도 할 수 없다는 사실에 절망한다. 마음이 아무리 용기를 주어도, 뿌리치기만 하는 그녀. 그녀는 남은 평생을 동굴에서 보낸다. 빛 한 점 들지 않는 동굴 속 어딘가에 갇혀 누구와도 섞이지 않고, 그 어떤 것도 먹지 않으며 멍하니 살다 생을 마감하는 것이다.

불안한 상상을 하다가 그만 잠들어버렸다. 기다림은 오래 지속되었다. 나는 그녀기 돌아오기를 간절히 바라면서도 힘겨웠다. 간절히 바라는 것은 보통 이루어지지 않았으니까. 두려운 마음은 꿈에 그대로 나타났다. 동굴 속에 갇힌 그녀가 보였다. 고통스러워했다. 아무 감정도 느낄 수 없는 무기력한 상태였다. 그녀는 동굴에서 하염없이 뱅글뱅글 돌기만 했다. 그 모습이 너무도 안타깝고 무서웠다. 우리에게 주어진 평범한 일상이 얼마나 감사한 것인지를 보여주는 것 같았다. 나는 그녀를 불러보았지만, 그녀는 듣지 못했다. 그녀는 영원히 동굴 속에 갇혀버렸다. 내 불안감이 그녀를 그렇게 만들어버린 것일까.

순간 몸이 좌우로 흔들렸다. 나는 어지러움을 느끼며 깼다. 눈을 떠보니, 형광 고양이가 나를 흔들어 깨우고 있었다.

"이제 일어나야지. 너를 기다리는 이들이 있는 곳으로 가야 할 시간이야."

부스스한 눈을 제대로 뜨지도 못한 채, 나는 일어섰다. 멍한 상태로 걸으려는 순간 누군가 내 옆에 다가와 팔짱을 꼈다. 그녀였다! 그녀는 마침내 자신과 힘겨운 싸움을 끝낸 뒤, 내 옆으로 돌아왔다. 그녀는 환하고 밝은 미소를 보여주었다.

"걱정했어요. 많이요. 돌아오지 못하실까 봐요. 너무 무서운 나머지 악몽까지 꿨어요."

"제 걱정 한 거예요? 감동이네요. 사실 좀 힘들긴 했어요. 제 마음이 말하는 게 뭔지, 나는 어떤 삶을 살아가야 하는지 전 나 자신에게 물어본 적이 한 번도 없거든요. 그것들을 한꺼번에 정리하려 하니, 시간이 좀 걸렸어요. 나는 정답이라 생각하고 살아왔던 것들이 실은 누군가에게 해를 끼치기도 했다는 걸 알았어요. 지금까지는 부모님 말씀이 무조건 옳다고 생각했거든요. 믿고 싫기는 해도 어릴 때부터 들어온 말이 부모님 말씀밖에 없으니 제 세상은 부모님이 말한 세상, 딱 거기까지일 뿐이었죠. 솔직히 모든 게 두려웠어요. 친부모인 그들도 내게 고통을 주는데, 세상은 얼마나 위험하고 폭력적인 곳일까. 그러면서 나 자신을 변화하지 못하게 가두어버린 거죠. 그게 꼭 나를 위한 말은 아니더라고요. 부모님도 각자 살아온 인생이 있었고, 저 또한 제 인생을 살 자격이 있는데 저는 그 자격을 스스로 박탈시켜가며 살아왔더라구요. 저는 지하철을 타고 이 세계에 올 수 있었던 건 제 삶의 가장 큰 기적이라고 생각해요. 파란 고양이에게는 미안한 말이지만, 지구에 있는 모든 사람이 여기 올 기회가 있으면 좋겠어요."

나는 곰곰이 생각한 뒤 그녀에게 대답했다.

"그럼 파란 고양이와 여기 사는 고양이들, 그리고 생명 가진 모든 것들이 좀 많이 힘들지 않을까요? 더 좋은 방법이 하나 있긴 한데요."

"그게 뭔데요?"

그녀는 진심으로 궁금한 듯 눈을 동그랗게 뜨고 쳐다보았다.

"지구가 여기처럼 변하는 거요. 지구가 바로 파란 고양이의 세계처럼 될 수 있으면 그야말로 최고죠. 여기보다 더 좋은 세상이 되는 데 충분한 가치가 있어요. 지구는."

"물론 그렇게 되면 가장 좋겠지만, 그렇게 변할 수 있을까요?"

"그럼요. 파란 고양이가 처음부터 저희에게 계속 말해왔던 게 있잖아요. 바로 '희망'이에요. 답은 그거죠. 지구에는 '희망'이 있다고. 그래서 사람들은 아무리 큰 어려움이 있어도 잘 살아갈 수 있는 거라고."

"그러네요. 정말 기억력 좋으신데요? 지구가 빨리 변할 수 있는 방법이 있을까요?"

"바로 저희가 그 열쇠예요."

"네? 저희가요?"

1003호는 의아하다는 듯 눈을 동그랗게 뜨고 되잡아 물었다.

"네. 저희가 이곳에 온 이유는 저희를 통해 지구를 훨씬 더 빨리 이곳과 같이 변화시키기 위해서였어요. 수정과 대화를 나누며 자연스럽게 알 수 있었죠. 진짜 내 안에 숨겨진 '나'를 찾는 건 훨씬 더 세상을 이롭게 하는 과정이에요. 우리는 여기서 보고, 듣고, 겪은 것들을 주변 사람들과 내가 할 수 있는 꿈을 통해 최대한 많은 이들에게 알리는 거예요."

1003호, 아니 이제 그녀는 더 이상 죄수가 아니었다. 그녀는 '임선이'였다. 선이 씨는 경이로운 눈으로 말하는 나를 바라보았다. 나는 그녀에게 자신감에 찬 어투로 계속 말을 이어나갔다.

"정말 놀라울 뿐이네요. 그런 걸 다 깨달으셨다니. 처음부터 예사롭지 않다는 생각은 했지만 대단한 분이세요, 그쪽은요. 그런데, 저희가 여기서 겪은 모든 기억은 잊힌다고 했잖아요. 파란 고양이가. 거기에 대해서는 어떻게 설명할 건가요?"

"물론 이곳에서 겪은 추억과 기억들, 파란 고양이는 더 이상 우리 머릿속에서 존재하지 않게 되겠지요. 그러나 그들은 언제나 저희 곁에 있다고 했어요. 오감이 살아 있는 한, 언제든 그들을 느낄 수 있는 거예요. 우리는 자연스럽게 지구로 돌아가 우리가 사는 세상을 이롭게 할 방법을 어떻게든 찾을 수 있어요. 저는 확신해요."

확신에 찬 나의 모습에 그녀는 동조하듯 고개를 위아래로 끄덕였다. 그녀의 눈망울은 또렷하게 빛났다. 우리 가슴에 서려 있던 서운함은 없어진 지 오래였고, 기대감에 휩싸인 채 지구로 돌아갈 시간을 기다리게 되었다. 그녀와 나는 언젠가 만나게 될 것이다. 한 번 인연을 맺고, 마음을 통한 이는 어떻게든 다시 만나게 되지 않을까.

그녀와 나는 손을 맞잡았다. 길고 어두운 동굴을 함께 걸어 나갔다. 파란 고양이 무리는 우리 뒤에서 마치 경호하듯 따라오고 있었다. 그들은 입술을 씰룩이며 기분 좋은 표정을 지어 보였다. 우리 전부가 그랬다. 인간으로 변한 요괴들은 자신이 인간이라는 것 자체에 크나큰 감사를 느꼈다. 인간으로 살아가는 모든 날이 값지게 느껴졌다. 그들은 돌아갈 생각에 들떴다. 여기에서 받은 무한한 사랑을 이제 많은 이들에게 전해주는 일만 남은 것이다.

동굴 밖으로 나오자 투명한 햇살이 눈이 부시도록 쏟아져 내렸다. 하늘에는 이곳에서만 볼 수 있는 무지갯빛 오로라가 너울너울 춤을 추었다. 우리는 모두 동굴 앞에 서서 온몸으로 햇살을 받아들였다. 따사로운 순간이었다. 황홀함이 머리끝에서 발끝까지 서서히 훑고 지나갔다. 몇십 년 동안 느껴보지 못한 기분이었다. 이제는 지구에 돌아가서도 이 황홀함을 자주 느낄 수 있다는 확신에 나는 미소를 지었다.

우리는 다시 구름을 타고, 광장으로 이동하기로 했다. 다시 구름을 탈 생각을 하니 신이 났다. 각자 구름을 부른 뒤, 폭신한 솜구름 위로 껑충 올라탔다. 두 번째 타보니 확실히 더 안정되게 탈 수 있었다. 역시 경험은 무시할 수 없다는 걸 깨달은 후 선홍색 구름을 타고 하늘 높이 올라갔다. 우리 앞에는 파란 고양이와 그의 무리가 일자로 펼쳐져 날아가고 있었다. 매끈하고 섬세한 그들의 다리 근육은 구름 위에서 더욱 도드라졌다. 생각해보니 그들은 운동 같은 걸 따로 하는 모습은 보지 못했다. 단지 이곳에 있는 것만으로 건강은 자연스럽게 그들에게 주어진 것처럼 보였다.

고개를 중간중간 떨구어 발아래를 내려다보니, 솜사탕 같은 구름이 오로라 색으로 바뀌었다. 처음에는 선홍색이었다가 지금은 오로라 색을 띠었고, 점점 고도가 높아질수록 짙은 분홍색으로 바뀌었다.

마지막이 될 구름 타기였다. 온몸의 촉각을 곤두세워 이 느낌을 기억하고 싶었다. 하늘에서 바라본 파란 고양이의 별은 아름답다는 언어로는 부족했다. 황홀한 색채들의 향연에 살짝 어지러울 지경이었다. 지구에도 분명 아름다운 곳들이 있었다. 복잡한 도시를 떠나 시골로 갈 때면, 그 아름다움에 사로잡혀 도시로 돌아가고 싶지 않은 마음이 컸다. 마치 그때의 기분과 엇비슷했다. 여행지에서 보았던 시선을 사로잡은 풍경들. 지금 내가 보는 풍경들을 다시는 볼 수 없다는 생각에 코끝이 찡했지만, 울지는 않았다. 이 세계에 와서 흘린 눈물들은 기쁨에 관한 눈물들이었다. 억압과 고통 속에서 흘린 눈물과는 다른 눈물을 이곳에서 나는 자주 흘렸다. 편안해서 흘리는 눈물이었다. 그래서 더욱 맑고 투명했을 것이다. 혼탁한 눈물을 흘리던 지구에서 나는 이제 눈물보다 웃을 날이 더 많다는 것을 예감할 수 있었다. 그리고 이 세계를 거쳐 간 나와 이 요괴들 모두가 사람들이 기쁨의 눈물을 자주 흘릴 수 있도록 돕게 된 운명이라는 것도 알고 있었다. 그렇게 내 마음은 확답했다.

 구름은 서서히 속도를 줄였고, 우리가 처음 왔던 광장에 살포시 내려주었다. 하늘로 다시 떠오르는 각자의 구름을 보며 나와 사람들 모두가 시선을 떼지 못했다. 노을 지는 하늘로 떠오른 솜사탕들은 한데로 뭉쳐졌다. 마치 커다란 무지개를 공 모양으로 뭉쳐놓은 것 같은 모습이었다. 멍하니 바라보던 가운데, 파란 고양이가 입을 열었다.

 "이곳에서의 시간은 자네들이 살아가는 데 커다란 영향을 줄 거야. 이곳으로 오게 된 건, 자신을 잃어버린 데 대한 죗값을 치르러 온 것이지만, 사실 가장 큰 행운의 시간이기도 했지. 여전히 자신을 잃고 사는 사람 중에 이곳을 한 번도 거쳐가지 못하는 안타까운 영혼들이 여럿 있다는 걸 잊지 말게. 자네들 몫은 그런 사람들을 '나' 자신에게로 이끄는 데 도움이 되어주는 거야. 자신이 가진 재능들로 말일세."

 "저희의 재능으로요?"

 "그렇지. 예를 들어보겠네. 글을 잘 쓰는 사람은 책이란 산물을 통해 이러한 사실을 그들에게 전하는 거지. 노래와 음악적 재능을 가진 사람들은 노래로 전하는 것이고."

 "그런데 저는 글도 쓰지 못하고 노래도 엉망인걸요?"

 회사원 차림의 젊은 남자 한 명이 파란 고양이에게 되물었다.

 "그런 사람들이 오히려 많을지도 모르지. 자신만의 방법으로 전하기만 하면 돼. 자신이 경험하고 겪은 데서 느낀 것들을 '말로써도 전달할 수 있지. 말을 좀 더 잘하게 되면 강연이 될 수도 있겠고. 처음부터 너무 큰 부담감을 가질 필요는 없어. 내가 가진 재능이 아직 발견되지 않았다면 가까운 사람들에게 전하는 것부터 시작하면 되네."

"네. 정말로 감사합니다. 저는 큰 복을 가진 사람이네요. 파란 고양이님을 뵐 수 있었으니까요."

"그렇지. 큰 복이지."

자신감에 찬 파란 고양이는 쑥스러운 듯 허허 웃었다.

"그러나 모든 인간은 기본적으로 복이 있어. 나는 언제나 자네들과 함께라고 하지 않았나. 사실은 모두가 복을 가졌다네. 복을 가지고 태어나지 않은 사람은 없어. 자신에게 복이 있다는 걸 단지 깨닫지 못했을 뿐이야. 어찌 되었든, 안타까운 이들이지만 자네들이 가서 '나'를 찾는 일을 도와준다면 결국 그들도 복 받은 자들일세. 점점 나를 찾는 이들이 늘어나고, 따라서 모두가 행복한 세상이 된다면 누구 하나 복 받지 않은 자들이 없는 걸세. 결국은 모두가 하나인 셈이지."

모두가 하나었다. 우리는 그 사실을 가끔은 깨닫긴 하면서도, 잊고 산다. 인간은 망각의 동물이니까. 그러나 크게 한 번 깨달은 사실은 마음 속 깊숙이 파고들어 쉽게 잊히지 않는다. 감동이 커다란 물결처럼 퍼져 각인처럼 가슴에 남기 때문이다.

모두가 하나라는 사실은 우리를 더욱 결속시킨다. 아무리 거리가 멀리 떨어져 있어도 그것은 큰 문제가 되지 않는다. 지구는 파란 고양이에게 다녀간 이들과 그들의 이야기를 듣는 모든 사람에 의해 훨씬 더 좋은 별로 거듭나리라 확신했다.

"여기서 머무는 방법은 없나요? 물론 지구로 돌아가고 싶지만, 그냥 궁금해서요."

커다란 비행용 가방을 한 손에 들고 머리를 곱게 빗어 올린 여자가 물었다. 승무원 같았다. 쨍하고 밝은 빨간색 승무원 옷을 입은 그녀는 당차 보였다. 깨끗하게 묶어 올린 머리는 단 하나의 잔머리도 용납할 수 없다는 듯 깔끔하게 정리되어 있었다.

"머무는 방법은 없네. 인간의 모습으로 이곳에 머문다면 아주 짧은 시간의 생을 보내고 떠나야만 하지. 지구에서 적응된 신체는 이곳에서 지내기에는 부족한 점이 있어. 지구가 자네들에게 가장 적합한 행성이지. 각자 맞는 곳이 있는 거야. 지구에서 각자 맞는 사람과 직장이 존재하듯이."

"그렇군요. 알려주셔서 감사합니다."

승무원은 고개를 꾸벅 숙이며 인사했다.

파란 고양이 또한 고개를 까닥였다.

"저희에게 마지막으로 해주고 싶은 말은요?"

나는 조심스레 그에게 물었다. 이미 많은 말들을 우리에게 해준 그였다. 그러나 나는 그의 목소리를 조금이라도 더 듣고 싶었다. 다시는 듣지 못한다고 생각하니 가슴이 아려왔다. 지구로 돌아간다면 그는 내 꿈에 다시 찾아와줄까? 나는 그가 내 앞에 있음에도 보고 싶은 기분이 들었다.

파란 고양이는 날카롭지만, 매력 있는 송곳니를 드러내며 웃었다. 그러고는 언제나처럼 친절하게 답해주었다.

"나는 자네들을 사랑하네. 이유는 잘 모르겠어. 그러나 마음은 늘 자네들을 사랑한다고 이야기하고 있지. 그 사랑을 언어로 어떻게 표현해야 할지 모르겠어. 자네들이 어떤 행동을 하든, 나는 자네들을 사랑하고 있다는 걸 잊지 말게. 단, 사랑이라는 게 모든 것을 이해한다는 뜻은 아니야. 자네들이 옳지 않은 길을 선택한다거나 심하게 자책하는 몹쓸 짓을 할 때 나는 따끔하게 경고할 거야. 다시 말하지만 나는 어디에든 있고, 어디에든 없는 존재네. 지구에서는 자연이기도 하고 말이지. 힘들면, 바다를 찾아와. 언제든 기다리고 있을 테니까."

파란 고양이는 그가 가진 색깔과 같은 바다였다. 깊고 푸른 바다. 고통 속에서 나는 항상 바다를 찾았다. 본능적으로 그를 찾은 것이다. 지구에 돌아가서도, 나는 답을 찾아 헤맬 때 바다를 향하고 있을 것이다. 그가 나를 사랑으로 부르는 소리를, 내 마음은 듣고 있을 것이다.

나는 어린애처럼 엉엉 하며 울고 싶었다. 그의 다리를 붙잡고 제발 곁에 있어달라고, 지구로 가서 또 엄청난 고난 앞에 쓰러지기라도 하면 나는 어쩌냐고. 다시 나를 지하철에서 불러달라고 붙잡고 애원하고 싶었다. 이상하게 그의 앞에서는 한없이 어리광을 부리고 싶은 마음이 컸다. 부모님과 친구들, 소중한 많은 사람에게도 기대봤지만 내가 상처받고 싶지 않은 마음이 커 항상 선을 두었다. 힘들어도 살짝 표현하고 그치는 정도였다. 내 속을 훤히 드러내 보일 사람은 하나도 없었다. 파란 고양이는 그리고 바다는 내 모든 마음을 끌어안아주었다.

주위를 둘러보니 몇몇은 울고 있었다. 울고 있지 않은 자들의 마음도 같을 것이다. 그가 가진 우리에 대한 사랑을 모두가 느끼고 있으리라. 여기서 받은 사랑은 내 영혼이 지구를 떠나는 날까지 남아 나를 지키게 될 것이었다. 이제는 진짜 떠날 때가 되었다. 파란 고양이의 마지막 말을 되새기며 우리는 처음 이곳으로 들어왔던 길로 걸어갔다. 다시 지하철로 돌아가는 것이다.

"우리 잊으시면 안 돼요. 당신은 우릴 잊지 않는 거죠?"

나는 아쉬운 발걸음을 돌리며 그에게 물었다.

"그럼. 당연하지. 오히려 자네들보다 괴로운 건 항상 우리지. 우리는 이 세계를 거쳐간 자들을 단 한 번도 잊어본 적이 없네. 아주 오랜 세월 동안 말이지."

"그런데, 파란 고양이님. 당신의 이름은 무엇인가요?"

나는 처음으로 그의 이름을 물어보았다. 지금까지 계속 파란 고양이라고만 불렀지, 아무도 그의 이름을 묻지 않았다.

"내 이름은 옥수(玉水). 매우 귀중한 물이라는 뜻이라네. 좀 촌스럽긴 하지만, 꽤 멋진 이름이야."

그의 이름을 듣고 풋 하며 나도 모르게 웃음이 나왔다. 옥동자와 같은 단어가 떠올랐기 때문이다. 그러나 뜻을 알고 나니, 그와 참 찰떡이라는 생각이 동시에 들었다. 귀중한 물.

"내리는 '비'라는 뜻도 있어. '맑은 샘물'이라는 뜻도 있고."

"어쨌든 맑고 청명한 물을 이루는 거네요?"

"그렇지."

부드럽게 휘날리는 그의 가느다란 털을 볼 때마다 깨끗한 물이 파도처럼 물결치는 모습이 연상되었다. 중간중간에 섞인 은색 털은 그를 더욱 고급스러운 분위기로 만들었다. 그는 더 이상 지체할 시간이 없다는 듯 우리를 재촉하기 시작했다.

"이제 정말 가야 할 시간이네. 아까도 말했지만, 인간의 신체로 더 이상 이곳에 있다가는 명이 짧아지고 말아. 자네들은 분명 잘 해낼 거야. 자네들의 인생도, 또 많은 사람의 삶에도 큰 도움을 줄 사람들이지. 언제나 나 자신을 믿고 따르도록 하게! 한 치의 의심도 없이."

강단 있는 그의 말을 끝으로 우리는 뒤돌아서 터널로 향했다. 광장의 끝에는 우리가 처음 이곳으로 왔던 터널이 있었다. 터널을 보니, 두려워졌다. 다시는 기억할 수 없다는 사실이. 아름답고 평화로운 파란 고양이의 별에 머무르는 동안 나도 모르게 이곳에 마음을 두었다. 쉽게 발이 떨어지지 않았다. 뒤를 돌아보니, 그의 부하들이 열심히 오른손을 흔들고 있었다. 형광색 고양이, 주홍빛 고양이, 분홍색을 가진 고양이, 연두색 고양이. 그리고 그들 머리 위에서는 반딧불 요정들이 신나게 춤을 추며 돌고 있었다. 힘차게 날갯짓을 하며, 우리의 송별을 아름답게 마무리해주었다. 반딧불을 다시 지구에서 만나게 되는 날이면, 내가 사는 지구도 점점 파란 고양이의 별만큼 정화가 되어 살기 좋아진 곳이 돼 있으리라 생각했다.

"지구의 희망이 되어주게나. 잘 가게. 나는 늘 그대들 곁에 있을 거야. 그럼. 뒤를 돌아보지 말고 곧장 터널로 가게나. 절대로 뒤를 돌아봐서는 안 돼! 지금껏 해온 경험들이 순식간에 물거품이 되어버릴 거니까. 자네들을 소중히 여기는 사람들이 있는 곳으로 얼른 가게. 자네들이 있어 그들 또한 존재하는 거니까."

드디어 터널 입구로 들어섰다. 이제 다시는 뒤를 돌아볼 수 없있다. 그들이 뒤에서 지켜보고 있다는 게 느껴졌다. 우리가 터널 끝까지 빠져나가는 모습을 그들은 지켜볼 것이다. 파란 고양이는 눈물을 흘리고 있을까? 나는 이토록 눈물이 나는데. 그들은 어떨까. 뒤로 돌아보고 싶은 마음이 요동쳤지만, 꾹 참았다. 지구로 돌아가 할 일이 많기 때문이었다. 내가 사랑하는 사람들에게, 나와 함께 지구를 살아가고 있는 사람들에게 '나'를 찾는 일을 도와주기 위해서 나는 떠나야만 했다.

나는 터널로 걸어가는 동안 선이 씨에게 마지막이 될 대화를 시도했다.
"선이 씨. 우리가 지구에서, 혹여 살다가 만나게 될 날이 온다면, 마음이 꼭 알아봤으면 좋겠어요. 여기서 보낸 기억은 잊을지라도 마음만큼은 기억하고 있지 않을까요?"

"맞아요. 반드시 우리 마음은 서로를 기억할 거예요."

우리는 손을 마주 잡은 채 걸었다. 따뜻한 온기가 손을 통해 전해져왔다. 터널은 생각보다 길었다. 처음에 여기로 올 때는 당황한 나머지 터널이 긴 줄도 몰랐다. 정신을 차리고 걸어보니 터널은 족히 5㎞는 되는 것 같았다. 다행히 완전 어두운 터널은 아니었다. 끝이 없는 터널을 우리는 아무 말 없이 걸었다. 그 누구도 말을 할 수 없었을 것이다. 여전히 파란 고양이의 말에 여운이 남은 우리는 감정이 채 가시지 않은 상태였다. 점점 터널 끝이 가까워졌다. 빛이 듦으로써 알 수 있었다. 빛은 점점 강렬해졌다. 이윽고 눈이 부셔 앞을 볼 수 없을 지경에 이르렀다. 순식간에 밝고 흰 빛이 커졌고, 우리는 빛에 삼켜졌다. 나는 사정없이 들이치는 빛을 두 팔로 가렸지만, 역부족이었다. 나는 그대로 빛 앞에서 쓰러졌다.

epilogue

새로운 직장에 온 지 이제 일주일이 지났다. 한참 적응하느라 정신이 없었다. 날씨는 여전히 추웠지만, 마음만큼은 이상하리만치 따뜻하게 느껴졌다. 요즘 들어 뉴스에서 좋은 소식들이 많이 흘러나온다. 좋은 소식이라는 건 가슴에 불을 지펴주는 소식들이다. 한때는 무서운 사건들이 이어지는 날들 속에서 두려움에 떨었다. 누군가를 죽이고, 소음 하나에 폭력이 만연하고, 사랑했던 연인이 가장 증오하는 사람으로 바뀌는 건 한순간의 일이 되어버리는 날들. 직장에서 무시당하는 걸 견디다 못해 이생의 삶을 마감해버리는 사람들. 겉으로는 부유하고 많은 사람에게 둘러싸여 있는 것처럼 보여도, 내면의 공허함을 견디지 못한 채 목숨을 놓아버리는 사람들. 지구는 점차 쓰리린 아픔을 겪고 찬란한 광명을 맞이하듯 변화되어가기 시작했다. 서로에게 세웠던 벽을 허물기 시작했다. 그러기 위해서는 자기 자신에게 가장 먼저 관심을 가지는 게 먼저였다. 외부로부터 나에게 무언가를 해주길 바라는 게 아니라 내 안에서부터 풍요를 채워주는 것. 나 자신으로 살아간다는 게 어떤 것인지에 대한 관심이 점점 늘면서 사람들은 진짜 '행복'이란 걸 느끼기 시작했다.

아침마다 인간이 아닌 로봇을 실어 나르던 지하철은 최근 들어 생기가 돈다. 모두가 스마트폰만 들여다보던 출근길 대신 서로가 눈을 마주보고 웃고, 쑥스러운 인사가 오고 가는 시대가 열렸다. 나 또한 가장 좋아하는 시간이 바로 출근길이다. 살아 있음을 가장 느낄 수 있는 시간이기 때문이다. 지하철은 어두운 터널을 가로질러 아침 햇살이 가득한 다리 위로 접어든다. 특유의 둥근 지붕으로 이루어진 국회의사당 건물이 보이고, 찬란한 아침 햇살에 비친 한강은 평화롭기만 하다. 멀리 보이는 63빌딩은 당당하면서도 올곧게 서 있다. 예전에는 서울의 건물들을 바라보면 삭막함과 건조함이 느껴졌다. 그러나 언제부터인가 달라졌다. 오히려 이제는 활기와 열정이 느껴지는 도시가 된 느낌이다. 그게 언제부터인지는 모르겠지만.

 열심히 다리 위를 달리는 지하철 위에서 나는 동영상을 찍는다. 매일 구름과 태양의 모습이 달라지는 한강 풍경을 담아 오래 간직하고 싶다. 그뿐이다. 야외로 나갔던 열차는 다시 검은 터널로 들어간다. 순간 파란 불빛이 번쩍! 하는 게 보였다. 잘못 본 걸까? 나는 눈을 비비고 다시 한 번 창밖을 바라보았다. 파란 불꽃의 잔해가 살짝 남아 있었다. 창밖으로 보이는 파란 불꽃은 나만 본 것 같았다. 사람들은 아무런 반응도 없었다. 불빛을 보는 순간, 상쾌한 기분이 들면서도 가슴 한구석이 먹먹했다. 누군가 그리울 때 느끼는 감정과 매우 비슷했다. 저 불꽃은 뭐였을까. 내가 잘못 본 게 분명하지만, 기분이 너무 이상한 것만은 확실했다. 웃음과 울음이 동시에 나올 것만 같았다. 오늘 내가 컨디션이 별로 좋지 않았던가?

 이상하리만큼 크게 느껴지는 그리움을 안고 나는 마침내 일터에 도착했다. 전체가 통유리로 된 건물은 층마다 햇살이 쏟아졌다. 그뿐 아니라 큰 식물 화분들과 꽃들로 실내가 꾸며져 있어 마치 작은 식물원 같았다. 이 회사에 처음 들어온 후, 여기가 바로 내가 찾던 곳이라는 느낌을 강하게 받았다. 병원 일을 할 때와는 확연히 달랐다. 물론 병원 일을 하던 때도 나름 그 의미와 가치가 있었으므로 10년 가까이 일할 수 있었다. 그러나 어느 순간부터 나는 진짜 '내'가 원하는 방향으로 길을 찾기 시작했다. 내 가슴속에는 언제나 이루지 못한 꿈이 있었다. 그것은 엔터테이너였다. 그냥 엔터테이너가 아닌, '만능' 엔터테이너. 방송을 통해 사람들에게 유쾌함을 전달하고, 강연을 통해 선한 영향력을 전달하며 새벽에는 글을 쓰면서 작가로 활동하는 것. 내가 바라고 꿈꾸던 일이었다. 그 어느 때보다도 바쁜 나날들이었지만, 가슴속에 차오르는 열정과 에너지는 나를 막을 수 없었다. 행복한 마음으로 직원 카드를 찍으며 회사로 들어갔다. 내가 일하는 곳은 15층이었다. 통유리 바로 옆인 내 자리에서 밖을 내다보면 서울의 전경이 한눈에 펼쳐졌다. 도시는 이제 삭막한 곳이 아니었다. 자신의 꿈을 향해 살아가고, 서로를 응원하는 곳이었다.

엘리베이터에서 내린 나는 모두를 향해 인사를 건넸다. 내가 다니는 회사는 칸막이가 없다. 책상 또한 네모나게 각진 모양이 아닌, 자유로운 곡선으로 만들어진 모양이었다. 가구 디자이너가 심혈을 기울여 만든 책상들이라고 했나.

"안녕하세요. 선배. 좋은 아침입니다."

"안녕. 오늘도 즐겁게 일해보자. 이건 뭐야?"

"아이스라테 좋아하시잖아요. 매번 라테만 드시는 거 제가 봤거든요. 요 앞 카페에서 사 왔어요."

"센스 있기는. 고마워. 잘 마실게! 다음에 내가 쏜다."

"네. 언제든지 환영입니다."

입사 첫날부터 내 옆자리에 앉아 나를 챙겨주던 선배는 나와 같은 동네에 산다고 했다. 서울에 와서 처음으로 동네 친구가 생긴 셈이다. 항

epilogue

상 프로페셔널한 자세로 일하며 당당한 그녀는 누가 보아도 매력 있는 사람이었다. 그녀와 친해진 이유는 그녀 또한 병원 일을 했다는 사실 때문이었다. 그녀는 병원에 다닐 때와 지금이 상상도 못 할 만큼 다르다고 했다. 그때는 눈에 보이지 않는 것보다 눈에 보이는 것들을 더 중요시 여겼다고 했다. 그래서 진짜 행복이 뭔지 몰랐다고, 이제야 알 것 같다고 말해주었다.

우리는 아직 함께한 지 일주일밖에 되지 않았지만, 왠지 오래전부터 알던 사이인 듯 편하게 느껴졌다.

"선배. 저는 선배가 왜 이렇게 편하죠? 진짜 동기들보다 더 편한 느낌이에요. 우리 언제 만난 적 있는 거 아니에요?"

"야. 뭔 소리야. 살던 곳부터 일하던 곳까지 전혀 겹치는 곳이 없는데. 그냥 우리, 사주가 잘 맞는 게 아닐까? 나는 식물 사주고, 너는 물이니까."

"에이! 사주 같은 소리 집어치워요. 언제는 사주 말고 내 마음의 말을 잘 들으라면서요? 사주도 다 남이 하는 소리라고."

"야. 조용히 해. 그런 건 되게 잘 기억한다, 너?"

"그럼요. 제가 얼마나 기억력이 좋게요. 아무튼, 오늘 점심 뭐 먹을까요? 저는 여기 밥이 너무 맛있어서 기절할 것 같아요. 매일 아침부터 메뉴 고르고 있어요."

"못 말려 진짜! 근데 여기 백반 대박이지? 오늘 식단표 좀 보자."

그녀는 신이 나서 하하 웃었다. 목에 달린 사원증이 이리저리 춤을 추듯 흔들린다. 나보다 열 살 많은 그녀의 이름은 '임선이'. 그녀와 함께하는 앞날이 기대된다. 마음 맞는 누군가를 만난다는 건 쉽지 않은 일이다. 인연이란 건 결코 우연이 아닐 것이다.